Super ET

Eraldo Baldini, Carlo Lucarelli
e Giampiero Rigosi
Medical Thriller

Einaudi

© 2002 by Eraldo Baldini, © 2002 by studio srl, © 2002 by Giampiero Rigosi
Published by arrangement with Agenzia Letteraria Roberto Santachiara

© 2002 e 2006 Giulio Einaudi editore s.p.a., Torino
Prima edizione «Stile Libero»
www. einaudi. it

88-06-18313-3

Medical Thriller

Queste storie sono frutto di pura fantasia.
Ogni riferimento a fatti veramente accaduti
o a persone realmente esistenti è del tutto casuale.

GLI AUTORI

Rapidamente
di Carlo Lucarelli

Cominciava con una strana sensazione alla base del collo. Punture di spillo, come i denti di un topo microscopico impegnato a rosicchiare i muscoli, cosí insistentemente e cosí a fondo da arrivare ogni tanto a grattare le ossa delle vertebre. E non restava lí, fermo sotto la nuca, scendeva, scivolava lungo i muscoli delle spalle e giú, fin quasi al centro della schiena. E saliva, si arrampicava sulla sommità del cranio, girava attorno alle tempie, e piegava da una parte, passando a lato del naso, fino ad appendersi sotto un occhio, come per lasciarsi penzolare. All'inizio era soltanto fastidio, fastidio acuto e teso, ma presto diventava qualcos'altro, si gonfiava dentro la testa come una palla, riempiva e schiacciava, premendo contro le ossa e cominciava a gocciolare giú, gocce di gomma, molli e pesanti, che andavano a battere sul fondo dello stomaco.

Presto, prestissimo, diventava dolore, dolore, dolore forte, dolore intenso, dolore continuo, come se il topo microscopico avesse divorato tutto, muscoli, ossa e cervello, come se fosse diventato grande, troppo grande e avesse deciso di uscire, spaccando a metà quel guscio inutile che lo stringeva.

In quei momenti, non riusciva piú a fare niente, se non chiudere gli occhi e appoggiare la fronte sulla mano, a pensare che prima o poi sarebbe successo, che il dolore gli avrebbe spaccato la testa come un uovo, e non solo a pensarlo, ma a sperarlo addirittura, purchè succedesse subito, e rapidamente.

Venerdí

– Sí, sono sicuro di riuscirci.
– Sicuro non basta, signor Mattei.
– Sono *certo* di riuscirci... sono *convinto*, sono *persuaso*, sono *assolutamente* sicuro... le basta, mister Dèvelos?
– No. Dica *ci riuscirò*.
– Ci riuscirò.
– Entro lunedí?
– Per lunedí, sí...
– No: *entro* lunedí.
– Lei è molto attento alle parole, mister Dèvelos. A me interessano di piú i fatti. Lunedí avrà il suo risultato, come d'accordo. Se non si fida...
– Non è che non mi fido, signor Mattei... anche se le confesserò che tra tutti i miei soci io ero il meno convinto. Se devo dirglielo, trovo indisponente questo suo atteggiamento... cinematografico.
– Cinematografico, mister Dèvelos?
– Cinematografico, signor Mattei. Anche a me piace il cinema, e lei sembra un incrocio tra il Gary Oldman di *Leon*, il De Niro di *Goodfellas* e il Christopher Walken di uno 007 di cui non ricordo piú il titolo. Sono questi i suoi preferiti?
– No. È il Max von Sydow di *I tre giorni del Condor*.
– Ecco, vede? Non vorrei che lei fosse... *tutto chiacchiere e distintivo*, signor Mattei.

– Mister Dèvelos, la mia struttura di professionisti...

– La sua struttura di professionisti è composta da un ragazzo di quindici anni...

– Non è un ragazzo, è una ragazza. E se è cosí attento alle parole, mister Dèvelos, avrà sicuramente letto quelle che stanno sul curriculum che vi ho presentato. Cento per cento di successi. E avrà notato che molti non erano per niente facili, con ostacoli governativi e la concorrenza di altri gruppi. L'ultimo, soprattutto... se lo ricorda, vero?

Non dice niente. Socchiude le labbra grasse e si batte la punta dei denti con il diamante che porta al dito. Tic-tic-tic, tre volte. Poi si passa la mano sui capelli, lisciandoli all'indietro. Inutile, e stupido... sono pochissimi e schiacciati sulla testa dalla brillantina, come fossero disegnati.

L'ultimo. L'ho detto apposta. Difficile da rintracciare, difficile da prendere. E tutto il resto. Non capita spesso di uccidere, ma quando c'è da fare si fa, volevo che capisse questo. E da come mi guarda fissarlo direi che ha capito. Si pulisce la mano sul bracciolo della poltrona, lasciando un velo sottile che fa brillare la pelle nera.

– Non ho motivo di mettere in dubbio la professionalità del suo gruppo, signor Mattei. Sono certo che ce la farà entro lunedí. Come sono certo che sappia quali sarebbero le conseguenze di un fallimento. I primi contatti li avevamo avuti con un gruppo ucraino ma abbiamo preferito scegliere voi perché non ci piace avere a che fare con la mafia. Credo però che sarebbero lieti di rappresentarci in una richiesta di risarcimento danni a vostro carico, se fosse necessario.

Lo guardo fissarmi. Lo guardo battersi il diamante sui denti, tic-tic-tic, tre volte, mentre mi osserva con quei suoi occhi azzurri e acquosi.

Mi prenderò una soddisfazione, dopo questo lavoro. Mister Dèvelos sarà una piccola vacanza dopo che avrò portato a casa il risultato.

Perché è certo, è sicuro, è stabilito che ci riusciremo. Entro lunedí.

Sabato

Quella mattina, quando si svegliò all'improvviso e senza nessun motivo, a Elisa la stanza sembrò diversa. Erano almeno due settimane che non tornava a Bologna, ma era stata via anche piú a lungo e mai la sua camera da letto le aveva fatto quell'effetto strano.
Smarrimento.
Come quando era bambina, quando si svegliava nel cuore della notte e aveva la sensazione di essersi rigirata nel letto, senza sapere dove fosse il comodino, se a destra o a sinistra, e se avesse i piedi al posto della testa. Le bastava pochissimo, appena una frazione di secondo, per riprendere coscienza di sé e scoprire che era tutto al suo posto, la testa sul cuscino e i piedi sotto le coperte, il comodino a destra, con il bicchiere d'acqua, il rosario, la lampada, l'aspirina, un libro e gli occhiali. E anche allora, le bastò un momento per riprendersi e sentire, prima ancora di vedere, che era là, nel *suo* appartamento di Bologna, nella *sua* camera da letto, tra le *sue* lenzuola immerse nella penombra velata appena dalle persiane che lei stessa aveva lasciato socchiuse la notte prima.
Elisa batté le palpebre, fissando la striscia chiara che tagliava a metà la finestra. Doveva essere ancora presto, perché il colore della luce era grigio e polveroso, ma non se la sentiva di girarsi sul fianco e riaddormentarsi. Quella sensazione di smarrimento le era rimasta dentro, sottile e lontana come un ricordo, ma insistente.

Perché?

La stanza di Elisa non era la stessa di quando era bambina e viveva con i suoi. Ma era rimasta la stessa dagli anni in cui era andata ad abitare a Bologna per studiare, e si era fermata lí anche dopo la laurea in Chimica industriale, anche dopo essere stata assunta nei laboratori della Max, in Germania, e lí tornava tutti i week-end, appena poteva. Si sentiva sicura tra quelle quattro pareti color panna, stretta tra il poster gigante della tabella degli elementi e quello piú piccolo del modello dell'atomo di Bohr. Tra la libreria Ikea carica di testi di Chimica e la scrivania coperta di fotocopie di riviste. L'armadio a muro diligentemente chiuso a chiave, con la valigia in cima, e la poltroncina con l'orso di peluche, regalo di un quasi fidanzato di tanti anni prima. Tra i due comodini ai lati del letto matrimoniale, che aveva preso per dormirci di traverso, come aveva detto arrossendo a sua madre quando erano andate a comprarlo, e nel quale aveva effettivamente dormito cosí, sempre di traverso e sempre sola.

Elisa lanciò un'occhiata al display rosso della radiosveglia. Le sette e mezzo. Mancava un'ora alla musica in crescendo che l'avrebbe svegliata con la voce ovattata di Enya, una ballata dolcissima, puntata sulla cassetta che aveva messo lei la sera prima per evitare di farsi invadere il sonno e la stanza dalla voce di un Dj. Un'ora. Un'ora di sonno a metà, tormentato da quella luce spenta che ormai le aveva riempito gli occhi, o un'ora in piú guadagnata alla mattina?

Elisa scostò le lenzuola e si alzò a sedere sul bordo del letto, passandosi le dita tra i lunghi ricci neri annodati dalla notte. Allungò una mano sul comodino di destra, cercando il bicchiere, e bevve un sorso d'acqua tiepida. Fu al momento di staccare le labbra dal vetro che quella sensazione tornò.

Smarrimento.
Era qualcosa sul comodino. Non qualcosa che c'era, la radiosveglia, la lampada, l'aspirina, un libro, no, era qualcosa che non c'era. Gli occhiali. Da quando era bambina Elisa portava gli occhiali da vista, sottili, dalla montatura leggera, e tutte le volte che andava a letto, se era con i suoi o no, in Germania o a Bologna, li toglieva e li metteva sul comodino. Adesso però non c'erano.

Elisa rimase ferma col bicchiere in mano, poi accese la lampada sul comodino con un gesto veloce, quasi di scatto. Si chinò e guardò sotto il comodino e sotto il letto, ma niente. Fu solo per caso che si voltò verso l'altro comodino, quello di sinistra, e li vide brillare sul piano di legno smaltato. Appoggiati con cura, le lenti rivolte verso l'alto e le stanghette piegate sotto, come li lasciava lei, tutte le sere.

– Cribbio, – mormorò Elisa. Era tornata stanca dalla Germania, aveva lavorato intensamente per due settimane e si era anche addormentata sull'autobus tra l'aeroporto Marconi e il centro di Bologna, ma quella era la prima volta che le accadeva. La prima volta. Sorrise, pensando che era bastata quella infrazione alla sue abitudini per gettarla in uno stato di smarrimento tale da farla svegliare quasi con l'angoscia, e subito dopo si rabbuiò, pensando a quella parola, *abitudini*. Abitudini costanti, sempre identiche, sempre quelle. A ventisette anni. Si alzò dal letto, guardò gli occhiali sul comodino di sinistra, resistette alla tentazione di prenderli, quasi con fatica, e li lasciò lí, sul comodino sbagliato. Apposta. Poi cercò con la punta del piede le ciabatte di peluche, le infilò e andò in bagno per fare la doccia.

Ma anche lí successe qualcosa di strano. Sotto l'acqua caldissima, come piaceva a lei, avvolta dal vapore che quasi le troncava il respiro, quella sensazione di smarrimento tornò piú forte di prima, senza che Elisa capisse perché. Si stava lisciando indietro i capelli con le dita, il volto sollevato verso lo scroscio bollente che le scendeva lungo la schiena, quando la coscienza di qualcosa di insolito le fece addirittura aprire gli occhi. Serrò subito le palpebre brucianti di shampoo e allungò una mano per toccare le piastrelle tiepide della doccia, la superficie umida e quadrettata del vetro della cabina. Sul piano di ceramica, tra le dita dei piedi, scorreva la solita acqua increspata di schiuma del solito gel alla lavanda, e fu guardandola che Elisa capí cosa ci fosse di strano.

Non era il solito gel alla lavanda. Lo sentí dal profumo che l'avvolse appena chiuse l'acqua e restò a rabbrividire nella cabina, le braccia strette sul seno, come se ci fosse qualcuno a guardarla. Era un gel al mandarino, un bagnoschiuma granuloso e intenso, della stessa marca di quello alla lavanda, ma rossiccio invece che azzurro. Elisa lo prese dalla mensola avvitata al muro e rimase a guardarlo, tenendolo tra i polpastrelli raggrinziti dall'umidità. Si era sbagliata. Quando era passata dalla profumeria, aveva comperato il bagnoschiuma sbagliato. Ma come aveva fatto? Erano anche di due colori diversi.

Elisa uscí dalla cabina della doccia e salí sul tappetino di spugna, senza infilarsi le ciabatte e senza prendere l'accappatoio. Restò nuda davanti allo specchio, a guardarsi rabbrividire di freddo, con le ciocche dei capelli appicciate sulle spalle, a gocciolarle sul seno. Sí, erano state due settimane pesanti. Aveva lavorato molto al laboratorio. C'era il progetto quasi terminato, la nuova pillola per il mal di testa. C'era quel collega simpaticissimo, lo svizzero, che le aveva regalato tutti quei fiori e lei non sapeva come fargli capire che era simpatico però no, grazie. C'era suo padre che non stava bene, giú ad Ancona, e lei aveva già visto cosa succedesse quando stava male. Sí, era stanca, ma non particolarmente, non piú del solito, e se si guardava bene in volto si trovava come sempre, carina, non appariscente, non seducente, ma carina, in forma, giovane e carina.

Poi arrivò la musica.

Non era una ballata dolce di Enya ma un pezzo di techno pulsante e violenta, graffiata di urla acute, e alta, altissima, tanto da riempire tutto l'appartamento e arrivare a battere forte sulle pareti del bagno. Elisa corse fuori, scivolando sui piedi nudi, e si gettò sul comodino, sulla radiosveglia, schiacciando con uno schiaffo il pulsante che bloccava temporaneamente la suoneria. Otto e trenta, l'ora era quella giusta, ma la cassetta no. La cassetta. Perché la levetta della selezione non era puntata sulla radio, come se Elisa avesse semplicemente sbagliato l'inclinazione di una tacca, ma proprio sul *tape*, sul registratore. Era il nastro che era sbagliato. Era un nastro di techno quello che stava dentro al cassettino della radiosveglia, un nastro che non aveva mai visto, che non *ricordava* di avere mai visto, perché aveva puntato lei la sveglia, la sera prima, e quel nastro, lí dentro, doveva avercelo messo lei. Sollevò l'apparecchio dal comodino per guardarlo meglio e senza volerlo fece scattare il blocco che fermava la cassetta. La musica le esplose fortissima tra le mani e continuò anche quando la radiosveglia volò per terra, sul pavimento.

Elisa non si chinò a raccoglierla, e neppure a spegnerla, perché aveva visto gli occhiali.

Sul comodino di destra, sotto la lampada, tra il bicchiere d'acqua, il libro e l'aspirina, dove li metteva di solito. Piegati con cura, le lenti rivolte verso l'alto e le stanghette sotto. Sul comodino di destra, non su quello di sinistra.

Elisa si strinse di nuovo le braccia sul seno, rabbrividendo ancora. Pensò che non ci capiva piú niente, che forse era davvero stanca, che destra o sinistra, mandarino o lavanda, non se lo ricordava piú, che si sentiva smarrita e confusa, che doveva tornare a casa a parlare con sua madre, farsi vedere da qualcuno, tornare a letto e coprirsi fino alle orecchie col lenzuolo. Pensò tante cose, tutte assieme, coperta di brividi freddi, e mentre le pensava si accorse anche di provare un'altra sensazione, sottile e insistente. Una sensazione che lí, nella sua stanza, tra i suoi poster e i suoi vestiti, il suo orso di peluche e i suoi libri di Chimica, non aveva mai provato prima, e mai in quel modo.

Non era soltanto smarrimento.

Era paura.

La cosa peggiore era sapere che stava arrivando.

Erano quei piccoli morsi di topo, e ancora prima, quando non c'erano ma già cominciava la tensione, il fastidio, quasi un'anticipazione di quello che sarebbe stato.

Il ricordo del dolore faceva male quasi quanto il dolore stesso. Preparava la strada e toglieva da subito tutta la voglia di reagire. Guastava l'umore e faceva venir voglia di trovare un buco in cui nascondersi, una tana in cui accucciarsi in attesa che arrivasse e passasse tutto, come un animale che sente la tempesta.

L'alternativa era prendere qualcosa. C'erano tanti farmaci che avrebbero potuto bloccare il dolore, cancellarlo, annullarlo completamente, ma a lui erano proibiti. Gli avrebbero incendiato lo stomaco, glielo avrebbero bruciato come una bomba al fosforo, lasciandolo piegato in due a sputare saliva densa come schiuma. Conosceva anche quel dolore e il ricordo di quello era ancora piú forte.

Cosí aspettava, nervoso, irritabile, cattivo. In piedi e al lavoro, perché il ricordo di un dolore, la sua attesa, non sembravano scuse valide per restare a casa.

La cosa peggiore era sapere che stava arrivando e sapere di non poterci fare niente.

- Qui, Vesna!

Avevo un topo, quando ero bambino, un topolino bianco di nome Andrea. Mettevo la sua gabbia in fondo al corridoio di casa mia, poi aprivo lo sportellino e andavo ad appoggiarmi al muro, dall'altra parte. Lui non usciva, annuisava l'aria col suo naso appuntito ma non usciva. Aspettava che io mi battessi una mano sulla coscia e dicessi *Qui, Andrea!*

- Qui, Vesna!

Vesna sta guardando la televisione. Seduta sull'angolo del letto, protesa in avanti, col telecomando in mano. Appena la chiamo si gira e lascia cadere il telecomando sulla moquette. Si muove veloce, senza correre. Scatta e già dopo i primi due passi si è sfilata le scarpe da ginnastica, non ho visto come. Io mi chino appena, fletto le gambe per abbassare il baricentro e irrigidisco la schiena, anche se non ce ne sarebbe bisogno, perché Vesna non pesa nulla. Mi gira attorno, appoggiandomi le mani sulle spalle, mette un piede su una mia coscia, aggancia l'altro al mio fianco, si solleva con uno scatto e in un attimo è dritta su di me, in piedi sulle mie spalle, le gambe magre leggermente divaricate, le braccia aperte per mantenere l'equilibrio e la testa piegata da una parte, per non schiacciarsi contro il soffitto della camera d'albergo.

Quando lo chiamavo, Andrea mi si arrampicava lungo un calzino e mi saliva sulla gamba, scivolando sotto i jeans. Dovevo avere sei o sette anni, e portavo una salopette, cosí lui poteva correre fino in cima, infilarsi sotto la mia maglietta e sbucarmi dietro il collo. Non ricordo come avessi fatto ad addestrarlo cosí. Ero troppo piccolo. Ricordo solo che succedeva e ricordo l'impressione che a lui piacesse farlo.

– Brava, Vesna, – sussurro, poi, all'improvviso, mi piego in avanti e mi tiro indietro, staccando il contatto tra le mie spalle e la stoffa ruvida dei suoi tubolari. Faccio un passo di lato e riesco a vederla mentre si sbilancia e annaspa solo per un attimo, prima di raggomitolarsi, schiacciandosi le gambe contro il petto per darsi lo slancio e piroettare su se stessa, in aria. Atterra leggerissima sulla moquette, piegandosi sulle ginocchia fino quasi a sfiorare il pavimento e sta per raddrizzarsi quando scatto anch'io. Mi volta le spalle ed è lí che la colpisco con le mani tese, spingendola forte, abbastanza da staccarla da terra e mandarla a sbattere contro il televisore. Scivola di fianco, tra il muro e il frigobar e deve aver sbattuto contro lo spigolo di legno del mobile, perché quando riesce a girarsi ha un piccolo taglio sulla fronte, appena sotto l'attaccatura dei capelli.

– No, Vesna, – le dico. – Mai girare le spalle. Mai.

Lei mi guarda, feroce, per un istante, poi indifferente. Uno sguardo che conosco. Annuisce e solleva la maglietta bianca per asciugarsi il sangue dalla fronte. Se non fosse per quel minuscolo seno appuntito potrebbe davvero sembrare un ragazzo, cosí magra, con i capelli biondi corti sul collo, il volto pallido e un po' duro, da slava.

– Mai, – ripeto, alzando il dito, – mai, – e lei annuisce ancora.

Andrea non voleva mai tornare nella gabbia, dopo. Quando aprivo non usciva, ma quando era fuori non voleva rientrare, non so perché. Mi si appallottolava al dito, graffiandomi la pelle con le unghiette sottili.

Il giorno che mi morse, lo uccisi.

Elisa si accorse di avere una smagliatura nella calza solo dopo essersi seduta sulla poltroncina del negozio e quando ormai si era già tolta la scarpa. Piú che una smagliatura era un vero e proprio buco, piccolo, ma abbastanza da far brillare la curva chiara di un'unghia sotto la trama scura della calza. Rapida, piegò le dita verso la pianta, schiacciando il piede contro il tappeto, mentre il commesso si voltava per andare a prendere il numero giusto del modello che aveva chiesto. Ancora piú rapida, si tirò la punta della calza e la infilò tra l'alluce e l'indice, stringendo le dita. Poi si guardò attorno, per vedere se qualcuno se ne fosse accorto. Nessuno, sembrava, neppure Valeria, che le sedeva accanto e continuava a parlare.

– Dài, dimmi di questo svizzero? Com'è? Ma perché non ti piace? Noi, qui, facciamo tutte il tifo per lui... dài, dimmi com'è questo svizzero...

Elisa si strinse nelle spalle.

– È simpatico... – disse.

– *Simpatico* è come dire che è *un tipo*, cioè che è brutto. Cos'è, grasso? Pelato, con i brufoli?

– Ma no... è anche carino. Solo che...

– Solo cosa? Elisa, sveglia.. hai quasi trent'anni e sei ancora lí ad aspettare quello giusto. E Cristo, buttati, una volta! Non ti farai mica male! Quanti fidanzati hai avuto, finora? No, scusa, quanti *quasi* fidanzati...

Quattro, erano stati quattro, ma Elisa non lo disse. Era arrivato il commesso con la scatola delle scarpe e aveva sorriso, come se avesse seguito il discorso. Elisa arrossí, dimenticandosi anche della smagliatura. La riprese al volo, stringendo le dita del piede appena in tempo.

– Quelle lí? – disse Valeria. – Credevo che avessi chiesto quelle col tacco alla Charlie's Angels... quelle lí sono da vecchia professoressa di liceo.

– Ma sta' zitta...

Elisa prese la scarpa dalle mani del commesso e la calzò spingendo forte col tallone, poi andò fino allo specchio che dal muro scendeva fino a terra. Aveva ragione Valeria. Elisa non si era mai vestita in modo appariscente, di solito maglioncino, camicetta e scarpe basse. Soltanto le gonne le teneva un po' corte, perché aveva fatto ginnastica artistica da piccola, quasi in nazionale, e le gambe erano la sua unica vanità. Ma quelle scarpe erano davvero troppo basse e quadrate, anche per lei.

– Mi stringono, – disse, tanto per non dare ragione a Valeria. – Proviamo quelle altre, quelle col tacco...

– Oh, finalmente una botta di vita...

Valeria era molto diversa da Elisa. Era rossa e appariscente, ma non era bella. Lampada abbronzante, henné per tingere i capelli e tubino stretto la facevano sembrare una donna piú anziana che volesse apparire piú giovane. Si conoscevano dai tempi del liceo.

– Facciamo come quelle tizie della pubblicità, Elisa... prendiamoci una barca e andiamocene via.

– Non la sappiamo guidare, la barca.

– Meglio. Prendiamoci una barca, mettiamoci sopra un machone che la sappia portare e andiamocene via. Non sei stanca di questa vita di merda?

– Guarda che sei tu quella che vive dai suoi e si man-

tiene con le lezioni di Latino. Io faccio un lavoro che mi piace, viaggio un sacco e mi pagano bene.
– Okay... Allora facciamo come le tue vicine del piano di sopra. Affittiamo un appartamento, lo riempiamo di videocamere e ci mettiamo su Internet.
– Ho paura che la Max non sia d'accordo...
Il commesso era tornato. Si inginocchiò sul pavimento e tolse il coperchio a una scatola di stivaletti bassi col tacco lungo e sottile, dalla punta quadrata. Allungò una mano per aiutare Elisa a togliersi la scarpa, ma lei lo anticipò. Prese uno stivaletto dalla scatola e lo infilò, tirando forte perché era stretto, e nel farlo si dimenticò della calza. Sentí il dito che le usciva fuori, nascosto dal cuoio, e arrossí lo stesso.
– Va benissimo, – disse. – Anzi, mi metto subito anche quell'altra... cosí mi abituo al tacco.
Fuori dal negozio, sotto i portici di Bologna, Elisa si attaccò al braccio di Valeria, per farla camminare piú adagio finché non si fosse sentita sicura sulle scarpe nuove.
– Chissà lo svizzero, quando ti vede cosí...
– Ma dài!
– Lavora con te?
– No, lui è a un altro progetto. Io sono su... su quella cosa nuova.
– Tranquilla, non le voglio sapere le vostre formule segrete. Anche se in effetti, se mi passassi una formuletta da vendere...
Elisa si strinse nelle spalle, lasciando il braccio di Valeria. Si sentiva già sicura, piú sciolta e naturale, quasi elastica. Le piacevano, quelle scarpe. Pensò all'effetto che dovevano fare sulle sue gambe e sorrise.
– Io sono l'ultima ruota del carro, – disse. – Nel progetto che stiamo finendo io sono responsabile di una mo-

lecola. Anzi, del legame di una molecola. Di come si lega a tutto il resto.

– Di una molecola? E basta? Mah... Senti, Elisa, quando ti decidi la proposta della telecamera nell'appartamento è sempre valida. Le hai mai viste le tizie?

– Su Internet? No... le incontro sulle scale, quando sono a casa. E le sento certe sere, quando fanno una festa.

– E quello del piano di sotto? L'hai beccato, finalmente?

Elisa strinse le labbra, scuotendo la testa. Quello del piano di sotto. Se ne era dimenticata. Per un certo periodo era stata una curiosità, un gioco, prima che diventasse quasi una preoccupazione. Il fantasma del piano di sotto, lo chiamava Valeria. Non lo avevano mai visto per davvero. Nei fine settimana rientrava la mattina prestissimo e non usciva finché non faceva buio. Durante le feste, quando Elisa era a casa, lui stava fuori e rientrava il giorno prima che lei partisse, sempre di notte. «Non sarà un vampiro?» aveva detto Valeria e avevano riso. Poi aveva detto «Non sarà un serial killer?» ed Elisa aveva riso un po' meno. Anche perché lo aveva intravisto, una volta. Una sagoma nera che spariva in fondo alle scale, al buio. Una sagoma enorme.

Elisa si attaccò al braccio di Valeria, e la strinse. Le tornò in mente quella mattina, il bagnoschiuma, gli occhiali, la musica, ma resistette alla tentazione di dirle qualcosa. Ne avrebbe approfittato per farle una testa cosí col fatto che era esaurita, che ci voleva una vacanza, un fidanzato, lo svizzero... cosí strinse ancora le labbra e scosse ancora la testa, sforzandosi di pensare ad altro.

– Aperitivo? – disse Valeria, indicando il bar che si apriva sotto il portico. Elisa si guardò attorno, accorgendosi solo in quel momento che cominciava a farsi buio.

– Con tutti i tuoi amici fighetti? No, grazie... vado a casa. Ho la mia molecola che mi aspetta...
– Dio, Elisa! Ma è sabato sera!
– Domani scendo dai miei... e lunedí torno in Germania. Magari mi faccio sentire per domani sera... oggi ho bisogno di dormire.

Doveva averlo detto con l'espressione giusta, perché Valeria non replicò. La guardò corrugando la fonte, poi annuí, seria.

– Infatti hai la faccia stanca. Vai a dormire, va'. Ci sentiamo domani, appena torni.

Ma quando arrivò davanti al portone di casa pensò che forse avrebbe fatto meglio a restare fuori con Valeria. Perché rientrare cosí presto? Per fare cosa, da sola, nel suo appartamento vuoto? Qualcosa da mangiare, un po' di fotocopie da leggere, alcuni dati da controllare, poi a letto.

Mentre saliva le scale che portavano al suo interno pensò alle scarpe nuove, ai tacchi alti e quadrati e si sentí ancora piú triste. Perché non aveva comprato quelle basse da vecchia professoressa di liceo se tanto andava sempre a chiudersi in casa? Dove le avrebbe messe, le sue scarpe da Charlie's Angels, in laboratorio?

Il relè scattò quando era ancora a metà scale, un piano sotto il suo appartamento. Elisa si trovò avvolta in un buio totale, spesso e pesante, che le fece allargare le braccia in cerca di punti di riferimento. Con le dita sfiorò il muro e il corrimano delle scale, mentre i suoi occhi cominciavano ad abituarsi all'oscurità e a percepire i contorni piú chiari delle cose. Lo spigolo dei gradini, la macchia biancastra dell'interruttore, piú su, nel pianerottolo, quella grigia di una porta e un'altra, che la fece rabbrividire, troncandole il fiato.

Una sagoma enorme, scura.

Era immobile, gonfia e rotonda, e sembrava assorbire la luce come un buco nero. Non faceva rumore, se non per un sibilo intermittente, spesso e un po' roco.

Poi la sagoma si mosse col rumore di una serratura che scatta, aprí la porta e per un secondo si lasciò illuminare da una luce piú chiara, prima di sparire nell'appartamento. Era un uomo, completamente calvo, il naso storto, le labbra aperte e gli occhi socchiusi. Era enorme.

Elisa aspettò che avesse chiuso la porta, e aspettò ancora, prima di staccarsi dal muro, schiacciare il pulsante dell'interruttore e correre fino al piano di sopra, al suo appartamento. Quando ci arrivò aprí la porta piú in fretta che poté, si chiuse dentro e mise anche la catenella.

Si sentí ridicola. Esaurita, stanca e ridicola. Aveva visto il suo vicino di casa, al buio, ma era solo il suo vicino di casa, sulle sue scale, davanti al suo appartamento, niente di piú. Sí, era grosso, era strano, era misterioso... ma che figura ci avrebbe fatto lei se si fosse voltato e l'avesse vista terrorizzata in mezzo alle scale, come davanti a un vampiro o un fantasma?

Elisa tolse la catenella. Poi strinse le labbra e la rimise. La tolse ancora e la rimise, prima di colpire la porta con un pugno leggero e attraversare il soggiorno fino alla camera da letto.

Lí si fermò, appena sulla soglia, con ancora il dito sul pulsante dell'interruttore appena acceso.

Sul letto rifatto, sul lenzuolo chiaro che aveva piegato lei stessa quella mattina, c'era una macchia scura. Quadrata e lucida di cellophane, con il cartone dell'etichetta e il prodotto ben visibile attraverso una finestrella.

Un paio di calze nuove, scure, identiche a quelle che portava in quel momento, bucate sull'alluce dalla smagliatura.

Stava arrivando.
Anzi, era già lí.
Il topo stava per sfiorare i tendini del collo. Annusare le vertebre sotto la nuca. Grattare i muscoli delle spalle.
Tra poco avrebbe cominciato a mordere e lui non poteva fare nient'altro che chiudere gli occhi, aprire appena le labbra, e respirare piano.

– Credi sia ora, Vesna? Pensi che sia il momento giusto? Allora metti giú quel telecomando e portami il telefono, per favore...

Non sapeva neppure lei per quanto tempo avesse fissato quella macchia scura sul lenzuolo. Immobile, la scatola con le scarpe vecchie in mano, era rimasta lí come se avesse avuto paura di muoversi. Soltanto il braccio le era ricaduto sul fianco, scivolando dal quadrato di plastica dell'interruttore.

Poi aveva lasciato cadere la scatola e rapidissima, quasi isterica, era tornata alla porta d'ingresso e aveva fatto girare la chiave dentro la serratura, cosí forte da farsi male al polso. Aveva anche messo la catenella, sbagliando il foro almeno un paio di volte prima di riuscire a fissarla.

Qualcuno era entrato in casa sua.

Quella non era stanchezza, non era stress da lavoro, depressione, distrazione, quel paio di calze non lo aveva comprato lei, qualcuno le aveva messe sul suo letto.

Elisa si staccò dalla soglia e corse in camera. C'era una finestra, l'unica, che si apriva sul muro davanti al letto. Afferrò la maniglia e tirò, ma era chiusa, come l'aveva lasciata quando era uscita, nel pomeriggio. Appoggiò la fronte al vetro, sforzandosi di guardare ai lati della finestra, poi trattenne il fiato e l'aprí. Gettò fuori le braccia e si aggrappò agli stipiti delle persiane, tirandole in dentro e sfilando le mani appena in tempo per non farsi schiacciare le dita. Poi le fermò con il gancio e serrò anche i vetri, girando rapida la maniglia.

Chiusa dentro. Porta sbarrata, finestra serrata. Chiusa dentro da sola.

Da sola?

La paura le si arrampicò sulla schiena ghiacciandola fino alla radice dei capelli. Davanti a lei c'era l'armadio a muro, socchiuso. Non riusciva a ricordare come l'avesse lasciato quando si era vestita, la mattina. Di solito lo chiudeva. Di solito.

Si guardò attorno in cerca di qualcosa, qualcosa da prendere in mano e stringere, piú per se stessa che per usarla effettivamente, e chissà per cosa. Non trovò altro che uno degli stivaletti che erano caduti fuori dalla scatola e lo prese, sollevandolo sopra la testa. Si avvicinò all'armadio, senza sapere cosa fare. Aprirlo. Aprire l'anta socchiusa e guardarci dentro. Metterci dentro la testa.

All'improvviso si sentí molto stupida. L'armadio era incassato nel muro ed era cosí stretto che doveva inclinare le grucce per appenderci i vestiti. Non avrebbe potuto esserci nascosto nessuno lí dentro, e neppure sotto il letto, che era troppo basso. E nell'altra stanza, quella d'ingresso, c'erano soltanto una poltrona, un tavolo e un po' di cuscini. Era sola nel suo appartamento, completamente sola, almeno adesso.

Elisa girò attorno al letto e si sedette accanto alla confezione di calze. La prese in mano e lasciò che il cellophane le frusciasse tra le dita, poi l'aprí. Erano identiche alle sue, stesso colore, stessa trama, stessa misura.

Si chinò in avanti, aprí la cerniera sottile che correva al lato dello stivaletto destro e se lo tolse. L'alluce spuntava quasi tutto dal buco della calza, bianco, fastidioso e nudo, con appena un filo teso all'angolo dell'unghia. Elisa si sentí a disagio, molto a disagio, troppo. Si accorse che era proprio quella la ragione del suo disagio, quel buco fastidioso, ma non per il motivo che credeva lei. All'improvviso, tutti gli elementi che le bollivano da qualche parte nella mente confusa uscirono allo scoperto e si legarono assieme.

Chi aveva messo le calze sul suo letto sapeva di quella smagliatura.

Chi era entrato nel suo appartamento l'aveva seguita e osservata, senza che lei se ne accorgesse.

Chi era entrato nel suo appartamento lo aveva fatto anche quella notte, sostituendo la cassetta e il bagnoschiuma, e cambiando posto agli occhiali.

Chi era entrato nel suo appartamento era lí anche mentre faceva la doccia.

C'era qualcuno che la osservava, la seguiva, la studiava ed entrava in casa sua come e quando voleva.

Fu in quel momento che squillò il telefono.

Elisa urlò. Montò sul letto, in ginocchio, guardando fuori dalla camera. Il telefono era nell'ingresso, vicino alla porta, sul tavolo accanto alla poltrona.

Suonò due volte poi smise.

Restò in silenzio un secondo e cominciò di nuovo.

Questa volta Elisa non urlò. Rimase a guardare il telefono, le orecchie ferite da quel trillo acuto, insistente e continuo. Avrebbe voluto farlo smettere, avrebbe voluto un po' di silenzio per pensare, capirci qualcosa, poi le venne in mente che poteva essere Valeria, sua madre o qualcuno a cui poter chiedere aiuto e allora saltò giú dal letto e corse fino al tavolino, inciampando quasi sulla potrona.

– Pronto! – disse. – Pronto! – gridò, – Valeria? Sei tu? Mamma?

Il silenzio assoluto, cosí totale che sembrava assorbire la sua voce, il battito del cuore, il suo respiro, le fece capire subito che all'altro capo della linea non c'erano né Valeria né sua madre. Allungata sul bracciolo della poltrona, una mano puntata sul cuscino per non cadere giú, Elisa rabbrividí ancora, e piú violentemente, quando sentí la voce. Morbida, un po' acuta, appena cantilenante.

– Ciao, Elisa, – disse. – Posso venire a trovarti? Vorrei che facessi qualcosa per me...

Non posso aspettare piú, pensò.
Ho paura.
Adesso salgo, pensò.
Adesso salgo.

Elisa lasciò cadere la cornetta, come scottasse. Il segnale di occupato del telefono continuò a risuonarle nelle orecchie per qualche secondo, poi il dolore che sentiva sul fianco appoggiato al bracciolo la fece scuotere. Spinse col palmo della mano contro il cuscino della poltrona, freneticamente, finché non si trovò in piedi, a barcollare smarrita. Il pavimento gelido sotto la trama smagliata della calza le fece ricordare che in mano aveva ancora uno stivaletto. Poi si irrigidí.

C'era stato un rumore dietro la porta d'ingresso.

Un raschiare veloce, come quello delle zampe di un cane. Un sospiro risucchiato, come un colpo di tosse trattenuto. Un sibilo spesso e roco, come un rantolo.

Poi un colpo secco. Uno schiocco sul legno, forte, come una martellata su un chiodo.

Elisa trasalí, schiacciandosi una mano sulla bocca per non urlare. Si guardò attorno senza sapere cosa fare, senza un'idea che le attraversasse il cervello, senza nient'altro che quella sensazione fisica che le ghiacciava la pelle, che le schiacciava il petto impedendole quasi di respirare. Paura. Paura per quello che c'era dietro la porta. Paura per quel sibilo. Paura. Paura. Paura.

Il secondo colpo la fece scattare.

Prima ancora che avesse finito di risuonare sul legno aveva già sfilato la catenella dalla fessura di metallo e prima che ne arrivasse un terzo aveva già aperto la porta. Era buio sul pianerottolo, cosí non riuscí a vedere altro che una sagoma nera, nera ed enorme, rotonda ai bordi delle spalle e della testa liscia, una sagoma nera con un buco nel centro da cui usciva quel sibilo roco, ma per lei era già sufficiente. Sollevò il braccio e colpí lí col tacco della scarpa, su quel buco sibilante, una botta decisa, con tutta la forza che aveva, cosí forte che lo stivaletto le saltò via di mano.

Il sibilo si bloccò e la sagoma nera si piegò da una parte, lasciandole uno spiraglio di penombra sul pianerottolo. Elisa ci si infilò in mezzo e schizzò fuori, aggrappandosi al corrimano e correndo di sotto, senza quasi toccare i gradini. Scivolò alla prima rampa battendo un ginocchio a terra, ma si rialzò subito, forzando la gamba nonostante il dolore che le attraversava le ossa fino al cervello. Volò oltre l'angolo della seconda e oltre la terza, e si staccò dal corrimano solo quando arrivò al piano terra, gettandosi verso il portone, che si stava aprendo. C'era un uomo, che si bloccò sulla soglia quando la vide arrivare, inarrestabile, inevitabile, velocissima. Riuscí solo ad allargare le braccia e a fare mezzo giro assieme a lei, per non cadere.

– Aiuto! – gridò Elisa. – Per favore, mi aiuti! C'è qualcuno in casa mia! Mi aiuti, non mi lasci, mi aiuti!

L'uomo continuò a girare. La stringeva tra le braccia, come se ballasse, e fece con lei almeno un paio di giri, prima di fermarsi, appoggiandosi al muro e accendendo il relè con la schiena.

– No che non ti lascio, – disse, morbido, acuto, un po' cantilenante. – No che non ti lascio, Elisa.

Di colpo, a Elisa mancarono le forze. Le gambe le cedettero e sarebbe caduta in ginocchio se l'uomo non l'avesse tenuta stretta, schiacciata contro il suo petto. Sul momento fece fatica a vederlo, accecata dalla paura e dalla luce del relè, poi lo mise a fuoco. Occhi azzurri, giovane, faccia squadrata da una barba riccia e bionda. Non alto, tarchiato, forte. Sorrideva, col volto vicinissimo al suo, e si piegò in avanti, come se volesse baciarla. Invece le schiacciò sulle labbra qualcosa di freddo e piatto, che le lasciò in bocca quel sapore elettrico che sentiva da piccola quando leccava il cucchiaino, o una posata di metallo.

Poi, all'improvviso, l'uomo smise di sorridere.

Elisa vide qualcosa di enorme entrare nel suo campo visivo. Qualcosa che le sembrò un polipo nero e velocissimo le attraversò la coda dell'occhio e andò a schiacciarsi sulla faccia dell'uomo, coprendogli il naso, la barba riccia, gli occhi dilatati dalla sorpresa. L'uomo fece un passo indietro, trascinato dalla spinta, spazzato via assieme ad Elisa stretta tra le braccia, senza mollarla. Poi lo schianto della nuca contro il muro lo fece sobbalzare come se fosse stato colpito da un fulmine, e piú che aprirsi, le braccia gli caddero.

Elisa finí in ginocchio. Alzò la testa e vide un uomo enorme che stringeva la faccia di quello con la barba. Il tintinnio di un coltello sul pavimento le fece sbattere le palpebre, un attimo prima che l'uomo nero allargasse le dita e l'altro scivolasse lungo il muro, a sedere per terra.

L'uomo enorme allungò un braccio verso di lei.

– Tieni, – disse, ed Elisa si trovò in mano la sua scarpa.

Poi successe qualcos'altro.

L'uomo enorme si contrasse, incassando la testa tra le spalle e stringendo i pugni, come se qualcosa gli avesse fatto molto male. Barcollò di lato ed Elisa vide che c'era un ragazzo, un ragazzo esile e biondo, che si muoveva velocissimo. Il ragazzo corse verso l'uomo, solo un paio di passi rapidi sulle punte dei piedi, poi si bloccò e si piegò su un fianco, facendo perno su una gamba. Stese l'altra e il taglio della suola della sua scarpa da ginnastica colpí l'uomo enorme in piena faccia, una, due, tre volte. Poi il ragazzo abbassò la gamba, piroettò sulla punta del piede e colpí la bocca dell'uomo col tallone dell'altro, strappandogli uno schizzo di sangue dalle labbra spaccate. Tornò a terra con troppo slancio, quasi di spalle, alzando le braccia in difesa e aspirando aria per riprendere fiato, socchiudendo gli occhi per guardare l'uomo che barcollò ancora, piú forte, ma senza cadere, e fu da quello sguardo lanciato da sopra la spalla, dal taglio degli occhi e dal modo in cui contrasse la bocca che Elisa si accorse che non era un ragazzo, quello, ma una ragazza. L'uomo scattò, caricando il peso sulla spalla e stendendo il braccio. La ragazza fece appena in tempo a voltarsi. Prese il diretto sulla tempia e si afflosciò a terra come uno straccio.

Elisa si guardò attorno, smarrita. Era accaduto tutto in pochissimi secondi e lei non aveva quasi fatto in tempo a rendersi conto di niente. In ginocchio sul pavimento, con una scarpa in mano, sentí un colpo di tosse alle sue spalle, secco e rabbioso, poi un altro. L'uomo enorme si chinò su di lei, afferrandola per un polso.

– Venga, – disse. – Venga, presto! Venga!

Poi la staccò dal pavimento, e senza quasi farle toccare terra la trascinò fuori, oltre il portone, in mezzo alla strada.

– Vesna? Svegliati, Vesna... non è il momento di dormire. Corrigli dietro, bambina... io ho un bel po' di strada da fare.

– Basta! Fermati, basta! E Cristo, fermati! Ho una scarpa sola!

Era un miracolo che non fosse caduta, indecisa se saltellare su un tacco a cui nemmeno era abituata o sul piede nudo che schioccava sul marciapiede. Ma l'uomo non la mollava, correva tirandola per un braccio ed Elisa pensò che se fosse inciampata davvero l'avrebbe sollevata come si fa con i bambini, col braccio alzato e lei aggrappata a farci *vola vola* sotto. Si fermarono soltanto quando lui si bloccò all'improvviso, lanciandola dentro un androne e schiacciandola contro il muro, nella penombra, finché non si fu sporto oltre l'angolo per sbirciare fuori almeno un paio di volte. Allora si appoggiò al muro anche lui, con un sospiro cosí profondo che sembrò non dovesse finire mai.

Elisa lo guardò e si lasciò sfuggire un gemito.

Era una maschera di sangue. Aveva le labbra spaccate e la bocca gonfia, un occhio chiuso da un taglio che gli attraversava un sopracciglio e un ematoma bluastro sopra il naso. Respirava a fatica, soffiando un ringhio spezzato e roco fuori dai denti arrossati. Anche senza tutto quel sangue, avrebbe fatto paura lo stesso, alto, grosso, rasato a zero, con i muscoli gonfi sotto la maglietta nera e il tatuaggio di un teschio su un bicipite enorme. E verde, illividito come lei dal neon di una farmacia che dal marciapiede davanti tagliava la penombra del lampione.

Chi sei? avrebbe voluto chiedere Elisa, *Chi sono loro? Cosa vuoi? Cosa vogliono? Perché?* e avrebbe voluto chiederlo tutto insieme, e avere tutte le risposte insieme, per capire tutto all'improvviso, chiaro e naturale, perché gli occhiali, perché la musica, perché il bagnoschiuma, le calze, il coltello, le botte, tutto, ma non era possibile, cosí fece la prima domanda che le venne in mente, ed era la piú stupida.

– Perché siamo scappati?

– Perché non sono fatto di ferro. Le botte le reggo, ma quando si mettono a sparare ho dei problemi anch'io.

Lo aveva detto tra le labbra rotte, soffiando dal naso una bollicina rossastra che gli scoppiò sul bordo della narice, ed Elisa non fu sicura di avere capito.

– Sparare? – disse. – Sparare a chi?

– A noi, – disse l'uomo. – Non ha sentito i colpi perché Barbetto aveva un silenziatore.

A Elisa tornarono in mente i colpi di tosse, secchi e rabbiosi. Ricordò anche la sensazione calda di un'ape o di una vespa che le era ronzata vicino all'orecchio, quasi tra i capelli, e cominciò a tremare.

– Ma come... – iniziò, – ma come, ma come, ma come... – poi abbassò la testa, perché l'uomo aveva alzato una mano come se volesse colpirla con uno schiaffo. Le prese invece una spalla, stringendola piano ma con forza, finché non si fu calmata, o almeno, finché non ebbe smesso di tremare.

– Per favore, – le disse, – non si faccia venire un attacco isterico. Siamo solo nascosti in un portone e se quelli sono ancora in giro... – Lasciò la frase in sospeso, perché Elisa lo aveva guardato con gli occhi spalancati. Allora disse qualcos'altro, per distrarla.

– Mi chiamo Marco. Faccio il buttafuori in una discoteca e qualche volta la guardia del corpo. Sto sotto di lei, al secondo piano.

– E cosa ci facevi dietro la mia porta?

– Avevo mal di testa.

Elisa lo guardò, senza sapere cosa pensare. L'assurdità di quell'affermazione la calmò di colpo, facendola sentire lucidissima. Stanca, esausta ma lucida, come certe sere, quando tornava dal laboratorio ed era cosí sfinita che non riusciva a dormire ma continuava a pensare, come se il cervello andasse avanti da solo, e fosse impossibile spegnerlo. Anche lui la guardò. Aveva gli occhi verdi, leggermente obliqui, o meglio, uno era obliquo, l'altro non era facile dirlo. E sempre poi che rimanesse verde anche fuori dalla luce della farmacia.

– Soffro di mal di testa, – disse, mormorando quasi, come se avesse paura. – Non lo sopporto e non posso prendere niente perché mi fa male allo stomaco. Ho sentito che lei è una dottoressa e che cura proprio il mal di testa.

Quanti anni poteva avere? Cosí rasato e cosí grosso sembrava piú vecchio. Anche il volto, lividi e sangue a parte, era segnato e lo faceva sembrare piú grande. Ma quanti anni poteva avere? Era piú giovane di lei.

– No, – disse Elisa. – Non sono un dottore... cioè, non sono un medico. Sono un chimico. Lavoro per una azienda che fa medicinali.

– Ah.

– Sí, è vero che adesso stiamo lavorando a un analgesico nuovo che... vabbe', non credo sia il momento. Chi era quell'uomo? Cosa voleva da me?

Marco si strinse nelle spalle. Piegò all'improvviso le labbra in una smorfia dubbiosa, serrando i denti per il dolore. Elisa cercò qualcosa per asciugargli il sangue, ma non aveva niente, neppure un fazzoletto. Lui scosse la testa, alzando una mano.

– Dovrebbe saperlo lei, – disse.
– Dovrei sapere cosa? Chi è quell'uomo? Io non l'ho mai visto...
– Aveva una pistola col silenziatore. Una ragazzina ninja che a momenti mi ammazza. Non credo fosse un maniaco sessuale.
– Non lo so chi erano! – Elisa si schiacciò una mano sulle labbra perché aveva gridato. – Non lo so chi erano... – sussurrò. – Mi hanno sorvegliato, mi sono entrati in casa, anche mentre dormivo... Al telefono ha detto che voleva qualcosa da me.
– Soldi?
– Ma per carità... non ne ho e non ce li ha la mia famiglia.
– Allora la formula segreta di un farmaco.
A Elisa sfuggí un sorriso. Se ne vergognò, quasi, data la situazione, ma non riuscí a reprimerlo.
– Oh, sí, certo...
– Perché? Lei è una chimica, ha detto...
– Guarda che non è cosí semplice. Lavoro su un progetto nuovo, ma a parte che io mi occupo di una molecola, anzi... del legame di una molecola, a parte questo, c'è un problema di brevetti e di capacità produttive. Non è che io passo una formula a un'altra ditta e questa da domani si mette a fabbricare una medicina nuova al posto nostro. E comunque, andiamo in produzione da lunedí, quindi... lascialo stare, il farmaco non c'entra in questa storia.
– Va bene. E allora?
– Allora niente. Io vado dai carabinieri.
Fece per uscire dal portone ma lui la trattenne. La ragazza gli lanciò uno sguardo veloce, abbastanza spaventato perché lui la lasciasse subito.

– Io ci vado... io vado dai carabinieri. Mi hanno aggredita, mi sono entrati in casa, e ho paura. Io vado dai carabinieri! Non puoi trattenermi!

– Non voglio trattenerla. Voglio solo guardare che non ci sia nessuno.

– Vieni anche tu?

– No.

– Perché? Hanno picchiato anche te... cosí mi aiuti a spiegare...

– Ho detto di no. Non ho un buon rapporto con i carabinieri. Ce n'era uno in borghese nella mia discoteca, c'è stato un po' di casino, io non l'ho riconosciuto e l'ho crocchiato, per sbaglio. Non insista, per favore, io non ci vengo dai carabinieri. Può cavarsela benissimo da sola.

Elisa strinse gli occhi. Lo faceva tutte le volte che stava per piangere, riusciva a piegare in giú gli angoli degli occhi, mentre il labbro di sotto premeva contro quello di sopra. Da piccola era il preludio a un mugolio sottile e costante, che accompagnava le lacrime. Da grande aveva imparato a farlo in silenzio.

– Oh, che cazzo... – mormorò Marco. – Va bene... l'accompagno fino alla caserma. Ma io non entro, resto fuori...

Si sporse oltre il muro dell'androne, senza nascondersi troppo, pensando che se fossero stati ancora da quelle parti li avrebbero già trovati. Disse *Forse è meglio che si metta la scarpa*, aspettò che Elisa avesse finito di saltellare su un piede solo per infilarsi lo stivaletto e uscí assieme a lei. Poi la fermò, perché stava andando a destra, le indicò la sinistra con un cenno del mento, incassò la testa tra le spalle, infilando le dita nelle tasche dei jeans, e si diresse deciso da quella parte.

Quando Vesna arrivò in Italia nessuno riuscí a capire subito quanti anni avesse, se fosse maschio o femmina, neppure di che nazionalità fosse. Era un cosino piccolo, rigettato dal mare sulle coste della Puglia, stracciato e fradicio, come fosse stato masticato. Cercava di nascondersi sotto la sabbia, abbagliato dalle fotoelettriche della Guardia di Finanza, e c'era quasi riuscito, se un brigadiere non lo avesse tirato fuori tenendolo per una gamba, come un granchio.

Che fosse una femmina lo avevano capito non appena si era dovuta spogliare per la doccia, ma all'inizio l'avevano presa per un maschio, tanto che dovettero farle cambiare fila e attraversare gli spogliatoi con le mani incrociate sul pube, perché i suoi vestiti li avevano buttati via. I capelli li aveva già corti, biondastri e stopposi e pieni di pidocchi, e anche dopo che l'ebbero lavata e disinfettata continuarono a sembrare arruffati, anche se erano piú morbidi, e puliti.

Che potesse avere dodici, tredici anni lo avevano immaginato, anche se lo stato generale di denutrizione le aveva dato lo sviluppo di una ragazzina anoressica. E che fosse albanese lo avevano visto. Dalla nave erano sbarcate a nuoto trecento persone di almeno cinque nazionalità diverse, tra slavi, curdi, turchi, tamil e albanesi, e a parte gli occhi grigioazzurri e la carnagione pallidissima, che restringeva il campo, era con quelli che stava, con gli albanesi, anche se finché rimase nel campo nessuno la sentí mai dire una parola.

Finché rimase nel campo. Un mese, perché all'inizio del secondo scappò.

Vesna era troppo magra e troppo androgina per fare la prostituta, cosí la banda che la comprò la rivendette come topo d'appartamento. Imparò ad arrampicarsi come una lucertola. Ad aprire porte e finestre. A camminare silenziosa come un gatto su pavimenti, tappeti e moquette. A vederci anche al buio e a sentire con le dita. A passare attraverso le inferriate. A saltare da un tetto a un terrazzo, e a scivolare in un camino. A lanciare un cavo d'acciaio e a passarci sopra in equilibrio, come un acrobata. Se fosse stata un'altra cosa, Vesna avrebbe fatto fortuna in un circo.

Quando la rilevai non si chiamava ancora Vesna, ma Ombra. Credo che neppure quello fosse il suo nome, la chiamavano cosí perché era come un'ombra, in effetti, invisibile e silenziosa, ma a me non piaceva, e da quel che sembrava, neppure a lei. Vesna mi venne in mente per via di un film, *Vesna va veloce* e lei, infatti, è sempre stata velocissima, anche nell'imparare. Sono convinto che se parlasse, parlerebbe un buon italiano, senza inflessioni. Ma piú di qualche monosillabo non le ho mai sentito dire.

Se fosse un'altra cosa, forse sarebbe anche carina. Ha una piega morbida sulle labbra, sopracciglia folte, piú scure dei capelli, che le disegnerebbero gli occhi in un taglio piú femminile, e interessante. Anche le mani, nonostante le unghie corte e rotte, perché se le mangia, sono piccole, delicate, e carine. Se fosse un'altra cosa, Vesna.

Per adesso è tutto quello che serve. L'assistente di un professionista. Capace di salire lungo una grondaia fino al sesto piano di un condominio, smontare i listelli di una serranda, aprire una porta finestra, muoversi nel buio fino alla scrivania e recuperare i documenti. E tagliare la gola al tizio che li aveva rubati, mentre è a letto che ancora dorme. Mi immagino che mentre gli metteva una mano sulla bocca per non farlo gridare abbia avuto quel suo sguardo, Vesna, prima feroce poi indifferente. È stato il nostro ultimo lavoro, il piú recente. Studiato nei minimi particolari, come sempre.

Per questo, quando Vesna mi chiama al cellulare mentre ancora sto guidando e mi dice una parola sola, *carabinieri*, sorrido e non mi preoccupo. So già cosa dirà la ragazza e posso immaginare benissimo come reagiranno loro.

- Allora, mi faccia capire. Le si era smagliata una calza...

Il carabiniere si piegò in avanti, guardando oltre l'angolo della scrivania ed Elisa alzò un piede, istintivamente, indicando la punta dello stivaletto. Poi arrossí, perché si sentí ridicola.

- Sí, ma non è questo l'importante. Io, dopo, ho trovato delle calze uguali sul mio letto... capisce? Ce l'avevano messe loro.

- Loro... cioè quelli che le hanno cambiato il bagnoschiuma?

- Sí... e anche la musica nella radiosveglia.

Elisa abbassò gli occhi sul piano di formica della scrivania. Era per non vedere quelli del carabiniere, che si sentiva addosso, fermi in attesa che dicesse qualcosa di sensato, compassionevoli ma anche un po' indispettiti, come quelle poche, pochissime volte che le era successo con un professore, all'università. Gli occhi non li vedeva, ma le mani sí. Le mani del carabiniere erano bianche e magre come lui, ma soprattutto erano ferme, le dita intrecciate sul verbale di denuncia sul quale aveva scritto soltanto il cognome e il nome, Carloni Elisa, e basta. Aveva appoggiato la penna sul foglio appena lei aveva cominciato a parlare, a raccontargli quel delirio di calze smagliate, occhiali che si spostano e bagnoschiuma fantasma. Quando era arrivata a sconosciuti nascosti nel buio e giganti buoni dalle labba spaccate e teschi tatuati sui bicipiti, il carabiniere era già da un po' che aveva intrecciato le dita, tamburellando ogni tanto con la punta dell'indice sul dorso della mano.

– Non potrei parlare con qualcuno piú in su? – Elisa si schiarí la voce, tenendo sempre gli occhi bassi. – Non è per sfiducia, ma magari con qualcuno della Squadra mobile...

– Signorina, quella ce l'ha la polizia, noi abbiamo il Nucleo operativo. Poi, guardi, non si preoccupi... non mi offendo se vuole vedere il maresciallo, ma già non ci ho capito niente io, che sto qui tutto il giorno a raccogliere le denunce piú strane... si figuri se la mando su a quest'ora che casino succede. Senta, mettiamo da parte calze e bagnoschiuma... ha detto che qualcuno le è entrato in casa. C'erano segni di effrazione?

– No.

– Ha detto che le hanno telefonato. L'hanno molestata? Oscenità, versi, cose di questo genere? L'hanno minacciata?

– No –. A Elisa sfuggí un singhiozzo trattenuto, come quello dei bambini. Tenne ancora gli occhi bassi, fissi sulle mani del carabiniere.

– Senta... ci riesce a dirmi qualcosa che configuri anche lontanamente un reato?

– Mi... mi hanno sparato con una pistola col silenziatore.

Il carabiniere non disse niente. Rimase silenziosocosí a lungo che se non fosse stato per le mani Elisa avrebbe detto che se ne era andato. Allora alzò gli occhi e vide che il carabiniere non la guardava piú ma fissava il soffitto con un'espressione strana. Sembrava cercasse di trattenersi.

– Mi ripete che mestiere fa, per favore? – disse, sempre al soffitto.

– Sono un chimico, – mormorò Elisa.

– E cosa fa? Sintetizza eroina per la mafia? Fabbrica cocaina per i narcos colombiani? Produce ectasy per la mafia russa?

– No. Lavoro alla Max. Faccio medicine.

– Ecco, – disse il carabiniere, abbassando gli occhi. Erano tornati compassionevoli. Sempre un po' indispettiti, ma molto compassionevoli, perché Elisa aveva ricominciato a piegare in giú gli occhi e a stringere le labbra e sembrava davvero che sarebbe bastata una parola a farla scoppiare a piangere.

– Ecco. Credo che sia un lavoro piuttosto stressante. A volte succede di impegnarsi troppo e alla fine... – Mosse le mani, finalmente. Sciolse le dita e sollevò una mano all'altezza del volto, agitando i polpastrelli davanti agli occhi. Un movimento rapido, come se suonasse una scala veloce su una tastiera immaginaria che aveva sulla fronte. Un accenno appena, perché non sembrasse cosí offensivo, ma un accenno deciso.

Elisa annuí, inspirando aria col naso. Le sfuggí di nuovo un singhiozzo piccolo, trattenuto e tronco, e non disse niente, perché sapeva che se avesse aperto la bocca, se avesse mosso uno qualunque dei lineamenti del suo volto si sarebbe messa a piangere.

Alzò una mano anche lei, a mezz'aria, poi si voltò, e camminando rapida sui suoi tacchi sottili da Charlie's Angel uscí dalla caserma.

Ci sono tante forme di intimidazione. Lettere anonime con una mano nera impressa col carbone, come nell'America di Petrosino. Frasi ritagliate con le lettere dei giornali. Telefonate nel cuore della notte... ma sono sciocchezze. Cosí convenzionali da non essere piú prese sul serio, e comunque lasciano sempre qualche traccia che può essere denunciata. Qualcosa su cui focalizzare l'attenzione e poter dire: ho ricevuto una minaccia.

La mafia degli usurai, ad esempio, fa qualcosa di diverso. Ammazza il tuo fornaio, quello da cui compri il pane tutte le mattine. O il signore del piano di sopra, quello a cui dici *buongiorno* quando lo incontri sulle scale mentre vai a lavorare. Un giorno qualcuno gli spara per la strada, o lo trovano morto in casa, poi un distinto signore viene da te e ti dice *Hai visto cosa succede se non paghi*. Ti fa capire che sanno tutto di te, che possono raggiungerti ovunque e che non hanno nessun problema ad ammazzare. Hanno fatto fuori uno sconosciuto, figurarsi te che gli hai fatto uno sgarbo.

Ingegnoso, ma pericoloso. C'è un morto di mezzo. Un collegamento, qualcosa che può interessare un magistrato intelligente. Non mi piace.

Io preferisco agire sui particolari. Quelli piú quotidiani, che quando vengono toccati diventano assurdi. Ecco, mi metto nei panni della vittima: posso denunciare una lettera anonima, posso farmi ascoltare per un omicidio, ma chi mi prenderebbe in considerazione per un bagnoschiuma?

Tutto questo però non basta. Serve, è giusto, ma non basta. Ci vuole anche qualcos'altro.

Un paio di occhiali adatti, intanto. Sono incerto tra quelli rotondi, con la montatura sottile, o quelli di tartaruga, con le lenti spesse. Provo quelli sottili, mentre guido, sollevandomi sul sedile per guardarmi nello specchietto retrovisore.

No, fanno antipatico. Fanno primino della classe.

Allora quelli grossi.

Sí. Anche se non ci vedo molto e devo togliermeli subito per non uscire di strada, sono quelli giusti. Mi allargano gli occhi dandomi un'espressione innocua e divertente. Fanno simpatico.

Ok, allora. Quelli grossi.

Fuori, Elisa si mise a piangere. Piano, senza singhiozzi, solo con le lacrime che le scendevano lungo le guance, le labbra strette e gli occhi socchiusi, trattenendosi.

Marco uscí da dietro una colonna e la prese per un braccio, senza dire niente. Si era lavato il sangue, ma sembrava comunque un pugile appena dopo un incontro, con quel taglio sul sopracciglio, le labbra gonfie e un livido nerastro sulla fronte. Ma non faceva piú paura. Anche se si era arrotolato la manica della maglietta sul braccio, scoprendo oltre al teschio tatuato la scritta *Natural born killer*, anche se continuava a respirare roco tra i denti, come un maniaco al telefono. Aveva un'espressione sofferente, una luce spenta negli occhi, che faceva quasi compassione.

– Ho mal di testa, – disse alla ragazza, interpretando il suo sguardo. – Ce l'avevo prima di bussare... figurati adesso dopo tutte quelle botte.

Serví a distrarla. Poco, ma abbastanza da farla smettere di piangere. E ricominciare a pensare.

– Che ti hanno detto? – chiese Marco.

– Niente. Non mi hanno creduto. Neanche una parola. Non ci credevo neanch'io mentre lo dicevo.

– Lo immaginavo. E adesso? Che fai?

Elisa cominciò a mordersi l'interno della guancia. Non lo faceva piú da quando studiava Chimica, all'università. China sui libri si mordeva la bocca ferocemente, tanto da sentire il sapore dolciastro del sangue, cosí si era imposta di smettere. Ma in quel momento lo fece di nuovo, senza accorgersene, e spingendo anche con la punta del dito per arrivare piú a fondo.

– Devo chiamare i miei, – disse. – Che ore sono?

– Non porto l'orologio, – disse Marco facendo scorrere le dita sul polso troppo largo, ma intanto Elisa aveva già sollevato la manica del maglioncino, scoprendo il suo. Le dieci e mezzo.

– Mio padre è cardiopatico, – disse. – Non posso chiamare nel cuore della notte... ma a quest'ora sí.

– E cosa gli dici?

– Non lo so. Li chiamo. Ho bisogno di parlare con qualcuno... poi ci vado. Prendo il treno... no, è troppo tardi. Mi faccio prestare la macchina da Valeria e ci vado. Avverto mia madre, che papà non si spaventi se mi sentono arrivare tardi...

Marco annuí, massaggiandosi una tempia con le punte delle dita. Teneva gli occhi chiusi, ma sentiva Elisa vicino a sé, pronto a riaprirli quando l'avesse sentita muoversi.

– C'è una cabina? Sí... oddio, non ho neanche una lira...

Marco fece *aspetta* con un cenno della mano. Tirò fuori il portafogli dalla tasca dei jeans ed estrasse una scheda telefonica. Socchiuse appena gli occhi per porgerla a Elisa, mormorando: – Non ho il telefono, in casa.

Elisa prese la scheda e corse al telefono. Si infilò sotto la cupola di plexiglas che lo copriva e fece il numero dei suoi. Il display indicava un credito di quasi diecimila lire, e questo le diede un assurdo senso di sicurezza.

Uno squillo, due, tre... stavano già dormendo? Quattro, cinque... la casa non era grande.

– Sí?

— Mamma? Pronto, mamma, sono Elisa —. Calma. Calma. Non spaventarla.
— Oh, ciao, Elisa... come stai?
— Bene, benissimo, senti... papà? Non l'ho disturbato?
— Ma no, ma no... è sveglio. È di là...
Lo sentí ridere, infatti, lontano, nella stanza in fondo al corridoio. Parlava e sembrava si stesse divertendo e anche questo le diede un assurdo senso di sicurezza. Si era sempre preoccupata per suo padre, da quando era piccola e lui aveva avuto il primo infarto e aveva rischiato di morire. Elisa scacciò quel pensiero, fisicamente, scuotendo la testa, e si concentrò sulla madre, la famiglia. Tra poco ci sarebbe andata, si sarebbe nascosta lí, chiusa nella sua stanza da bambina, con il padre e la madre, e avrebbe deciso cosa fare. Se nessuno voleva crederle, almeno il maresciallo di Gradara l'avrebbe ascoltata, quando ci fosse andata con il padre e la madre, tutta la famiglia Carloni unita a giurare che lei non era pazza e che le sue storie di calze e bagnoschiuma esigevano una risposta.

Intanto non si era accorta che la madre stava ancora parlando.

— ...Poi è cosí simpatico, ci ha fatto ridere tutta la sera, te lo passo?
— Chi, papà?
— Ma no, papà... non mi hai sentito? Ti ho detto che è venuto a trovarci il tuo professore... Chimica due, mi pare, passava di qui per un convegno e ha detto *Vediamo se c'è Elisa...* Ti ricorda come una studentessa cosí brava.
— Chimica due? Balboni?
— Non lo so, non li conosco i tuoi professori di università, quelli di liceo tutti, ma questi... non mi ricordo come si chiama, ma è quello simpatico, con gli occhiali grossi. Adesso te lo passo... professore! Indovini chi c'è!

Quello simpatico, con gli occhiali grossi. Elisa corrugò la fronte, storcendo la bocca per mordersi una guancia. Non ricordava nessun professore simpatico con gli occhiali grossi. Nessun professore simpatico, comunque.

Poi sentí la voce, morbida, acuta, un po' cantilenante, e capí subito.

– Elisa? Ciao, Elisa. Ricordi? Devo ancora parlarti. Vorrei che facessi una cosa per me...

Questa volta si mise a piangere liberamente, senza trattenersi. Appena ebbe riattaccato la cornetta e si fu accorta che aveva Marco alle spalle, affondò il volto contro la sua maglietta nera e scoppiò a piangere, urlando, anche, con la bocca spalancata. Marco esitò, senza sapere cosa fare, poi l'abbracciò, piano, senza stringerla, affondando le dita di una mano nei riccioli neri e lasciando che gli riscaldasse il petto con i singhiozzi umidi. Le appoggiò un braccio sulla spalla e la fece scomparire, quasi, avvolta da quella massa nera di muscoli, a urlare senza voce, finché non si fu calmata.

– Mi stai soffocando, – mormorò Elisa, dopo un po'.

– Scusa –. Marco aprí le braccia e fece un passo indietro. Il mal di testa tornò insistente e solo allora si accorse che prima, mentre la teneva tra le braccia, un po' si era attenuato.

– Ha detto di andare a casa, – disse Elisa. – Era lui, è con i miei... non so come ma c'è. Ha detto di andare a casa e di aspettare una sua telefonata.

– Andiamo a casa, allora.

– Ho paura di andare a casa. Ho paura. Ho paura.

Sembrava sul punto di ricominciare a piangere. Marco la prese per le spalle, con tutte e due le mani, come se volesse sollevarla. Invece la girò, allontanandola dalla cabina.

– Vengo anch'io, – disse. – Andiamo a casa e aspettiamo questo cazzo di telefonata.

A casa, però, le tornò la paura.

Sulla soglia del suo appartamento Elisa si irrigidí, senza il coraggio di entrare. Non serví a niente che Marco entrasse a controllare e che le giurasse che non c'era nessuno. Elisa riuscí soltanto ad arrivare fino a metà del salottino, poi vide la cornetta del telefono ancora a terra e cominciò a singhiozzare. Marco le disse che sarebbe rimasto lí anche lui, seduto sulla poltroncina, ma Elisa non smetteva di singhiozzare, cosí lui ebbe un'idea.

Di sotto, a casa sua. Avrebbero tenuto le porte aperte per sentire il telefono, e si sentiva, lo sapeva lui che riusciva a udirlo anche con la porta chiusa, e quando dormiva. Avrebbero atteso la telefonata di sotto, in casa sua.

Elisa non disse né sí né no, ma si lasciò prendere per la mano e portare giú. Un solo piano, una sola rampa di scale.

L'appartamento di Marco era identico al suo, come rifiniture e disposizione di stanze, ma solo in questo. Una piccola palestra nella prima stanza, con una panca, manubri, bilancieri e una macchina con un sedile nero. Un letto nella seconda, una specie di brandina militare, con l'intelaiatura di metallo. Magliette, maglioni, calzoni e mutande piegati dalla lavanderia e impilati lungo il muro, in una serie di colonne. Nient'altro. Niente tavolo, niente sedie, niente armadio, niente. Però aveva due poster anche lui, in camera da letto. Una spiaggia tropicale, con il sole che filtrava tra le palme e si rifletteva sulla sabbia bianca. E un gattino. Un gattino rosso che dormiva, le zampe vicine al muso, tenute sollevate dal bordo di un lenzuolo, e la testa su un cuscino.

– È per quando ho mal di testa, – disse Marco, come se si vergognasse. – Mi sdraio sul letto e lo guardo. Dorme cosí bene che ho l'impressione che mi rilassi.

– Non dovresti sdraiarti, – disse Elisa. – Quando hai mal di testa... dovresti stare seduto, o comunque con la testa sollevata.
– Ah sí? – disse Marco. Si avvicinò, anche, interessato, quasi ansioso.
– Ti fa molto male? – chiese Elisa.
– Sí... cioè, non lo so. So cosa significa sentire molto male e credo che i miei siano soltanto normali mal di testa. Ma io non li sopporto.

Sfilò il fondo della maglietta dai jeans e la sollevò. Elisa vide una pancia squadrata dagli addominali come una scacchiera, attraversata in alto da una cicatrice piú chiara.

– Una coltellata, in una rissa. Un marocchino mi ha fatto uno sbrago cosí e io sono andato in ospedale da solo, in macchina, guidando con uno straccio sulla pancia. Non ti immagini neanche quanto faceva male, ma io sono cosí. Ho fatto pugilato, posso prendere cazzotti e calci in faccia e neanche me ne accorgo... ma il mal di testa non lo sopporto. Ci sono quei dolori che non sopporti, no? Ecco, per me è il mal di testa.

– Per me sono le mestruazioni, – disse Elisa.
– Sí, – mormorò Marco, ma era solo per dire qualcosa. Si guardarono attorno, imbarazzati. In tutte e due le stanze non c'era nulla su cui sedersi, a parte la panca, la macchina per i dorsali e il letto. Elisa si sentiva stanchissima, sfinita. L'eccitazione e la paura, tutta l'adrenalina che l'aveva fatta fremere, correre e piangere erano svanite e le avevano lasciato soltanto una gran voglia di appoggiarsi da qualche parte e magari dormire. Si accorse che anche Marco guardava il letto. Allora prese l'iniziativa e andò a sedersi, in fondo alla branda, con le gambe fuori, da una parte, e le spalle appoggiate alla struttura di metallo. Stava scomodissima.

Marco esitò piú a lungo, poi si mosse e si sedette anche lui, ma dall'altra parte, con le spalle appoggiate al muro. Gambe fuori dal letto, sull'altro lato. Testa contro il muro freddo.

Elisa scosse la testa. Tirò su le gambe e abbassò la cerniera degli stivali. Se li tolse, poi camminò in ginocchio lungo il letto e raggiunse Marco, che si era irrigidito.

– Fatti in là, – disse. Gli fece alzare le spalle e sistemò il cuscino contro il muro, in modo che potessero appoggiarsi tutti e due, comodamente. Poi allungò le gambe sul letto, sfregando assieme le punte dei piedi, con un sospiro di sollievo. Anche Marco allungò le gambe, cercando di restare in bilico sul bordo del letto, lontano da Elisa. Un braccio, soprattutto, lo sbilanciava. Se Marco, largo com'era, lo lasciava sul fianco, cercando di non sfiorarla, il braccio lo spingeva fuori, costringendolo a tendere i muscoli per restare sul letto. Elisa se ne accorse. Alzò di nuovo le spalle e gli fece cenno con la testa.

– Dài, – disse. – Non è che poi dobbiamo fidanzarci per forza...

Marco annuí, allungò il braccio, facendolo passare dietro le spalle di Elisa, sollevò a sua volta le gambe sul letto, e sospirò, piú comodo. Per un attimo, quando lei gli si appoggiò contro, morbida e calda, dimenticò il mal di testa. Ma solo per un attimo.

Lei lo sentí. Alzò la testa e lo guardò, sofferente, con gli occhi chiusi, le labbra sollevate sui denti, a respirare lento, roco. Aveva puntato l'altro gomito contro il muro e si teneva una mano aperta sulla testa calva, e ogni tanto stringeva le dita, come per spremersi fuori il dolore. Elisa pensò che in effetti, con quel setto nasale deviato dalle fratture, doveva soffrire di sinusite a ogni cambiamento di tempo. E con quella muscolatura e tutto il peso che por-

tava sulla spina dorsale doveva avere una cervicale che lo faceva impazzire. Come se non bastasse, c'erano quei colpi sul volto e uno era anche il suo. Doveva essere quel livido nero sulla fronte, il tacco della sua scarpa da Charlie's Angel. Elisa alzò una mano, istintivamente, e allungò un dito per sfiorarlo lí, per accarezzarlo, ma si trattenne. Lui sentí il movimento e aprí gli occhi.
– Hai preso qualcosa? – chiese lei.
– In che senso?
– Per il mal di testa. Hai preso qualcosa?
– No –. La guardò, da sotto le palpebre pesanti. Sorrise, appena. – E comunque quella roba lí è troppo leggera, – disse. – Non serve a niente.
– Non è vero, sei tu che non la sai prendere. Intanto va proporzionata al peso, poi va presa nella dose giusta. E soprattutto va presa prima, appena arrivano i sintomi. Allora ti garantisco che conta.

Non sapeva se l'avesse sentita. Aveva chiuso gli occhi di nuovo e li teneva cosí, un po' stretti, respirando piano. Elisa spostò la spalla, aderendo con la guancia al bicipite di Marco, sodo e gonfio come un cuscino.
– Vabbe'… comunque io sono un chimico e non un medico, – disse, piú che altro per sé. Marco sospirò, sempre con gli occhi chiusi.
– In ogni caso io non posso prendere niente, – disse. – Quella coltellata mi ha fatto un buco nello stomaco –. Staccò la mano dalla fronte e si sfiorò la pancia con la punta delle dita. – Se ingoio qualcosa mi brucia per tutta la giornata… mi brucia molto. Preferisco il mal di testa.

Elisa si stava addormentando. Di colpo una stanchezza inarrestabile l'aveva avvolta completamente, svuotandola di ogni energia. Era qualcosa di caldo che sembrava scioglierla, mescolarla in un vortice lento e farla svanire in una nebbia vaporosa e biancastra. Parlò piano, come si parla nel sonno.

– Il nuovo farmaco a cui stiamo lavorando non fa cosí. È una formula diversa, nuova, con un altro dosaggio. In pochissimo tempo il picco plasmatico raggiunge una concentrazione di 6,5 mg Asa per... vabbe', non importa. Comunque si mastica, ma essendo formulata con magnesio carbonato non si scioglie nello stomaco, quindi non brucia e non fa male. È quello che fa la mia molecola... cioè, il legame della molecola che ho curato io. Non chiedermi come, sono troppo stanca per spiegartelo e tu non capiresti comunque. Però in venti minuti scompaiono i sintomi del mal di testa senza che lo stomaco ne risenta. Se la prendi nel modo giusto, naturalmente.

Senza accorgersene, aveva detto cose che aveva giurato di non rivelare finché il prodotto non fosse stato lanciato sul mercato. Ma era troppo stanca per pensarci, e anche se l'avesse fatto era quasi sicura che Marco non le avrebbe capite. Marco invece aprí gli occhi, li spalancò, senza curarsi del dolore al sopracciglio tagliato. Si sollevò su un gomito, anche, per guardare Elisa che ormai era quasi scivolata nel sonno e non reagí alla contrazione del bicipite sotto la sua guancia.

– Fa passare il mal di testa? Subito?
– Sí, – mormorò Elisa.
– E non fa male allo stomaco?
– No.
– Cioè... cioè la posso prendere anch'io?
– Sí... penso di sí. Sí.

Marco chiuse gli occhi e appoggiò la testa al muro, sospirando. Un sospiro lungo e sottile, che sembrava un gemito. Se Elisa fosse stata ancora sveglia avrebbe potuto vederlo. Avrebbe potuto vedere il sorriso tremante che gli aveva stirato appena le labbra spaccate, e anche le lacrime, due lacrime piccole e rotonde, che dall'angolo delle palpebre gli stavano scivolando lente sulle guance.

Vesna pensa che in tutta la sua vita non ha mai dormito cosí. Abbracciata a un uomo, in quel modo. Accanto a un uomo, sopra o sotto, qualche volta sí, ma cosí mai. Abbracciata lei a lui, e lui a lei, e cosí tanto.

In Questura, quella volta che si era fatta prendere in un appartamento, l'assistente sociale le aveva chiesto se quelli della banda l'avevano violentata. Se avesse risposto, Vesna avrebbe detto di no. Non c'era stato bisogno di violenza. Non aveva detto niente e non aveva fatto niente, neanche quando aveva sentito male, la prima volta. Allora aveva dormito per terra, perché Amir non voleva che gli sporcasse il letto di sangue.

Vesna pensa che in tutta la sua vita nessuno le ha mai infilato le dita tra i capelli. Cosí, per tenercele e non per stringere o tirare. Del resto, non li ha mai avuti lunghi i capelli, per via dei pidocchi, all'inizio, poi perché è piú comodo. Chissà, forse, se li lasciasse crescere, non le verrebbero neanche cosí, i capelli, ricci e folti da poterci passare dentro le mani, forse le resterebbero corti comunque, corti e stopposi. Ogni tanto Mattei le aveva toccato i capelli. Non accarezzato, toccato, piano, con piccoli colpi sulla testa, come aveva visto che si faceva ai cani, quando erano stati buoni.

Vesna pensa che la ragazza nella stanza deve sentirsi molto tranquilla e protetta, abbracciata a quel ragazzone grosso con il tatuaggio. Nonostante tutto ciò che le è successo. Nonostante Mattei e il suo piano. Nonostante ci sia lei, a osservarli da dietro il vetro della finestra, tra le listelle della serranda. Si vede da come dorme che si sente tranquilla, lo capisce da come respira. Ha mosso un braccio, a un certo punto, si è contratta stringendosi al ragazzo, ma subito lui ha mosso le dita tra i suoi capelli e lei si è rilassata, ed è sembrata ancora piú morbida di prima. Quando Mattei l'aveva comprata, Vesna non si era sentita protetta. Piú sicura sí, ma non piú protetta. Mattei era piú forte dei suoi amici, l'aveva scelta, l'aveva voluta e loro erano stati costretti a dargliela. Era già notte quando l'aveva portata a casa e lei si era spogliata e si era infilata nel suo letto, ma lui aveva sollevato la coperta e le aveva fatto segno di saltare fuori. *Sono un professionista*, le aveva detto, *il nostro è un rapporto di lavoro*, e non l'aveva toccata, mai. Dormiva nell'altra stanza, su un materasso appoggiato per terra, e fin dalla prima mattina lui era venuto a svegliarla, si era battuto una mano sulla coscia e le aveva detto *Qui, Vesna!*

Quando sentí il rumore, Elisa stava sognando, anche se non sarebbe riuscita a ricordare cosa. Non se ne accorse subito, prima si rese conto confusamente di essere abbracciata a Marco, quasi sdraiata su di lui, con un braccio di traverso sul suo petto e una gamba sulla coscia, la punta di un piede infilata dentro l'imboccatura di una gamba dei suoi calzoni. Poi percepí il rumore, un picchiettare strano, sul vetro forse, come se qualcuno volesse avvertirla di qualcosa. Subito dopo focalizzò il rumore piú importante, lo squillo del telefono, attraverso la tromba delle scale, al piano di sopra.

– Oddio! – gemette, con la voce arrochita dal sonno, e il suo movimento fece alzare Marco a sedere con uno scatto che quasi la buttò giú dal letto. Elisa lo scavalcò, scese dall'altra parte e corse fuori dall'appartamento di Marco, di sopra, scivolando sulle scale, poi dentro nel suo, un'altra volta sulla poltrona, a strappare la cornetta dalla forcella.

– Sí! Sí, sono qui!
– Brava, Elisa, brava... ti eri addormentata?

Deve avere corso, perché la sento ansimare. Vesna mi ha detto che stava al piano di sotto, altrimenti non avrei lasciato squillare il telefono cosí a lungo. Ma è meglio tenerla un po' sulla corda. Quando lavoravo per le Istituzioni ho imparato come si fanno certe cose.

– Sei sveglia, Elisa? Voglio che mi ascolti con attenzione, senza perdere una parola.
– Sí, sono sveglia. Sono pronta.

C'è ostilità nella sua voce, e questo non è bene. La fa piú decisa, già pronta in partenza a resistere. Peccato. Ma non importa. Vedremo di rimediare.

– So che non hai l'appoggio dei carabinieri, so che non stai registrando, so che questo telefono non è sotto controllo. So che posso parlare liberamente. Lavori per la Max, vero? Dimmi di sí, Elisa.
– Sí. Lo sa e non è mai stato un segreto.
– Lavori al nuovo analgesico, vero? Dimmi di sí, Elisa.

Elisa corrugò la fronte. Alzò gli occhi a guardare Marco fermo sulla soglia, appoggiato allo stipite, che mosse la testa in un cenno interrogativo.

– Sí, – disse Elisa. Come faceva a saperlo?
– Sei responsabile di quella parte della formula che permette all'analgesico di essere assorbito senza sciogliersi nello stomaco. È inutile che tu mi dica di no, lo so con sicurezza. La ditta di cui rappresento gli interessi è riuscita ad arrivare fino a questo livello, ma non oltre.

Elisa scosse la testa, come se l'uomo potesse vederla. Mosse una mano davanti al volto, e sorrise, anche se non si divertiva affatto.

– Lei è pazzo. Guardi che se vuole la formula, a parte che non gliela darei... non se ne farebbe niente! Ci sono i brevetti! Poi la ricerca si chiude lunedí, con gli ultimi test... lunedí pomeriggio trasmettiamo tutto alla fabbrica di Barcellona e si va in produzione la sera stessa!

Voleva dire qualcos'altro, voleva ripetere *Lei è pazzo*, aggiungere *È tutto inutile, mi lasci stare, non dirò niente a nessuno*, ma il silenzio che sentí dall'altra parte della cornetta la bloccò.

Mormorò: – Pronto? È ancora lí, pronto?

– Sí, ci sono ancora.

È di nuovo spaventata. Le faccio piú paura quando non sa dove sono e mi immagina da qualche parte, in agguato. È cosí che deve essere, quindi sto in silenzio ancora un po', finché non resiste e ripete *Pronto?* Ma io la interrompo a metà parola.

– Ho detto che voglio che mi ascolti con attenzione. Ho detto che non voglio che perdi una parola. Non ho detto che devi parlare tu. Hai capito? Dimmi di sí, Elisa.

– Sí.

Niente piú ostilità. Umiliazione, paura, attesa. Bene.

– Voglio che fai una cosa per me. Non voglio la formula del farmaco, hai ragione tu, non ci serve. Voglio che vai a lavorare regolarmente, lunedí, come tutte le settimane. Voglio che vai nel tuo laboratorio, col tuo pass, a occuparti della tua molecola, come faresti se non fosse successo niente. Poi voglio che modifichi il legame del magnesio carbonato. Voglio che alteri la tua molecola in modo che nessuno si accorga di niente, cosí che quando l'analgesico finirà sul mercato il suo assorbimento non sia indolore. Come quello di qualunque altra compressa, né piú né meno. Non ti chiedo di avvelenare la gente, Elisa, solo di fare in modo che il nuovo farmaco non funzioni.

Aspetto, per darle il tempo di metabolizzare quello che ho detto, l'importanza della mia proposta. Ma non abbastanza perché riesca a riflettere sulle sue conseguenze. Poi sparo il resto, piú rapido e diretto possibile.

– Se lo fai, ci sono centomila dollari per te depositati

in un conto anonimo, in una banca svizzera. Se non lo fai, uccido tuo padre e tua madre.

Marco fece un passo in avanti, entrando nella stanza. Elisa aveva riagganciato la cornetta con un'espressione cosí terrorizzata che gli aveva fatto addirittura stringere i pugni, come a doverla difendere da un'aggressione fisica, presente in quel salottino.
– Ha detto che mi dà qualche ora per pensarci, – disse Elisa.
– Pensare a cosa? – chiese Marco, ma lei non lo ascoltò.
– Ha detto che mi richiama domenica mattina. Che ci devo pensare bene. Che devo farlo. Se no uccide papà e mamma.

Seduta sul suo letto, la schiena appoggiata al muro, le gambe sollevate e le braccia strette attorno alle ginocchia, Elisa osservava le pareti color panna della camera da letto, i poster con la tabella degli elementi e il modello dell'atomo, la libreria Ikea, l'armadio a muro, l'orso di peluche di un quasi fidanzato. Aveva ceduto i suoi due cuscini a Marco, perché tenesse la testa sollevata, e lui si era addormentato di nuovo, gemendo nel sonno, ogni tanto.

Per tutto il resto della notte, era rimasta sveglia, a pensare.

Modificare il legame della sua molecola significava far fallire il progetto del farmaco nuovo. Provocare un enorme flop sul mercato, con gravissime conseguenze per l'azienda. Un buco enorme, una cifra folle. La Max non produceva soltanto quel farmaco ma un colpo lí sarebbe stato comunque un bruttissimo colpo. E avrebbe fatto fallire il *suo* progetto. Le sembrava un tradimento.

L'alternativa era raccontare tutto ai carabinieri, alla polizia, alla Max. Cosí i suoi genitori sarebbero morti. Forse anche lei, dopo.

Oppure stare zitta, andare a lavorare come se niente fosse e portare alla fine il progetto, con successo, curando al meglio la sua molecola e il suo legame col resto. E cosí i suoi genitori sarebbero morti. E forse anche lei.

Avrebbe potuto modificare la molecola senza che nessuno potesse accorgersene. Almeno, non subito. Avrebbe potuto farlo, poi licenziarsi e sparire con quei centomila dollari. O farsi licenziare per incompetenza e cambiare lavoro. Avrebbe potuto tradire.

Avrebbe potuto non farlo.

Avrebbe potuto farlo.

Elisa rimase cosí, seduta sul letto con le braccia strette attorno alle ginocchia, a guardare i suoi poster, le sue pareti, il suo nido. A pensare, ininterrottamente, fino alla mattina.

Fino alle luci dell'alba.

A domenica.

Domenica

– Elisa?
– Sí.
– Hai riflettuto sulla proposta che ti ho fatto?
– Sí.
– Hai riflettuto bene?
– Sí.
– Allora senti cosa facciamo. È molto semplice. Se la tua risposta alla mia offerta è sí, ci incontriamo di persona e ci mettiamo d'accordo su quello che puoi fare. Se la tua risposta è no, non mi vedrai piú, non sentirai piú parlare di me finché non verrai a sapere che è successo un incidente ai tuoi genitori. Ormai hai capito quanto posso essere... presente, vero?
– Sí... sí, l'ho capito.
– Bene. Allora spero proprio che la tua risposta sia un sí, Elisa. Cosí potremmo mandare fuori il tuo gorilla e la mia Vesna, perché nessuno ci rompa le scatole mentre ci chiudiamo da te e parliamo. Non ho mai visto il tuo appartamento, sarà un'occasione per capire i tuoi gusti e conoscerti meglio. Elisa? Elisa ci sei ancora?
– Sí, ci sono. Stavo pensando.
– Dovresti già averlo fatto, Elisa. Ormai non hai piú tempo. Sí o no?
– Sí.
– Ho capito bene, Elisa? Sí? Accetti la mia proposta?

- Sí. L'accetto. Sí.
- Brava, Elisa. Hai fatto la scelta giusta. Aspettami che tra poco arrivo.
- Ti aspetto. Via Altaseta 4. Terzo piano.

Elisa riagganciò la cornetta e rimase un po' a guardare il pavimento, con una mano sul cuore. Poi corse in camera da letto, a scuotere Marco, che non si era accorto di niente e stava russando.
- Marco... ascolta, Marco. Mi sembra una cosa pazzesca, ma... mi è venuta un'idea.

Il gorilla è sulla porta e appena mi vede irrigidisce la mascella. Non mi preoccupo, ho percepito un movimento dietro una colonna, so che è Vesna. Può essere grosso e cattivo finché vuole ma basta che allunghi una mano su di me e lei gli taglierà la gola. Non la muove, la mano, mi guarda soltanto, feroce, ancora piú feroce quando lo saluto con due dita alla fronte, come un militare.

Salgo di sopra, una rampa di scale, due, tre, poi busso alla porta.

– Avanti, – dice lei.

Entro.

È buio, ci sono le serrande abbassate e solo un'abat-jour che illumina una poltrona accanto a un telefono, ma non importa. Ci vedo bene, al buio, ci sento bene e so che non c'è nessun altro nella stanza. Siamo soli, lei e io.

Elisa è carina. È seduta sulla poltrona e tiene le gambe accavallate. Belle gambe. È scalza e vedo che ha ancora la smagliatura sull'alluce. Un particolare che mi fa sorridere.

– Posso sedermi? – chiedo. Lei non dice niente, cosí devo guardarmi attorno, ma non vedo nulla di utile. Mi avvicino allora e mi siedo sul bracciolo della sua poltrona. Meglio cosí. Piú incombente, piú intimo, serve.

– Dimmi cosa devo fare.

Ostile, ostile e decisa, ma ormai non conta piú.

– Devi andare a lavorare, lunedí mattina. Aereo per Colonia, treno per il laboratorio, vialetto fino alla Max. Ci vai presto, prima degli altri e quando sei nel laboratorio modifichi il processo di sintesi del farmaco nuovo. Lo fai in modo che nessuno se ne accorga e che vada in produzione cosí. Poi te ne torni a casa, passi da Lugano e ritiri i dollari.
– Se no?
– Se no cosa?
– Se no cosa fai?

Vuole l'ultima botta, la bambina. È comprensibile. Vuole che le spazzi via i sensi di colpa, definitivamente.

– Se no, uno di questi giorni, o uno di questi mesi, quando mi torna piú comodo, tuo padre e tua madre avranno un incidente d'auto e moriranno carbonizzati nella macchina. Oppure tua madre si romperà il collo cadendo per le scale e tuo padre avrà un altro infarto, non so... dipende da quello che mi viene in mente. Per il tuo gorilla è facile, si prenderà una coltellata in una rissa. Tu vivrai, credo. Almeno per un po'.

Le infilo un dito tra i riccioli, annodandomi i suoi capelli attorno alla falange e intanto mi guardo attorno. Vedo un poster alla parete. L'oscurità si è fatta penombra e riesco a distinguerne i particolari. È un gruppo musicale che suona su un palco illuminato, sotto la scritta «Mtv».

– E perchè ci hai sparato con il silenziatore?
– Per errore, credo.

C'è qualcosa che non va. Quella domanda è forzata e inutile. Elisa non si scosta, lascia che giochi con i suoi capelli come un amante o un vecchio amico. C'è qualcosa che non va.

Mi alzo. Vado alla porta. Accendo la luce.

E le vedo.

Elisa si rannicchiò contro la poltrona, appallottolata come un riccio, e guardò l'uomo che girava lo sguardo per tutta la stanza, voltando la testa a destra e a sinistra, a scatti. Ogni volta che vedeva una webcam si bloccava, per scattare di nuovo subito dopo. Lo fece almeno cinque volte, prima di fermarsi sul computer acceso, con il monitor oscurato dal salvaschermo. Allora tirò fuori la pistola e la puntò su Elisa.

– Cosa sono? – ringhiò. – Cos'è questo posto?

– Sono telecamere, – disse Elisa, alzando una mano per coprirsi il volto, assurdamente. – Questo non è il mio appartamento, è quello delle ragazze di sopra. Sei in diretta su Internet. Hai confessato in diretta, davanti a centinaia di computer.

L'uomo aprí la bocca e si fece sfuggire un altro ringhio sordo, senza parole. Si girò di scatto e sparò allo schermo del computer, bucandolo con uno schiocco secco, che stranamente non lo fece esplodere. Poi alzò la testa al soffitto e ruggí. Un urlo roco, fortissimo, che scese giú, lungo la tromba delle scale e arrivò fino di sotto, fuori dal portone.

– Vesna! Qui!

La cosa che piú mi fa impazzire è che Vesna non mi ha detto niente. Non è essere caduto in questa trappola. Potevo immaginarlo, dovevo immaginarlo, ma non l'ho fatto ed è colpa mia. Pazienza.

La cosa che piú mi fa impazzire è che Vesna non mi ha avvertito. Lei lo sapeva che stavo salendo al piano sbagliato, lei c'era stata a casa di Elisa. Io no, ma lei sí. Perché non me lo ha detto? Perché?

Vesna entrò nella stanza. Era curva in avanti e questo la salvò, perché Mattei aveva tenuto conto del fatto che era piccola, ma non cosí tanto. Il proiettile della sua pistola le passò tra i capelli e si schiacciò contro lo stipite, scheggiando il legno laccato. Vesna non si fermò. Quando era salita di corsa fino al terzo piano non immaginava cosa la stava aspettando, ma era abituata a reagire in fretta, cosí si lanciò dritta verso Mattei, piegando a sinistra un attimo prima che lui sparasse di nuovo. Gli girò dietro, come faceva di solito, e gli mise un piede sulla coscia, spingendo con le mani sulle sue spalle, per aiutarsi a salire. Ma invece di alzarsi dritta come faceva sempre, si sedette, passandogli le gambe magre attorno al collo e stringendo con forza, mentre con una mano cercava di afferrargli il polso che teneva la pistola.

A Mattei sfuggí un gemito soffocato. Barcollò, sparando un altro colpo, mentre con una mano cercava di allentare la stretta che gli serrava la gola. Piantò le dita nella coscia di Vesna, cercò di tirare in basso la pistola che lei gli aveva afferrato, poi cominciò a spingere all'indietro, a correre, verso il muro che aveva alle spalle.

Vesna capí. Allacciò le caviglie una sull'altra e tese le gambe per stringere piú forte, ma non fu abbastanza, perché quando batté con la schiena contro il muro perse la presa, e quando batté di nuovo, e Mattei le piantò la testa nella pancia, lei scivolò giú dalle sue spalle, lasciando la pistola.

Ma riuscí a rimanergli attaccata, come un koala, le gambe strette attorno ai fianchi e le braccia attorno al collo. Gli fece perdere l'equilibrio e finirono a terra, insieme, rotolando sul pavimento, finché non furono lui sotto e lei sopra.

– Ti ammazzo, – ringhiò Mattei, cercando di scollarsela di dosso. Vesna si strinse a lui, affondandogli il volto contro il petto, velocissima e inafferrabile, come un piccolo serpente. Voltò la testa di lato e vide la mano che impugnava la pistola, allora allungò una gamba, la stese, dritta, e con il piede bloccò il polso di Mattei, schiacciandolo contro il pavimento. Poi gli afferrò la cravatta, la fece girare due volte attorno alla mano e strinse, chiudendo l'altra sul nodo.

Mattei spalancò la bocca, spingendo fuori la lingua in un conato soffocato. Strinse i denti e riuscí a infilare un dito sotto la stoffa della cravatta, cercando di allentarla.

– Maledetta, – soffiò, – ti ammazzo, maledetta!

Tirò forte, col braccio armato, e riuscí a far scivolare la mano sotto il piede di Vesna, un po', fino al bordo della suola di gomma, ma non abbastanza, ancora. Vesna affondò la testa contro il suo petto e strinse ancora di piú, flettendo i muscoli delle braccia, serrando le mani attorno alla stoffa fino a farsi male. Infilò anche lei le dita di una mano sotto la stoffa e la girò, stringendo piú forte. A Mattei sfuggí un rantolo. Tirò ancora verso il basso e la mano con la pistola scese un po' di piú sotto il piede di Vesna.

Elisa era rimasta a guardare, impietrita dalla paura, rannicchiata contro lo schienale della poltrona. Non si era accorta neppure dei proiettili che le ronzavano attorno, schiacciandosi contro il muro ogni volta che Mattei contraeva il dito sul grilletto. Si scosse soltanto quando Marco entrò nella stanza, curvo in avanti anche lui, tenendosi le mani sulla testa come per ripararsi dalla pioggia.

– Vieni via! – le urlò afferrandola per un braccio, – vieni via, Cristo!

La sollevò di peso dalla poltrona e la portò fuori dalla stanza, riuscendo anche a chiudere la porta, un attimo prima che uno schiocco rabbioso si schiacciasse contro il legno.

Lunedí

C'era un ragazzo col naso schiacciato contro il vetro del finestrino che gridava *Deutschland! Deutschland!* ogni volta che il treno si fermava alla stazione e passavano persone di colore. Ma era solo, e smise di gridare quando nello scompartimento entrarono tre indiani e si sedettero proprio davanti a lui.

Anche Elisa guardava fuori dal finestrino. Avevano appena lasciato l'aeroporto di Colonia, Köhln sul suo biglietto della Lufthansa, e mancava ancora un po' al laboratorio, ma già si aspettava di vedere le prime casette basse della cittadina, la stazione, lo stabilimento della Max e la stradina grigia che l'avrebbe portata fino a là.

Non vedeva l'ora di arrivarci. Aveva un progetto da finire. Una molecola da curare fino in fondo, no... il legame di una molecola. Doveva fare qualcosa di grande. Un farmaco nuovo.

Ma anche se non vedeva l'ora di arrivare, Elisa sapeva che una volta licenziato il progetto, non avrebbe aspettato altro che il momento di tornare a casa. Non le era mai successo prima, ma prima ad aspettarla c'erano soltanto i suoi, Valeria e l'orso di peluche di un quasi fidanzato. Adesso c'era anche un mistero, un mistero che la incuriosiva tanto che avrebbe voluto sapere come sarebbe andato a finire. Come imbarcarsi in una ricerca nuova. Come unire due elementi diversi, l'acido acetico con quello salicilico.

Una chimica carina, riservata e precisina come lei con un bestione pelato che respira tra i denti e fa il buttafuori in una discoteca.

Sarebbe stato interessante vedere come sarebbe andata a finire. Ma per saperlo avrebbe dovuto aspettare il fine settimana, quando sarebbe tornata a Bologna.

Avrebbe dovuto attendere.

Fino a venerdí.

Cominciava con una strana sensazione alla base del collo. Punture di spillo, come i denti di un topo microscopico impegnato a rosicchiare i muscoli, cosí insistentemente e cosí a fondo da arrivare ogni tanto a grattare le ossa delle vertebre. E non restava lí, fermo sotto la nuca, scendeva, scivolava lungo i muscoli delle spalle e giú, fin quasi al centro della schiena.

Una volta, la cosa peggiore era sapere che stava arrivando. Era sapere che stava arrivando e sapere di non poterci fare niente.

Adesso no. Adesso poteva chiudere gli occhi e aspettare sapendo che presto Elisa serebbe tornata e glielo avrebbe portato.

Qualcosa che poteva prendere anche lui.

Qualcosa che poteva fargli passare il dolore.

Rapidamente.

No smoking
di Giampiero Rigosi

*Ringrazio Roberta, Nic e Matteo.
Dedico questo racconto
ai miei genitori.*

I.

Il commissario Roccaforte si svegliò di soprassalto con la precisa sensazione che qualcuno fosse appena stato assassinato. Seduto sul letto, cercando a fatica di spingere l'aria nei polmoni, il commissario contemplava il buio davanti a sé, senza riuscire a decidere se quello che aveva appena vissuto era un'incarnazione delle sue paure, un incubo, o un'oscura premonizione. Il grido, il terrore, il tonfo del corpo che cadeva privo di vita, erano creazioni del suo sonno disturbato o davvero qualcuno, in un punto imprecisato della città, aveva commesso un omicidio?

Non era la prima volta che viveva presagi di questo genere. Capitava, quasi sempre di notte, che soffocanti ondate di sofferenza giungessero a lui in modo insondabile. Come se, dopo tanti anni di crimini e di orrore, il suo corpo fosse innervato a strade, edifici e sotterranei, attraverso invisibili terminazioni in grado di trasportare fino a lui il male, tutto il male che veniva compiuto in un qualsiasi punto della città.

Il commissario si alzò e, zoppicando leggermente per via di un tallone che da anni gli dava dei fastidi, si diresse verso il gabinetto. Dopo, andò in cucina a bere un bicchiere d'acqua. Resistette con grande sforzo all'impulso di mettersi a rovistare nei cassetti alla ricerca di una sigaretta dimenticata. Nove giorni prima aveva smesso di fumare, e non era facile, in casi come questo, mantenersi saldo alla decisione presa. Versò un altro mezzo bicchiere di minerale e si sedette al tavolo di cucina, sfogliando distrattamente il quotidiano del giorno prima, in attesa di recuperare il sonno.

Era trascorsa piú di un'ora dal suo risveglio, quando fu di nuovo assalito da quella sensazione. Una mano che colpiva, lo sgomento e il dolore, lo spasmo di una vita che si stava spegnendo. Si aggrappò al bordo del tavolo, soffocato dal panico. Questa volta era sveglio: non poteva essersi trattato di un incubo. O forse era scivolato senza rendersene conto nel dormiveglia, con il mento poggiato sul palmo della mano, mentre il suo sguardo scorreva su quell'articolo di politica estera? E se non sognava, da dove venivano quelle visioni? Lentamente, riuscí a ritrovare il respiro.

Sapeva come andavano le cose in quei momenti. Riaddormentarsi era trovare un pozzo pieno d'acqua in mezzo al deserto.

Fece scivolare due dita, adagio, lungo la pagina del giornale, poi annusò il polpastrello, intriso dell'odore di inchiostro da stampa. I timpani fischiavano per il silenzio, rotto solo dai borborigmi notturni del palazzo. Le lancette dell'orologio sembravano immobili.

Si alzò, spense la luce e, seguendo la debole luminosità che proveniva dalla camera da letto, imboccò il corridoio. Restò un paio di minuti seduto sul letto. Forse si era trattato soltanto dei soliti, terribili sogni. Si sdraiò e prese dal comodino l'ultimo numero di «Polizia moderna». Resistette con infinita pazienza, pagina dopo pagina, fino a quando le palpebre non diventarono pesanti. Posò il giornale sul comodino e, dopo aver tirato le coperte fino al mento, pigiò l'interruttore dell'abat-jour.

Stava già per riaddormentarsi, quando lo squillo del telefono lo fece sobbalzare. Con il cuore che gli martellava contro le costole, allungò il braccio verso il comodino. Afferrò il ricevitore e, facendo cadere la rivista, se lo portò all'orecchio.

– Sí?
– Dotto', sono io. Mi deve scusare, ma...
– Lascia perdere, Loiacono. Un omicidio?
– Proprio cosí. Mi scusi, ma lei come faceva a saperlo?
– Voglio sperare che non mi chiami alle quattro e mezzo di mattina per parlarmi dei reumatismi di tua moglie.
– Ha ragione, dotto'. Che stupido. Comunque c'ha azzeccato. Qui ci sta uno con la testa sfondata. Sembra che era un pezzo grosso. Si è già messo in allarme pure il questore. È meglio se viene anche lei, per vedere di persona.

Il commissario deglutí. Loiacono aveva il potere di fargli ghiacciare il sangue, con quelle sue concise e terrificanti descrizioni. Non era mai un omicidio e basta. Ventri squarciati, stagni di sangue, visceri sparsi sul pavimento. Macelleria della piú truculenta. E spesso di notte. Cosí, di colpo, tutta quella carne lacerata, tutto quel sangue estraneo si proiettava sul biancore delle lenzuola come su uno schermo cinematografico, inquinando in maniera irrimediabile anche il rifugio piú intimo: la sua camera da letto.

– Vuole che la mando a prendere, dotto'?
– No, non importa. Mi arrangio da solo. Avete già avvertito il magistrato?
– Non ancora, dotto'.
– Bene, allora fatelo. Ci vediamo tra poco.
– Dotto'...
– Cosa c'è?
– Non le ho mica detto dov'è il posto.
– Ah, già. È vero, – disse Roccaforte, armeggiando nel cassetto per rintracciare carta e penna. – Dimmi pure, ti ascolto.

Dovette sfregare piú volte la biro sul foglio prima che l'inchiostro si decidesse a circolare nella sfera. Annotò l'indirizzo e il nome dell'azienda dov'era stato trovato il cadavere.

Dopo aver riattaccato, si costrinse a spingere le gambe giú dal letto. Inforcò le ciabatte e si sollevò, puntellando i palmi delle mani sul materasso. Il calcagno, ricevendo il peso del corpo, gli mandò la solita fitta. Una specie di scossa elettrica che gli saettava lungo il polpaccio, su per la coscia, fino a ramificarsi nella natica. Fu quasi una consolazione ritrovare quel dolore concreto, famigliare. Tirò un respiro profondo, per farsi forza. Il suo incubo non aveva mentito. Anche quella volta, qualcuno era stato ammazzato.

Quando scese in garage per prendere la sua vecchia Lancia Delta, tutto il freddo dei sotterranei gli si annidò tra le scapole. Cercò rifugio sull'auto e, anche se era già metà aprile, spostò la levetta del riscaldamento verso il rosso. Salí la rampa in prima, con il motore imballato, e vide un gatto schizzare via nella luce dei fari. In cima alla salita abbassò a metà corsa lo starter.

Stava percorrendo il ponte di via Stalingrado quando gli arrivò la telefonata del questore. Spinse il tasto di risposta e incastrò il cellulare tra la spalla e la mascella, continuando a guidare. Il questore aveva un tono affannato, come se avesse fatto le scale di corsa subito prima di chiamare. Voleva informarlo che la vittima, tale Stefano Altieri, era socio e dirigente della Matrix Bionca, una società prestigiosa che poteva contare su appoggi molto influenti. Il succo del discorso era che il commissario avrebbe dovuto gestire la faccenda con i guanti di velluto.

Dopo aver rassicurato il questore riattaccò, facendo sparire il telefono nella tasca della giacca. Ormai era quasi arrivato. Avrebbe dato un mese di stipendio per una sigaretta, ma strinse con forza il volante, con l'idea che restare aggrappato a qualcosa di solido potesse aiutarlo a vincere la tentazione di aprire lo sportello sul cruscotto e mettersi a frugare nel portaoggetti. C'era la possibilità che un vecchio pacchetto di Nazionali se ne stesse lí, magari schiacciato sotto il libretto di manutenzione, in attesa che lui cedesse all'antico richiamo.

Il fumo, almeno, lo avrebbe aiutato a sopportare la vista del sangue.

II.

La Matrix Bionca si trovava in una zona industriale, sorta alle spalle del quartiere fieristico. Un imponente palazzo di cemento armato e finestre a specchio, in un panorama desolante di fabbriche e capannoni. Il cancello del parcheggio era aperto.

Il commissario lasciò l'auto accanto a due volanti e si incamminò verso l'edificio quasi senza zoppicare. Loiacono, che lo aspettava davanti all'entrata, gli corse incontro con i suoi passetti rapidi e trattenuti, come se avesse le tasche piene di spiccioli e temesse di farli cadere.

– Dotto', per fortuna è arrivato. Qua pare che è un affare di Stato. Venga, venga. Le faccio strada io. La stanno aspettando.

– Chi?

– I soci del morto, dotto'. Tre erano già qua quando siamo arrivati noi, e gli altri tre sono arrivati subito dopo. Non l'ha chiamata il questore?

– Sí, sí, gli ho appena parlato... – rispose infastidito Roccaforte.

Poi, dal momento che era ancora a stomaco vuoto, cercò di ottenere qualche informazione sul cadavere. Non voleva rischiare di trovarsi davanti a un cranio spappolato, magari accorgendosi di aver inavvertitamente pestato un brandello di materia cerebrale.

– Senti, Loiacono, a proposito del morto, è conciato male?

Loiacono, che da tempo aveva intuito i suoi timori, si strinse nelle spalle.

– Dotto', quello morto ammazzato è. Però ne ho visti di peggio. Poveraccio, doveva essere uno pieno di quattrini. Era uno dei padroni di 'sta ditta, – e cosí dicendo Loiacono aveva sollevato il braccio verso la facciata dell'edificio, che incombeva scura sopra di loro.

I vetri bruniti della porta scorrevole scivolarono silenziosi sulle loro guide, rivelando un vasto atrio dall'architettura essenziale ed elegante. Loiacono si fece da parte per farlo passare e il commissario, superate le piante ornamentali ai lati dell'ingresso, puntò con decisione sul gruppo di persone che stavano discutendo a bassa voce. I sei si zittirono mentre lui si avvicinava. I due di schiena si girarono, unendosi agli altri nel fissarlo con sguardi preoccupati, diffidenti, indagatori.

Un uomo sui sessanta, alto e atletico, con una gran chioma di capelli bianchi che gli scendeva con eleganza sulle spalle del doppiopetto grigio, gli andò incontro porgendogli la mano.

– Stefano Delle Grotte. Sono l'amministratore delegato della Matrix Bionca. Piacere di conoscerla.

– Commissario Roccaforte, – disse, rispondendo alla stretta energica dell'uomo.

– Senta, commissario, prima di tutto, ci terrei a chiarirle alcuni aspetti di estrema importanza.

– La ascolto.

– Il dottor Altieri occupava una posizione di grande responsabilità nell'azienda. C'è il rischio che la sua scomparsa, avvenuta oltretutto in circostanze cosí tragiche, provochi un calo di fiducia nei nostri confronti. Proprio per questo è assolutamente necessario che si mantenga la piú assoluta discrezione. Nessuna turbativa del mercato. Lei mi capisce.

Roccaforte fissò l'amministratore con sguardo accigliato, e se la prese comoda prima di rispondere.

– Capisco la sua preoccupazione, ma posso assicurarle che non è mia abitudine sbandierare ai quattro venti i risultati delle indagini.

– Certo, non ne dubito. Però mi permetto di insistere. Siamo un'azienda di biotecnologie, una delle migliori. Siamo quotati in borsa. Al Nuovo mercato e anche a Parigi. Come lei può immaginare, gli interessi in gioco sono di notevole portata. Il dottor Altieri, oltre a possedere una significativa quota di azioni della società, dirigeva uno dei reparti di sperimentazione avanzata, dove si stanno mettendo a punto prodotti che dovrebbero essere brevettati tra breve. Data l'assoluta riservatezza dei dati custoditi nell'area in cui è stato ritrovato il corpo, ecco, sarebbe di estrema importanza ridurre al minimo gli spostamenti. Abbiamo fatto già salire diversi poliziotti, ma non possiamo permettere a chiunque di...

– Lei sta parlando di agenti di polizia, che sono qua per indagare su un omicidio.

– Naturalmente, naturalmente... E le assicuro che tutti noi siamo pronti a collaborare nel modo piú ampio per fare luce su questo delitto. Le chiediamo solo di comprendere l'estrema delicatezza della situazione. L'ufficio nel quale è stato ritrovato il corpo del dottor Altieri fa parte di un reparto...

– Ho capito, non importa che me lo ripeta. Un reparto di sperimentazione avanzata. Piú tardi mi spiegherà meglio di cosa si tratta. Adesso, se non le spiace, vorrei dare un'occhiata.

L'altro aprí la bocca per ribattere qualcosa, poi lasciò perdere, annuendo con aria rassegnata. Il tono con cui il commssario aveva pronunciato quel *Se non le spiace* era stato fin troppo chiaro. Delle Grotte si girò, alzando un braccio per indicare un uomo in divisa, calvo e robusto, che si fece avanti con il berretto in mano.

– Ecco, questo è Longhi, della security. È lui che ci ha avvertiti. Longhi, lei si consideri a completa disposizione del commissario.

– Senz'altro, – disse il guardiano chinando la testa, e la sua pelata luccicò, riflettendo le luci dei faretti alogeni incastonati nel controsoffitto.

L'irritazione di Roccaforte guadagnò ancora qualche punto. Da quando in qua c'era bisogno del consenso di qualcuno, fosse pure uno spocchioso amministratore delegato, perché un testimone rispondesse alle sue domande?

– Mi faccia capire, – chiese al guardiano, senza nascondere una nota polemica nella voce. – In che senso li ha avvertiti? Ha chiamato prima i dirigenti dell'azienda che la polizia?

– Quando ho telefonato al dottor Delle Grotte, – spiegò Longhi, stringendosi nelle spalle, – non sapevo ancora cos'era successo al dottor Altieri. Nel suo ufficio non c'era. Ho pensato che forse era entrato nel settore riservato e che poteva essersi sentito male. Ma non potevo entrare là dentro senza prima disattivare gli sbarramenti. Per avviare il procedimento di emergenza, dovevo prima ottenere il permesso di almeno di due responsabili e...

– Lasciamo perdere, – tagliò corto Roccaforte. – Ne riparleremo dopo. Adesso mi faccia vedere dove ha trovato il cadavere.

Il guardiano lanciò uno sguardo a Delle Grotte, che diede la sua autorizzazione abbassando lentamente le palpebre.

– Prego, – disse Longhi, rimettendosi in testa il berretto. – Da questa parte.

– Vieni anche tu, Loiacono, – disse il commissario con tono brusco.

Poi, mentre seguiva il guardiano verso l'ascensore, gli chiese: – C'era qualcuno di turno con lei, stanotte?

– No. Dalle dieci di sera alle sei di mattina rimane solo un addetto alla vigilanza.

– A che ora ha scoperto il cadavere?

– Saranno state le tre. Ho controllato al computer, e mi sono accorto che il dottor Altieri non era uscito. Mi è sembrato strano che fosse ancora in ufficio a quell'ora. Ho provato a telefonargli al suo interno. L'apparecchio suonava libero, ma lui non rispondeva. Allora mi sono preoccupato. Sono salito a controllare e non l'ho trovato. Però c'erano ancora la sua cartella e la sua giacca. Vede, capita spesso che il dottore si fermi fino a tardi, ma quasi mai oltre la mezzanotte.

– Mi faccia capire. Lei, dalla sua postazione nell'atrio, è in grado di sapere chi si trova all'interno dell'edificio?

– Certo. Il computer registra ogni entrata e uscita. E io posso in ogni momento controllare i dati.

– E in quel momento risultavano presenti altre persone, oltre a lei e al dottor Altieri?

Longhi scosse la testa.

– Solo io e lui.

Arrivò l'ascensore. Salirono tutti e tre. Loiacono, silenzioso, si sistemò in un angolo. Roccaforte indicò l'ultimo tasto in basso, sul quale era impressa una S.

– Ci sono garage interni? – chiese.

Questa volta il guardiano annuí, mentre pigiava il pulsante del quinto piano.

– Sí. Il personale può lasciare l'auto nel parcheggio esterno. Quello sotterraneo è riservato ai dirigenti. Però ci sono alcuni posti disponibili, che vengono assegnati a rotazione ai tecnici dei vari reparti.

– Quindi si può salire direttamente ai piani superiori senza passare per l'atrio.

– Certo. Purché si abbia il badge per entrare nel garage e per usare l'ascensore. In ogni caso il computer lo registra automaticamente.

– C'è bisogno del tesserino anche per accedere ai vari reparti?

– Sí, – rispose Longhi, mentre le porte dell'ascensore si aprivano.

– Vuol dire che si ha la possibilità di ricostruire con una certa precisione non solo le entrate e le uscite, ma anche gli spostamenti all'interno dell'edificio?

– Esatto.

Roccaforte lanciò un'occhiata a Loiacono, che ricambiò lo sguardo senza modificare l'espressione. Poi raggiunse il guardiano, che era già uscito dall'ascensore.

– Be', questo potrebbe risultare utile, una volta che avremo stabilito l'ora del decesso.

Longhi li precedette, attraversando un ampio pianerottolo con il pavimento rivestito di moquette color carta da zucchero. La porta scorrevole che controllava l'accesso al corridoio di fronte a loro era aperta.

Il guardiano spiegò: – Come regola, qui ci troveremmo di fronte al primo sbarramento. Per superarlo, si dovrebbe inserire il badge in questo lettore.

– Mi sto perdendo, – disse il commissario, passandosi una mano tra i capelli. – Se questo è il primo sbarramento, quanti sbarramenti ci sono?

– Se mi seguite vi faccio vedere, – rispose Longhi riprendendo a camminare. – Quello in cui ci troviamo ora è appunto il reparto diretto dal dottor Altieri, e questo è il suo ufficio.

Roccaforte si fermò sulla soglia, lanciando un'occhiata all'interno.

– Come vede, – disse Longhi, – le carte sulla scrivania non state rimesse in ordine. Ecco, lí c'è ancora la sua giacca...

Il commissario annuí.

– Ho fatto un giro per il reparto, e per sicurezza ho dato un'occhiata negli altri uffici e nei laboratori. Ho provato anche a chiamare ad alta voce, ma nessuno mi ha risposto.

– E allora cos'ha fatto?

– Sono tornato giú al front-office per avvertire il dottor Delle Grotte. Come le stavo spiegando prima, nessuno può entrare nei settori riservati senza conoscere il codice di accesso. Poi il dottor Delle Grotte ha telefonato al dottor Sapienza. Sono stati loro a indicarmi come avviare il procedimento di emergenza. Quello è l'unico modo per neutralizzare i controlli relativi a uno specifico settore.

– Quante complicazioni. Muoversi qua dentro sembra piú difficile che uscire da un carcere.

– Non sono mai stato in un carcere, – rispose il guardiano, sorridendo. – Ma la Matrix Bionca è ben controllata. D'altra parte, come le spiegherà meglio il dottor Delle Grotte, questa azienda svolge ricerche all'avanguardia nel settore delle biotecnologie, e i risultati hanno un valore molto alto. Lei capisce che la protezione dei dati è vitale.

Svoltarono, oltrepassarono un paio di vestiboli e sbucarono in un altro corridoio. Longhi si fermò, indicando una minuscola tastiera numerica fissata sulla parete accanto a un'altra porta scorrevole, anch'essa spalancata.

– Da qui comincia la restricted area. Per superare questa porta, di solito occorre inserire un codice su questa tastiera.

– Immagino che il codice sia diverso per ogni reparto.

– Ovvio. Non solo. Per garantire la massima sicurezza, il codice viene modificato molto spesso.

– E chi decide la nuova cifra?

– Il department manager può modificare il codice tutte le volte che lo ritiene opportuno. Dopo di che, come le dicevo, lo comunica solo agli executives impegnati nelle ricerche in corso.

– Mi faccia capire. In sostanza, chi ha ucciso il dottor Altieri, per arrivare fin qua, oltre ad avere il pass, quindi essere un dipendente della Matrix Bionca, doveva anche conoscere il codice di sicurezza.

– Senza dubbio.

– Di bene in meglio. Ed è possibile avere i nominativi delle persone a cui è consentito l'accesso a questo settore?

– Questo non glielo so dire. Però mi sembra probabile che il dottor Altieri tenesse una lista dei collaboratori a cui aveva comunicato il codice.

– Chi potrebbe saperlo?

– Le consiglio di chiederlo alla sua segretaria personale, la signora Turri.

– Va bene, ci penseremo dopo, – disse Roccaforte, scarabocchiando un appunto sul suo bloc-notes. – Adesso mi faccia vedere dove ha scoperto il cadavere di Altieri.

Longhi precedette il commissario e Loiacono li seguí con le mani allacciate dietro la schiena.

– Come vede, la restricted area è piuttosto limitata. Comprende i tre laboratori dove si effettuano le ricerche avanzate, i servizi igienici e l'ufficio in cui vengono raccolti i dati. Che è appunto quello dove ho trovato il corpo del dottor Altieri.

– E quest'altra porta?

– Qui c'è una piccola sala riunioni, in cui il responsabile incontra il team che sta lavorando ai progetti in corso.

– Insomma, se ho capito bene, è possibile sapere con certezza chi, oltre alla vittima, si trovava in questo settore quando Altieri è stato ucciso?

– Non proprio. Con il computer centrale possiamo stabilire, in ogni momento, chi è presente all'interno dell'edificio, e anche quando un certo dipendente è entrato o uscito. Ma l'accesso ai settori riservati è gestito dal codice di sicurezza, che non è identificativo. Quello che si può controllare è quante persone hanno superato lo sbarramento, e l'ora in cui è stato digitato per l'ultima volta il codice di accesso prima che disattivassi il sistema di sicurezza.

Roccaforte si sentiva un po' confuso. Si fermò davanti a uno dei laboratori e, con le mani allacciate dietro la schiena, sbirciò oltre il riquadro di vetro brunito al centro della porta. Nella semioscurità intravide un lungo tavolo, macchinari colorati, alcuni dei quali dotati di tastiere e schermi al plasma. Diversi tavoli con postazioni di lavoro, raccoglitori metallici, una serie di tute appese a sostegni sulla parete, e una vetrata scura che affacciava su un ambiente buio. Le tute erano munite di caschi con visiera. Quell'armamentario lo fece pensare a scafandri spaziali usciti da un film di fantascienza. Il commissario riprese a camminare, lanciando un'occhiata a Loiacono, che ostentava un distacco imperturbabile. E certo. Se ne fotteva, lui, di capirci qualcosa in tutto questo gran casino di badge e codici segreti e restricted area del cavolo.

– Ecco, siamo arrivati.

Il commissario, che era ancora mezzo girato verso Loiacono, fu preso alla sprovvista. Si fermò di colpo, per non andare a sbattere contro Longhi, che alzava il braccio per indicare l'ufficio. Da dove si trovava, Roccaforte poteva intravedere due gambe allungate sul parquet di noce, cosparso di fogli in disordine. Da dietro la scrivania comparve Stratta, che, carponi sul pavimento, salutò il commissario con un cenno del capo.

Roccaforte si voltò per studiare la faccia di Loiacono, che esibiva la solita espressione impassibile. Le dita del commissario, nella tasca della giacca, cercavano inutilmente il pacchetto di sigarette. Tirò un respiro profondo, ed entrò.

III.

Appena dentro, come al solito, l'odore gli fece contrarre lo stomaco.

Per fortuna, quelli della Scientifica avevano già scattato le foto. Massica, con un ginocchio a terra, stava segnando il perimetro del cadavere. Alzò gli occhi su di lui.

– Vuole dare un'occhiata, commissario? – chiese, e Roccaforte, che non voleva fare una brutta figura davanti a Longhi, annuí avvicinandosi con cautela.

Quella che lanciò oltre la scrivania fu davvero poco piú di un'occhiata, che però gli permise di cogliere due occhi sbarrati e un volto coperto di sangue. E capelli di un castano chiaro, tendente al grigio, pettinati all'indietro, che si appiattivano sul lato sinistro, seguendo l'innaturale concavità scavata nel cranio dal colpo.

Roccaforte si grattò il naso e chiese: – Con cosa è stato ucciso?

Stratta scosse la testa. – Non abbiamo trovato niente. Qualunque oggetto abbia usato, l'assassino deve esserselo portato via.

– Il medico legale?

– Sta per arrivare.

Tutt'intorno al cadavere erano sparsi fogli, carpette e incartamenti. I cassetti erano stati estratti dalla scrivania e svuotati. L'intero contenuto di uno schedario metallico era stato rovesciato sul pavimento. L'assassino evidentemente stava cercando qualcosa.

Massica si rimise in piedi e sprofondò le mani nelle tasche.

– Dopo essere stato colpito, – disse uno della Scientifica, – è caduto su un fianco. L'assassino deve essersi chinato per colpirlo di nuovo quando era già a terra. Direi altre quattro o cinque volte, a giudicare dalle ferite. Con qualcosa di pesante e spigoloso. Un soprammobile, o un posacenere di metallo. Vede i segni sull'avambraccio? Ha cercato di difendersi e si è beccato un paio di botte anche lí.

– Non credo sia stato un posacenere, – intervenne Longhi, il guardiano notturno.

Roccaforte si girò verso di lui, distogliendo volentieri lo sguardo dalla larga aureola rosso scuro che circondava la testa del morto.

– E lei come lo sa? – chiese Roccaforte.

– Nel settore è proibito fumare. E, riguardo al fumo, il dottor Altieri era particolarmente severo. Lui non fumava, e piú di una volta l'ho sentito dire chiaro e tondo che, fosse stato per lui, avrebbe proibito il fumo in tutto l'edificio, compresi i gabinetti.

Il commissario, facendo una smorfia, si strinse nelle spalle. Non aveva nessuna simpatia per i fondamentalisti di ogni genere. Tanto meno per quelli che trasformavano la loro avversione alle sigarette in una crociata.

– Be', questo è strano, – disse Giardino, comparendo sulla soglia del bagno privato assieme all'altro poliziotto della Scientifica, che aveva le mani infilate in un paio di guanti di lattice.

– Perché? – chiese Roccaforte. – Cosa c'è di strano?

– Venga a vedere con i suoi occhi, – rispose Giardino, con un cenno del capo.

Il commissario seguí l'ispettore nel piccolo gabinetto

annesso all'ufficio e, guardando nella direzione che gli indicava, si chinò sulla tazza del water. Nell'acqua del pozzetto galleggiava un mozzicone. Dal punto in cui era stato spento, ormai quasi completamente spappolato, si diramavano sottili filacci di tabacco. Un lembo di carta gialla stava cominciando a staccarsi dal filtro.

IV.

Mentre Farina, il medico legale, esaminava il cadavere, il commissario chiese a Delle Grotte se c'era un angolo tranquillo in cui avrebbe potuto sistemarsi per i primi colloqui. L'amministratore delegato, sollecito ed efficiente, gli mise a disposizione un ufficio ai piani inferiori. Era evidente che non vedeva l'ora di far sloggiare al piú presto lui e i suoi uomini dal settore in cui era stato trovato il cadavere.

Roccaforte cominciò con lo stesso Delle Grotte, che fece accomodare di fronte a lui mentre Loiacono, sul lato corto della scrivania, prendeva appunti. Il dirigente sembrava a proprio agio nella sua camicia azzurro scuro e nel completo fumo di Londra di ottimo taglio, che Roccaforte stimò valere piú o meno come tre settimane del suo stipendio. Il nodo della cravatta bordeaux a righe diagonali color crema non sembrava fatto in fretta e furia.

Il commissario lanciò una rapida occhiata a Loiacono, per controllare che fosse pronto con la penna sul quaderno, poi si rivolse a Delle Grotte.

– Allora, prima di tutto vorrei farmi un'idea di quali sono le attività della Matrix Bionca.

– Nella nostra azienda sono impegnati alcuni tra i migliori studiosi nel campo delle biotecnologie, provenienti sia dall'industria che dal mondo universitario. Biologi, chimici, genetisti specializzati nello studio dei microrganismi, esperti della fermentazione...

- Quante persone ci lavorano?
- Compresi i collaboratori, piú o meno una novantina.
Roccaforte sospirò. Interrogarli tutti sarebbe stata un'impresa.
- Potrebbe spiegarmi piú precisamente cosa fate?
- Ha mai sentito parlare della Folioplanina?
- Non mi pare.
- E del Bi-X-415?
Roccaforte inarcò le sopracciglia e sorrise alzando i palmi delle mani. - Temo proprio di no. Che roba è, un aeroplano?
- No, un antibiotico. Come pure la Folioplanina. In particolare, si tratta di antinfettivi di origine biologica brevettati dalla Matrix Bionca.
- In parole povere, fabbricate medicinali.
- Non esattamente. E non solo.
- Cosa vuol dire?
- In realtà noi ci occupiamo soprattutto di ricerca. Per la produzione e la commercializzazione dei prodotti che mettiamo a punto, ci affidiamo quasi sempre ad altre aziende, che collaborano con il gruppo. Inoltre, la nostra attività non si limita al campo farmaceutico. Utilizziamo le nostre tecnologie anche per altri tipi di ricerca. Vede, la Matrix Bionca è stata costituita nel 1996, attraverso un'operazione di *management buy-out*, in seguito alla quale la Legrand ha conferito le strutture del proprio centro ricerche a...
- Mi scusi, dotto', - intervenne Loiacono, - come la devo scrivere 'sta parola... *meneggemebaiau*? Io mica lo conosco, l'inglese.
- Lascia perdere l'inglese, - disse il commissario. Poi, rivolto a Delle Grotte, aggiunse: - Non è che sia tanto chiaro, in effetti.
- Le spiego meglio. Questa era la sede del Centro ri-

cerche della Legrand, un importante gruppo farmaceutico che ha ceduto ai manager che già vi lavoravano gli impianti e le attrezzature. In questo modo è nata la Matrix Bionca. Come le ho già accennato, la nostra è un'azienda leader nel settore delle biotecnologie. Ci occupiamo soprattutto della ricerca, dello sviluppo e della commercializzazione di antibiotici innovativi.

– Lei mi parla di biotecnologie, ma le confesso che...
– Il termine ingegneria genetica le dice qualcosa?
– Ho sentito parlare di manipolazione genetica.
– È la stessa cosa.
– Vuol dire che qui dentro create degli... com'è che si chiamano... degli organismi geneticamente modificati?

Delle Grotte fece un risolino di sufficienza. – Non sarà anche lei tra quelli che diffidano dei vantaggi offerti da questo genere di ricerche. La Matrix Bionca è l'esempio lampante di come la manipolazione genetica, se così vogliamo chiamarla, può risultare utile al genere umano. Vede, esistono infezioni, dovute a batteri o funghi, che sviluppano una resistenza ai comuni antibiotici. Nel corso degli ultimi anni la nostra azienda ha messo a punto ben due prodotti che hanno mostrato una particolare efficacia per combattere queste infezioni. Non le sembra un progresso?

– E come fate?
– Identifichiamo dei *target*, cioè delle strutture specifiche che svolgono funzioni vitali all'interno dei microrganismi patogeni che intendiamo combattere. Poi li riproduciamo in laboratorio e, grazie a dei microrganismi che funzionano come «produttori di molecole», generiamo diversità chimica, mettendo a punto un sistema che permetta di rivelare la presenza di *lead*, vale a dire entità di particolare interesse, che abbiano il potere di inibire la funzione vitale degli estratti microbici a cui appartengono.

Roccaforte sospirò, annuendo con aria grave, poi lanciò un'occhiata a Loiacono, che ora teneva lo sguardo ostinatamente inchiodato al suo maledetto quaderno. – Per me, è come se parlasse arabo.

– Mettiamola cosí. Supponga di avere un batterio, per esempio uno stafilococco, che non è possibile aggredire con i normali antibiotici presenti sul mercato. Noi analizziamo in pratica la sua struttura genetica, cercando di individuare da quali molecole dipende la sua sopravvivenza. Individuiamo il suo punto debole, se cosí si può dire. Dopo di che realizziamo la sostanza in grado di distruggerlo. Le è chiaro, adesso?

– Piú o meno.

– Pensi che, grazie alle tecnologie all'avanguardia di cui dispone, in questi anni la Matrix Bionca ha generato una *microbial library* e una *extract bank* di tutto rispetto.

Roccaforte scosse la testa. – Ho paura di essermi perso un'altra volta.

Delle Grotte rivolse al commissario un sorriso comprensivo. – Mi rendo conto. Purtroppo di solito ci rivolgiamo a tecnici del settore, e abbiamo l'abitudine a usare delle terminologie un po' complicate. In sostanza, abbiamo una collezione di oltre cinquantamila microrganismi diversi, e piú di centomila estratti microbici con attività biologica.

– Insomma, collezionate microbi.

Delle Grotte sorrise di nuovo. – Sembra strano, ma è proprio cosí. E il vasto patrimonio conservato è uno dei punti di forza dell'azienda.

– Perdoni la domanda terra terra. La collezione di cui mi sta parlando ha un valore economico molto alto?

– Decisamente. Nel settore delle biotecnologie si giocano interessi enormi. Tanto per darle un'idea, la nostra azienda è partner di primarie società europee e statunitensi. La Matrix Bionca, alla quotazione di oggi, vale piú di centocinquanta milioni di euro.

– È questo il motivo di tutte le misure di sicurezza attive nell'edificio.

– Non solo. Oltre ai prodotti brevettati, qui conserviamo anche segreti commerciali e industriali relativi ai processi di produzione. Diversi prodotti, inoltre, sono attualmente in fase di sviluppo e perfezionamento, ed è di vitale importanza proteggere i risultati raggiunti, in attesa delle condizioni per procedere al brevetto.

– E, da quel che ho capito, il dottor Altieri dirigeva proprio un reparto che si occupa di ricerca avanzata.

– In particolare, stava portando a termine le fasi finali di sviluppo di un antibiotico di seconda generazione, particolarmente efficace nel trattamento delle infezioni sostenute da germi Gram-positivi, inclusi quelli resistenti ad altri antibiotici.

– Quindi, mi corregga se sbaglio, lei pensa che il motivo di questo omicidio potrebbe essere lo spionaggio industriale.

– Diciamo che mi sembra la cosa piú probabile.

– Il suo sospetto è dovuto a qualcosa di preciso?

Delle Grotte fece un profondo respiro. Poi inspirò adagio, facendo sibilare l'aria nel naso.

– Prima di entrare in questo argomento, – disse, lanciando una rapida occhiata verso Loiacono, che teneva lo sguardo abbassato sul suo quaderno, – mi permetta di sottolineare che quanto sto per rivelarle è piú che confidenziale...

– Dottore, mi sembra che lei non tenga nel dovuto conto che questa è un'indagine per omicidio. Qualsiasi cosa possa essere utile a individuare il colpevole...

– Ha ragione, mi scusi, – tagliò corto Delle Grotte. – Dunque, per venire al punto. Da circa un anno a questa parte, si è verificata una costante fuga di informazioni.
– Una fuga di informazioni?
– Che ha molto danneggiato la nostra azienda.
– E il dottor Altieri ne era a conoscenza?
– Naturalmente. Le dirò di piú. I dati sottratti alla Matrix Bionca uscivano proprio dal suo reparto.
– Ah, – disse Roccaforte, incrociando le dita e posando le punte degli indici unite sul naso.
– È per questo, – proseguí Delle Grotte, – che il dottor Altieri, negli ultimi tempi, provvedeva a sostituire molto di frequente il codice che consente di accedere alla restricted area.
– Immagino che non abbiate mai scoperto a chi era dovuta questa fuga di informazioni.
Delle Grotte scosse lentamente il capo. – Purtroppo no...
– Se ho ben capito, lei pensa che il dottor Altieri potrebbe aver identificato il responsabile, e che questi potrebbe averlo ucciso per evitare una probabile denuncia?
– Mi sembra un'ipotesi plausibile. Anche se non riesco proprio a pensare che uno dei collaboratori del dottor Altieri possa essere un assassino.
Il commissario restò in silenzio, aspettando pazientemente che Delle Grotte continuasse, ma l'altro sembrava aver deciso di tacere.
– In effetti... – disse infine Roccaforte, – con tutti i sistemi di sicurezza che ci sono, è difficile pensare che un esterno possa essersi introdotto nell'edificio. Tanto piú che la perquisizione dell'ufficio in cui è stato trovato il cadavere del dottor Altieri confermerebbe l'ipotesi di una perquisizione eseguita in fretta.

Delle Grotte continuò a fissarlo in silenzio, senza aggiungere una sola parola.

– Quando il medico legale ci saprà dire a che ora risale la morte del dottor Altieri, forse riusciremo a restringere la rosa dei sospetti. Lei sa chi potrebbe essere stata l'ultima persona a vederlo vivo?

– Non ne ho la minima idea... Ma posso dirle che io stesso l'ho salutato alle sette e dieci, prima di andare a casa.

– Be', questo è un passo avanti. A quell'ora non dovrebbero essere molte le presenze all'interno della Matrix Bionca.

– Non molte, ma neppure pochissime. Contando i tecnici impegnati in qualche importante fase di sperimentazione, e i dirigenti che non amano lasciare lavoro in sospeso...

– Mi rendo conto, – disse a malincuore Roccaforte, maledicendo in cuor suo quel branco di stachanovisti, che gli impedivano di restringere subito la rosa dei sospetti. – Ma il dottor Altieri non le ha mai fatto il nome di un suo collaboratore del quale non si fidava completamente?

Delle Grotte si accigliò, un istante soltanto, prima di scuotere la testa in un cenno negativo.

– E lei non ha neppure un sospetto?

– Le devo confessare, commissario, che non è mia abitudine abbandonarmi a illazioni campate per aria... A maggior ragione in una situazione tanto delicata.

– Certo. Be', in questo caso, per il momento credo sia tutto.

Delle Grotte annuí, serio, poi posò i palmi sui braccioli e si alzò in piedi. Si congedò dal commissario chinando leggermente la testa, incorniciata di capelli bianchi, rivolse un cenno di saluto a Loiacono, poi si diresse con passo elastico verso la porta.

Appena fu uscito, Roccaforte si voltò verso Loiacono, che aveva assistito in silenzio al colloquio.
– Hai scritto tutto?
– Scritto ho scritto, dotto'. Però non ci ho capito un accidente. E lei?
– Tu cosa pensi, sa qualcosa?
– Che vuole che le dica? Secondo me quello qualche sospetto lo tiene. E tiene pure voglia di vuotare il sacco. Bisognerebbe trovare il modo di mettergli un po' di pepe al culo...

Roccaforte sorrise, cercando meccanicamente il pacchetto nella tasca della giacca.
– Accidenti! Mi sono dimenticato di chiedergli se fuma.
Loiacono stava già scuotendo la testa. – Quello, dotto'? Se vuole glielo dico io. Quello va in piscina, scia, gioca a tennis almeno tre volte a settimana, e magari gioca pure a golf. Dia retta a me, quello non tiene un vizio.
– Neanche le donne?
– E che ne so? Le donne forse sí. In ogni caso, quello mica vizio è. A me risulta che fa bene alla prostata.
– L'unica cosa certa è che queste ricerche fanno girare un bel mucchio di soldi.
– Eh, quello si era capito fin dal principio... Ancora un po', e manco ci facevano vedere dove stava il morto!
In quel momento, qualcuno bussò alla porta.
– Avanti, – disse il commissario, e sulla soglia apparve Farina, il medico legale.
– Ah, è lei. Venga, venga.
– A che punto siete?
– Abbiamo appena cominciato i primi colloqui. E lei, ha qualcosa da dirmi?
Farina si strinse nelle spalle, come se le notizie in suo possesso non valessero la pena di essere riferite.

– A occhio e croce, è morto da circa dodici ore, diciamo tra le otto e le dieci di ieri sera. Non prima delle diciannove, in ogni caso. Cinque colpi, sferrati con un oggetto pesante, quasi di sicuro di metallo. Il primo, inferto frontalmente, l'ha raggiunto alla tempia. La vittima non se lo aspettava, o non si è accorta di quel che stava succedendo, non glielo so dire, però sembrerebbe che l'uomo non si sia difeso. È caduto. Dopo, quando l'assassino si è chinato su di lui per finire il lavoro, ha cercato di parare i colpi. Ma a quel punto era intontito, e l'altro picchiava con violenza. Non c'è stato niente da fare. Uno dei colpi ha sfondato il cranio.

– È in grado di dirmi se l'assassino è uomo o donna?

Di nuovo Farina sollevò le spalle. – È forte, destrimano, e ha agito con determinazione. Questo, per il momento, è tutto quello che posso dirle.

v.

Mentre urinava, il commissario rifletteva sulle migliaia di batteri che senz'altro pullulavano nel getto che coscienziosamente dirigeva nel pozzetto della tazza. Di sicuro molti microrganismi simili a quelli erano catalogati, rinchiusi in provette e gelosamente conservati in cella frigorifera, in qualche stanza dell'edificio. E li clonavano pure. Li scomponevano, ne creavano di nuovi dal nulla e chissà cos'altro combinavano. Non avrebbe mai pensato che una raccolta di microbi potesse valere tanto, pensò scrollandosi. Sollevò la cerniera, premette il pulsante dello sciacquone e uscí dalla latrina.

Lavandosi le mani, continuava a immaginare quegli esserini minuscoli imprigionati sotto lo sguardo potente di un microscopio elettronico o di qualche altra diavoleria del genere, come reclusi nel cortile di un carcere, sorvegliati dai guardiani armati di vedetta nelle garitte.

Chiuse il rubinetto, strappò dal contenitore un paio di salviette e si strofinò con cura le mani, ancora assorbito da quelle visioni di microbi deportati e ricercatori aguzzini. Poi gettò la pallottola di carta fradicia nel cestino, e scosse impercettibilmente la testa, sorridendo tra sé per la propria coglioneria.

La signora Milena Turri, una cinquantenne composta e un po' sovrappeso, dall'aria efficiente, fissava il commissario da dietro le lenti dei suoi occhiali dalla montatura azzurrina. La rigidità della postura, il naso adunco e la curvatura delle sopracciglia, facevano assomigliare la donna a un gufo. Roccaforte, che si sentiva intimidito dalla severità di quello sguardo, si ritrovò a chiedersi perché mai Altieri l'avesse scelta come segretaria. La risposta stava probabilmente nelle sue qualità professionali.

La Turri, concisa e asciutta com'era prevedibile, confermò quel che già aveva anticipato Longhi. Il dottor Altieri non fumava, né tollerava che si fumasse in sua presenza. Su questo, come su diverse altre questioni, il manager era molto puntiglioso.

Eppure, oltre alla cicca ripescata dal water, Stratta ne aveva trovata un'altra, schiacciata sotto un cumulo di incartamenti sparsi sul pavimento. Dalla ricostruzione dei fatti, era quasi certo che le due sigarette fossero state fumate dall'assassino. Probabilmente mentre perquisiva in fretta l'ufficio, dopo aver compiuto l'omicidio. Due mozziconi di Marlboro lights, consumati appena oltre la metà. Sul secondo, Stratta aveva notato un leggero alone. Quasi di sicuro si trattava di rossetto. Roccaforte osservò le labbra della sua interlocutrice.

– E lei, signora Turri, fuma?

Un lampo scandalizzato passò negli occhi della donna.

– Vuole scherzare? Non ho mai acceso una sigaretta in vita mia.

Il commissario sospirò, con il palato che si inumidiva di desiderio.

– Come lei sa, dopo aver ucciso il dottor Altieri, l'assassino ha buttato all'aria l'ufficio, rovistando un po' dappertutto. Ha idea di cosa stesse cercando?

– Nei nostri reparti di ricerca, e in particolar modo nella restricted area, ci sono dati che potrebbero interessare a tante persone. In particolare a qualcuno che sappia dove rivendere quel che trova.

– Lei pensa che il dottor Altieri sia stato ucciso da un ladro?

– Non un ladro qualunque, ovviamente. Se qualcuno è entrato nella restricted area per rubare qualcosa, sapeva cosa cercare e dove piazzare quel che avrebbe trovato. E doveva essere in grado di superare i vari sistemi di sicurezza.

– Sí, il guardiano notturno mi ha già spiegato tutto. E mi ha detto che sono pochissimi a conoscere il codice che permette di entrare nel settore riservato.

– Era il dottor Altieri a decidere le persone a cui comunicare la cifra, e l'aveva modificata proprio un paio di giorni fa.

– Immagino che lei sia tra gli autorizzati.

– Niente affatto. Io non ho a che fare in senso stretto con la ricerca, e difficilmente mi allontano dal mio ufficio, che si trova accanto a quello del dottor Altieri.

– Lei sa quali fossero gli operatori che stavano lavorando alla ricerca nel settore riservato?

– Il dottore comunicava di persona il codice a chi poteva essergli utile. Però posso riferirle chi sta lavorando al progetto in corso, e quindi conosce il codice segreto.

Roccaforte si voltò verso Loiacono, per controllare che fosse pronto a trascrivere i nomi. Poi portò di nuovo lo sguardo sulla Turri. – Dica pure. La ascolto.

– Dunque... Di sicuro Bratti, Ungaro, Sgarzi, e... ah, sí, il dottor Polese, il responsabile del secondo reparto.

Il commissario aggrottò le sopracciglia. – Il dirigente di un altro reparto? Come mai?

– Il reparto del dottor Polese si trova spesso a collaborare con il nostro. E in questo periodo, in particolare, entrambi i settori di ricerca sono occupati nelle fasi finali di un progetto comune. Per tenersi aggiornati e scambiare pareri sugli sviluppi, il dottor Polese e il dottor Altieri si vedevano spesso.

– Ho capito. In tutto quattro persone, quindi.

– Però, come le ho detto, non posso escludere che il dottore avesse comunicato la nuova cifra anche a qualche altro suo collaboratore. Anzi, è molto probabile.

– Mi è stato riferito che dal vostro reparto, negli ultimi tempi, scomparivano dati di grande valore.

Per la prima volta, la Turri cambiò posizione, spostando il peso da una natica all'altra.

– Anch'io ne ero al corrente. Il dottore mi aveva informata. E l'avava detto anche ad altri. Ormai, all'interno del reparto, sapevamo tutti che c'era una talpa che rubava i risultati delle ricerche per rivenderli ad aziende concorrenti. Questo, ovviamente, aveva compromesso la fiducia reciproca, creando un brutto clima. Un clima di tensione.

– Mi rendo conto. Per caso, Altieri le aveva confidato di avere dei dubbi su qualcuno?

– No.

– E lei, signora, ha qualche sospetto?

La Turri strizzò le palpebre, dietro le lenti degli occhiali. – Crede che sia stata la talpa a uccidere il dottor Altieri?

– Il dottor Altieri potrebbe aver sorpreso il responsabile a frugare nell'ufficio. In questo caso ci sarebbe un ottimo movente, non crede?

– Ma sí, certo... Commissario, cerchi di capirmi, io non vorrei accusare nessuno.

Roccaforte fece un cenno a Loiacono, che smise di trascrivere e posò la penna tra le due facciate del quaderno aperto davanti a lui. La Turri seguí la manovra in silenzio, le mani in grembo, il pugno della destra chiuso nel palmo della sinistra. Il commissario tornò a fissare la donna.

– Questo è un colloquio informale, signora. Tutto quello che mi dirà, rimarrà tra di noi.

– Ecco, a dire la verità, io ho sempre avuto dei dubbi su un biologo del nostro reparto... si tratta di una persona di cui so per certo che ha grossi problemi di denaro... – la donna si chinò in avanti, abbassando il tono di voce. – Debiti, capisce? Ho sentito dire che ha il vizio del gioco. E sembra che sia molto sfortunato. Insomma, per farla breve, un paio di settimane fa mi sono decisa a parlare al dottore di questi miei sospetti.

– E lui come ha reagito?

– Al momento ha cercato di rassicurarmi. È evidente che non gli faceva piacere pensare che a tradire la società fosse proprio uno dei suoi piú stretti collaboratori... Però non escluderei che siano state proprio le mie osservazioni a metterlo in allarme, e che lo avessero spinto a tenere d'occhio questa persona...

– Senta, non le pare che sia venuto il momento di dirmi il nome?

La Turri sospirò, stringendo le labbra a culo di gallina, come se parlare le costasse un grande sforzo. Poi buttò fuori, tutto d'un fiato: – Sgarzi. Cesare Sgarzi.

Due lievi colpi alla porta precedettero l'entrata di Giardino, che si diresse silenziosamente alla scrivania e fece scivolare verso il commissario un foglio sul quale era allineata una serie di nomi.

– Dottore, qui ci sono i dati che aveva richiesto.

Il commissario ringraziò Giardino con un cenno del capo e raddrizzò il foglio. La stampata riportava l'elenco di tutti coloro che erano entrati e usciti dalla Matrix Bionca dopo le diciannove del giorno precedente. Oltre a quelli di Longhi, il guardiano notturno, e dello stesso Altieri, erano segnati solo altri cinque nomi. Due di questi si trovavano anche nella lista fornita dalla Turri. Cesare Sgarzi e Andrea Polese. Roccaforte li sottolineò entrambi. Poi, con un doppio tratto di penna, ripassò sotto il nome di Sgarzi.

VI.

Roccaforte ringraziò la Turri per la sua collaborazione e la congedò. Non appena fu uscita dall'ufficio, diede disposizioni ai suoi uomini. Passò la lista a Massica, dicendogli di convocare tutte le persone elencate. Era molto probabile che l'assassino fosse tra quelle. Quindi se ne sarebbe occupato di persona.

Prima che Massica si allontanasse, si raccomandò di rintracciare per primi Sgarzi e Polese.

– Voglio iniziare da loro, – spiegò, – perché risultavano presenti al momento dell'omicidio e, a quanto dice la Turri, avevano entrambi accesso alla zona dov'è stato ucciso Altieri.

Intanto, Giardino e Stratta avrebbero interrogato gli altri dipendenti della Matrix Bionca.

– Tutti? – chiese preoccupato Giardino.

– Uno alla volta, – rispose il commissario, senza fare una piega. – A partire da quelli che lavoravano nello stesso reparto della vittima, ovviamente.

In attesa che Massica tornasse, il commissario approfittò per cercare un distributore automatico di caffè.

Mentre mescolava lo zucchero con la palettina di plastica, rifletté su come questa faccenda del doppio controllo tramite pass magnetici e codici segreti avrebbe potuto davvero restringere la rosa dei sospetti, accelerando le indagini. Detta cosí, sembrava fin troppo facile. Soffiò sul bicchierino, rimuginando il vecchio proverbio: non dire gatto finché non l'hai nel sacco. Poi bevve un sorso di pessimo caffè, bruciandosi la lingua.

Quando Roccaforte rientrò nell'ufficio, Sgarzi, che lo stava aspettando assieme a Loiacono, scattò in piedi.
– Lei è il commissario che segue le indagini? Mi hanno detto che voleva vedermi.
Roccaforte gli fece segno di mettersi comodo. Sgarzi sedette di nuovo, incrociò le gambe per poi subito cambiare posizione.
Il commissario girò attorno alla scrivania, andò a sedersi al suo posto e fissò Sgarzi. Un bell'uomo, sui quaranta. Ciuffo di traverso sulla fronte, occhiali griffati, espressione arrogante. Una faccia di quelle che possono piacere alle donne. Per lo meno ad alcune. Roccaforte andò subito al sodo, chiedendogli come mai era rimasto alla Matrix Bionca fino alle ventuno e quindici.
Sgarzi lo squadrò con ostilità, prima di rispondere. – Stavo esaminando i risultati di uno screening. E quando ho un lavoro da finire non sto a guardare l'ora.
– Eh no! – si lamentò Loiacono.
Roccaforte e Sgarzi si voltarono verso di lui.
– Siamo da capo, dotto'.
Sgarzi guardò il commissario. – Cosa dice?
– Si lamenta per la difficoltà di linguaggio, – spiegò Roccaforte.
E Sgarzi, con un sorriso sadico, puntualizzò, in un inglese dalla pronuncia perfetta: – High throughput screening, per l'esattezza. Una tecnica robotizzata con cui si può testare contemporaneamente un elevato numero di sostanze attive verso una grande varietà di target.

Loiacono sbuffò senza replicare.

Roccaforte evitò di guardare nella sua direzione. Chiuse gli occhi con un sospiro, strizzando con due dita la pelle tra le sopracciglia. Cominciava ad avvertire un principio di mal di testa, e sentiva montargli dentro l'accanito desiderio di accendersi una sigaretta che non aveva.

– Vabbe', lasciamo perdere, – disse. – Vada avanti.

– Può controllare i miei orari di uscita. Si accorgerà che spesso resto in laboratorio anche fino alle dieci di sera.

Roccaforte sospirò, maledicendo ancora una volta quel branco di fanatici del superlavoro.

– E quando è uscito, ha per caso visto il dottor Altieri?

Sgarzi ci pensò su. – No.

– Neppure nel reparto?

– Ma no, glielo ripeto. Quando sono passato davanti al suo ufficio, la luce era spenta. Ho pensato che fosse già andato a casa.

– La luce era spenta? È sicuro?

– Certo che sono sicuro.

Roccaforte si grattò un orecchio. Perché Sgarzi avrebbe dovuto mentire su questo particolare? Se era lui l'assassino, non gli conveniva affermare che, quando se ne era andato, Altieri era ancora vivo?

Tentò un'altra strada. – Lei è al corrente di una fuga di dati dal vostro reparto?

– Ma insomma, – sbottò Sgarzi, sporgendosi in avanti, – si può sapere cosa vuole insinuare? Mi sta accusando di spionaggio industriale, di assassinio o di cos'altro?

– Per il momento non la sto accusando di niente. Le chiedo solo di rispondere a qualche domanda, tutto qui.

– Guardi, so benissimo che qualcuno è convinto che io sia il responsabile di quei furti. Anche se fosse vero, negherei, naturalmente. Quindi mi fa piacere che lei non mi creda, cosí indagherete sulla questione, e scoprirete che quelle sul mio conto sono tutte calunnie.

– Sono calunnie anche le voci che parlano di sue serie difficoltà economiche?

– E questo cosa vuol dire? – esplose l'altro, alzando la voce. – Sono fatti miei! Sentiamo un po', secondo lei, tutti quelli che hanno dei debiti, sono pronti a rubare e ammazzare per ripagarli?

Nel protestare, Sgarzi gesticolava e sputacchiava. Il ciuffo gli era sceso fino agli occhiali.

– Si calmi, – disse il commissario, facendosi indietro per sottrarsi agli spruzzi di saliva. – Le ho già detto che nessuno la sta accusando.

Sgarzi strinse le palpebre e si tirò da parte i capelli. – Lo vuole sapere il mio parere? Questa storia della talpa non c'entra niente con l'omicidio di Altieri.

– Si spieghi meglio.

– Ma dico, non le sembra strano? Se l'assassino è uno della Matrix Bionca, o addirittura uno che, come me, lavora nello stesso reparto di Altieri, non avrebbe avuto nessun motivo per buttare in aria tutto quanto. Se cercava qualcosa, sarebbe andato piú o meno a colpo sicuro, sapendo dove cercare.

– Eppure sembra quasi impossibile che un estraneo abbia potuto introdursi nell'edificio, con tutte le misure di sicurezza che ci sono.

– Facciamo cosí, commissario. Visto che qualche serpente ha pensato bene di spargere merda sul mio conto, adesso io le metto un'altra pulce nell'orecchio. Quelli con cui ha parlato, le avranno descritto la Matrix Bionca come il paese della cuccagna. Un'azienda quotata in Borsa, ottimi rendimenti, soldi a palate. Be', vuole saperlo? Sono chiacchiere. Si dà il caso che negli ultimi tempi le cose non vadano bene, dia retta a me. E, se vuole sapere come la penso, non solo per colpa dei furti. La notizia della fuga di dati ha inciso di sicuro, ma sotto c'è dell'altro. Le dirò di piú. Qualcuno, nei corridoi, parla di riunioni in cui si stanno decidendo misure drastiche per tenere in piedi la baracca. C'è chi propone un rilancio dell'azienda, quindi un ampliamento delle attività e nuovi investimenti, e chi al contrario è per una riduzione del personale, per un drastico taglio delle spese. C'è perfino chi parla di vendere!

– Vendere cosa?

– La Matrix Bionca, ovviamente! C'è una grossa multinazionale che vorrebbe assorbirci.

– D'accordo, ma tutto questo dove ci porta?

– Senta, avrà già capito che qui gli interessi in ballo sono enormi. Per comprarsi la Matrix Bionca il management si è indebitato con le banche fino al collo. Lei crede che abbiano già restituito il capitale? Certo, avrebbero potuto farlo quando le azioni, subito dopo il collocamento, erano a piú del doppio di adesso...

– Ancora non capisco dove vuole arrivare.

Sgarzi si tirò da parte il ciuffo con un gesto nervoso.

– Le incertezze sul futuro della Matrix Bionca sono tante. Qui c'è chi si gioca le mutande, e non tutti la pensano allo stesso modo. Da quel che so, qualche dirigente è favorevole a cedere un ulteriore pacchetto di quote, in modo da ottenere liquidità con cui rilanciare l'azienda. Qualcun altro è assolutamente contrario. E il dottor Altieri, guarda caso, era uno degli oppositori piú convinti. Ma questo è solo uno dei tanti contrasti che c'erano tra i soci. Le assicuro che in molti avrebbero avuto interesse a togliersi Altieri dalle scatole.

– Ad esempio?

– Se ci tiene a saperlo glielo dico. Uno di quelli a cui Altieri stava sullo stomaco è il dottor Polese.
– Polese? Mi scusi, ma non c'è una collaborazione tra il vostro reparto e...
– Vedo che è ben informato, – lo interruppe Sgarzi. – Però non deve credere che solo per questo i capi debbano andare d'amore e d'accordo. Se proprio vuole saperlo, li ho sentiti litigare.
– Quando?
– Proprio ieri. Saranno state le sette e mezzo, sette e tre quarti.

Roccaforte controllò l'orario sul tabulato che gli aveva fornito la guardia giurata. In effetti, Polese risultava entrato alle 19:18 e uscito dopo appena un quarto d'ora, alle 19:36. Se il medico legale aveva ragione, Altieri doveva essere morto piú tardi. Ma un margine di approssimazione, in effetti, rimaneva. Almeno fino al responso dell'autopsia.

– Ero sceso al bar per mangiare un panino, – proseguí Sgarzi. – Quando sono risalito, ho sentito le loro voci, che provenivano dalla sala riunioni.
– Dalla sala riunioni? E ricorda le parole esatte?
– Io non sono uno che sta a origliare alle porte! Non ho neppure capito di cosa stessero parlando. Però ho afferrato perfettamente una frase di Altieri, perché aveva alzato la voce.
– E cosa stava dicendo?
– Diceva: non credere di farmi paura, Andrea!
– Poi?

Sgarzi scrollò le spalle. – Poi niente. Ho tirato dritto e sono rientrato nel laboratorio.
– Lei crede che Polese potrebbe aver ucciso Altieri?
– Io non credo niente, commissario. Le ho raccontato questo solo per farle capire che la faccenda non è cosí sem-

plice. La posizione di Altieri alla Matrix Bionca era di grande potere, e stava scomodo a molti. È vero che qualcuno fregava dei dati dal nostro reparto per rivenderli alla concorrenza. E può anche darsi che Altieri avesse scoperto chi era. Ma volevo farle capire che, se vuole arrivare alla verità, non le conviene battere un'unica pista.

– La ringrazio del consiglio, – rispose asciutto Roccaforte. – Senta, signor Sgarzi, lei è un fumatore?

– Ho smesso da una settimana, – rispose, passandosi una mano tra i capelli che ancora una volta gli erano scesi sulla fronte. – Io e una mia collega abbiamo fatto un patto solenne: niente piú sigarette, né alcol. E massimo due caffè al giorno. Il mio medico ha esultato per la decisione. Sa, – aggiunse, portandosi due dita al petto, – ho problemi cardiaci.

VII.

Andrea Polese entrò nell'ufficio mettendosi di traverso, perché era cosí largo che faticava a passare. Il commissario fu colpito prima di tutto dalle enormi spalle dell'uomo e dal suo petto monumentale, sovrastato da un collo grosso almeno quanto una sua coscia. Polese si avvicinò alla scrivania e allungò verso di lui una mano spessa, che Roccaforte afferrò a fatica. La giacca dell'uomo dava l'impressione di essere sul punto di esplodere. La stretta, per fortuna, fu meno potente di quanto il commissario si aspettasse. Quelle dita, spesse come salsicce, davano l'impressione di poter stritolare le ossa del suo metacarpo senza troppe difficoltà. Roccaforte provò a immaginarselo nell'atto di abbattere un pesante fermacarte sul cranio di Altieri. E non fece nessuna fatica. Il corpo di quell'uomo sembrava costruito per devastare. Un'autentica struttura da combattimento, rinchiusa in un completo blu i cui bottoni lottavano con la possente massa che avevano il compito di contenere.

La sedia gemette sotto il suo peso.

– Mi dica, commissario, in cosa posso esserle utile?

Il tono di voce, in contrasto con il suo aspetto, era calmo, e non privo di una certa dolcezza. Roccaforte, prima di tutto, sondò i rapporti con la vittima. Polese spiegò come tra lui e Altieri, a parte qualche piccola e inevitabile discussione, tutto procedesse nel piú normale dei modi.

– Dirigevamo due reparti che spesso collaboravano su progetti specifici, come stava accadendo negli ultimi mesi. Stavamo isolando un drug candidate che...
– Ho sentito che a volte c'erano contrasti.
– È inevitabile. Lavorando assieme, ed essendo tutti e due molto esigenti, poteva succedere che ci fossero delle divergenze sul metodo di impostazione del lavoro.
– E una di queste divergenze si è per caso verificata ieri?
Polese prese qualche secondo prima di rispondere.
– Immagino che uno dei collaboratori di Altieri le abbia riferito della nostra discussione...
– Una discussione piuttosto animata, a quel che ho capito. Lei conferma?
– E credo anche di indovinare chi è stato... Sí, direi che animata è la parola giusta. Altieri non era tipo da farsi dire quel che doveva fare, e io ho la tendenza ad alzare la voce quando mi infervoro. Questo non significa che spacchi la testa a tutti i colleghi con cui mi trovo in disaccordo su qualche punto.
– Fino a che ora si è fermato alla Matrix Bionca?
– Commissario, lei avrà senz'altro controllato i dati riguardanti le entrate e le uscite. Quindi saprà che ho lasciato l'azienda ieri verso le sei e mezzo. Sono tornato piú tardi, intorno alle sette e mezzo, solo per prendere un paio di cartelle che mi ero dimenticato in ufficio. Già che c'ero, ne ho approfittato per fare uno squillo ad Altieri. E visto che c'era ancora, ho fatto un salto da lui per discutere appunto di alcune cose che tenevo a mettere in chiaro. L'ho raggiunto nella sala riunioni del suo settore, dove mi ha mostrato i risultati piú recenti delle ricerche eseguite dai suoi collaboratori. Sarò rimasto in tutto una decina di minuti. Giú in macchina c'era mia moglie, che mi aspettava per andare a teatro. Se non si fida, può chiedere conferma a lei.

– La ringrazio, ma non credo sia necessario.

– Se vuole saperlo, commissario, tra le varie cose di cui abbiamo parlato Altieri e io ieri sera, ce n'era una su cui eravamo d'accordo. Riguardava il possibile responsabile di una sottrazione di dati che si era verificata nel reparto. Tutti e due condividevamo gli stessi sospetti, e guarda caso cadevano sulla persona che molto probabilmente le ha parlato della mia *animata* discussione con Altieri.

– A chi sta pensando?

Polese si concesse una piccola risatina. – A Sgarzi, commissario. Mi sbaglio? Non è lui che le ha riferito del nostro contrasto?

– No, non sbaglia. E ha anche detto che Altieri si è rivolto a lei dicendo che non gli faceva paura. È vero?

Polese alzò le enormi spalle. – Può darsi. Non ricordo le parole esatte che ci siamo scambiati.

– Quindi lei lo ha minacciato?

– Commissario, crede che se avessi deciso di uccidere Altieri lo avrei fatto in maniera tanto imprudente? Dopo aver litigato con lui proprio qualche minuto prima? Non crede invece che potrebbe trattarsi del gesto disperato di una persona che si è vista scoperta? Forse il dottor Altieri aveva in mano le prove che accusavano il responsabile dei furti, e l'ha convocato in quell'ufficio per chiarire le cose.

– Ammettiamo che sia andata cosí. Che motivo avrebbe avuto questa persona di perquisire l'ufficio?

– Forse voleva recuperare le prove che la accusavano.

– Prove che avrebbe raccolto il dottor Altieri.

– Ma certo. È plausibile, non crede?

– Altieri le ha accennato a qualcosa del genere?

Polese sospirò, scuotendo la testa. – A essere sincero, no. Ma se aveva deciso di procedere di testa sua, a me e agli altri soci non ne avrebbe parlato che a faccenda risolta.

– Un'ultima cosa, dottor Polese. Lei fuma?
– Certo, – rispose l'altro, infilando una mano in tasca.

Roccaforte attese impassibile di veder apparire il pacchetto. Erano Philip Morris.

Polese glielo porse dicendo: – Ne vuole una?

Il commissario dovette fare appello a tutta la propria forza di volontà per rifiutare l'offerta.

Mentre si accendeva la sigaretta, gli occhi porcini del dirigente si strinsero, sprofondando ancora di piú nel volto largo.

– Perché lo ha voluto sapere?
– Una piccola traccia, ma nulla d'importante. Bene, la ringrazio per la sua disponibilità. Per il momento è tutto.

Polese si alzò, lasciando dietro di sé una pallida scia di fumo che Roccaforte aspirò golosamente. Mentre lo osservava uscire, il commissario pensò che, anche se sua moglie lo stava aspettando in auto, a quel gigante non sarebbe occorsa piú di una decina di minuti per eliminare Altieri e frugare in fretta nel suo ufficio. Lo immaginò scendere dopo aver spaccato la testa al collega e risalire in macchina con un sorriso indifferente. Ma perché avrebbe dovuto perquisire l'ufficio di Altieri? Cosa c'era, lí dentro, che lo potesse interessare? Certo, in realtà avrebbe potuto essere una manovra di depistaggio, attuata proprio per rafforzare i sospetti su Sgarzi, di cui Polese sapeva la presenza in laboratorio. Quell'accenno al fatto che l'ufficio era stato trovato sottosopra sembrava buttato lí proprio per veicolare le indagini in quella direzione.

Il commissario cominciava a sentire la testa in ebollizione.

In quel momento qualcuno bussò piano sullo stipite. Roccaforte alzò lo sguardo e vide Massica in piedi sulla soglia. Gli fece un cenno interrogativo con il mento.

– Commissario, non riesco a trovare uno di quelli della lista che mi ha dato.
– Chi?
Massica controllò sul foglio. – Boschi Luciana.
– Questa mattina non si è presentata al lavoro?
– Non si è presentata, e non ha avvisato nessuno. Ho provato anche a telefonare a casa sua, ma risponde solo la segreteria. E il cellulare è staccato.

Roccaforte controllò sul tabulato, seguendo con il dito la fila degli orari. La Boschi aveva utilizzato il pass magnetico due volte, a sera inoltrata. Risultava entrata alla Matrix Bionca alle 21:26 e uscita alle 21:42.

Il commissario avvertí una piccola scossa di eccitazione alla punta dei polpastrelli. Lanciò un'occhiata a Loiacono, poi si alzò, recuperando la giacca dallo schienale della poltroncina. Il tallone gli mandò una fitta. Ignorò il dolore e, pur zoppicando un po' dal lato sinistro, si diresse verso la porta con passo deciso.

Loiacono chiuse il suo quaderno e se lo ficcò in tasca, affrettandosi a raggiungere il commissario, che già si allontanava per il corridoio, infilando il braccio sinistro nella manica della giacca.

VIII.

Nell'ufficio della Boschi, a una prima ispezione, sembrava tutto a posto. Un ufficio normale, abbandonato la sera per essere ripreso in consegna il giorno seguente. Qualche carpetta, una penna lasciata sul piano della scrivania, un paio di promemoria adesivi attaccati al bordo del computer, tre piante in buono stato sul davanzale interno della finestra. Roccaforte toccò con la punta delle dita la terra di uno dei vasi. Era stata annaffiata da poco. Non piú di un giorno. Si girò verso i suoi uomini.

– Stratta, ti affido questo ufficio. Voglio che lo passi in rassegna da cima a fondo. Prenditi il tempo che ci vuole, ma fai un buon lavoro.

– Cosa debbo cercare, esattamente?

– Prima cosa controlla schedari, agende, appunti, tutto quanto. Dài anche un'occhiata ai dati archiviati nel computer. Cerca di scoprire se qualche file è stato rimosso da poco. La Boschi potrebbe essere coinvolta in un furto di dati ai danni della Matrix Bionca. E di conseguenza anche nell'omicidio. Se è cosí, non è escluso che riusciamo a scoprire qualche prova con cui incastrarla. Non ho grandi speranze, ma è importante non trascurare nessuna pista. Giardino, tu e Massica continuate a interrogare gli altri dipendenti. Le due cicche ritrovate nell'ufficio di Altieri le ha prese la Scientifica?

Giardino annuí.

– Bene. Voglio sapere se su quello asciutto c'è un campione di saliva sufficiente per un esame del Dna. Se sí, raccomandatevi che facciano anche quello al piú presto. Loiacono e io vedremo di trovare qualche notizia riguardo a questa Boschi. Appena c'è qualcosa di nuovo, ci sentiamo.

– Commissario, – intervenne Massica, – prima ha telefonato il giudice. Ha detto che sta per arrivare.

Roccaforte guardò l'orologio.

– Meglio tardi che mai, – disse. – In ogni caso, adesso è meglio sbrigarsi. Aspettalo tu. Digli che lo raggiungerò in Procura, piú tardi, e gli riferirò tutto.

Nell'atrio, il commissario e Loiacono furono intercettati di nuovo da Delle Grotte, che andò loro incontro con aria preoccupata.

– Ha scoperto qualcosa, commissario?

– Immagino abbia saputo dell'assenza della Boschi.

– Certo, e mi ha stupito. Lei crede...

– Ancora non ho elementi per giudicare. Però mi pare strano che un dipendente non si presenti al lavoro senza neppure avvertire.

– In effetti... poi la Boschi è sempre stata molto scrupolosa. Stavo proprio ora controllando la sua scheda personale, e nei cinque anni che ha lavorato per noi, risulta che abbia fatto solo sei giorni di assenze per malattia.

– Una dipendente modello, insomma.

– Proprio cosí. È veramente difficile pensare che possa essere coinvolta nell'omicidio.

– Non tiriamo conclusioni affrettate. Ma, parlando in linea teorica, lei crede che, nella sua posizione, la Boschi avrebbe potuto impossessarsi dei dati che sono stati sottratti dal reparto di Altieri?

– Questo sí, certamente. Essendo una ricercatrice, poteva avere accesso a quasi tutti i risultati ottenuti dalla sperimentazione del suo settore. A questo proposito, commissario...

– Sí?

– C'è una cosa di cui non le ho parlato nel nostro precedente colloquio. Mi deve scusare, ma prima ho pensato fosse meglio consultarmi con il presidente.

Roccaforte lanciò uno sguardo a Loiacono, che ricambiò alzando le sopracciglia. Poi tornò a fissare Delle Grotte.

– Ho l'impressione, dottore, che lei non si renda ben conto della situazione. La avverto che, segretezza o non segretezza, siete tenuti a mettermi al corrente di ogni particolare legato direttamente o indirettamente all'omicidio.

– Si tratta di un'indagine interna. Proprio in conseguenza alla fuga di notizie che si verificava da qualche tempo a questa parte, il presidente e io abbiamo deciso di assumere un esperto, per tentare di scoprire chi potesse essere il responsabile.

– Un investigatore privato?

– Esatto. Un professionista specializzato in spionaggio industriale.

– E che lei sappia ha scoperto qualcosa?

– Non credo. L'incarico gli è stato affidato da poco. In ogni caso, ancora non abbiamo nessun report...

– Prego?

– Ho pensato che forse le farebbe piacere incontrare questo signore.

– Le risulta che il dottor Altieri gli avesse confidato qualche sospetto su qualcuno dei suoi collaboratori?

– A dire la verità, il dottor Altieri non era stato informato dell'indagine.

– Mi faccia capire. Stavate indagando sui furti che avvenivano nel suo reparto, e non glielo avevate detto?

– Nessuno è a conoscenza di questa indagine. È stata decisa da me, in accordo con il dottor Camunia, il presidente. E comunque l'ultimo che avremmo avvertito era proprio Altieri. È evidente che riponeva la propria fiducia in qualcuno che non la meritava. Inoltre, tutte le volte che avevamo cercato una possibile soluzione a quanto stava accadendo, ci eravamo scontrati con una certa resistenza da parte sua. Il dottor Altieri tendeva sempre ad assumere le difese dei suoi collaboratori, e sembrava non voler neppure prendere in considerazione che molto probabilmente era proprio uno di loro a rivendere ai concorrenti i dati sottratti alla Matrix Bionca.

– Quindi avevate pensato bene di tagliarlo fuori.

Delle Grotte sospirò. – Non è un bel modo di riassumere le cose, ma in sostanza sí. Abbiamo ritenuto che, almeno per il momento, fosse piú prudente non informare né lui né gli altri.

– Ha pensato che con questa decisione potreste aver provocato la sua morte? Il responsabile dei furti potrebbe essersi accorto che qualcuno stava indagando, e aver tratto la conclusione che Altieri stesso avesse incaricato un detective per smascherarlo.

Delle Grotte si accigliò. – Non le sembra di esagerare?

– Forse è lei che non ha tenuto ben conto delle conseguenze.

– D'accordo, le dò atto che esiste questa possibilità. Mi auguro che lei non abbia ragione, naturalmente. Comunque, e non lo dico per giustificarmi, le cose sarebbero andate nello stesso modo anche se Altieri fosse stato messo al corrente...

Roccaforte si concesse un sorriso acido. – Be', diciamo che in quel caso avrebbe potuto stare piú attento. Chissà, magari non sarebbe rimasto in ufficio fino a tardi da solo...

– Commissario, nessuno di noi ha la guardia del corpo. Chiunque avrebbe potuto colpire Altieri, come d'altra parte me stesso o qualsiasi altro socio della Matrix Bionca, in ogni momento. Anzi, se devo dirle la verità, mi stupisce che l'omicidio sia avvenuto proprio all'interno dell'azienda, con tutte le misure di sicurezza di cui siamo forniti.

– L'assassino probabilmente si è trovato costretto ad agire. O si tratta della cosiddetta talpa, e Altieri lo aveva scoperto, oppure, per qualche altra ragione, è stato spinto a una reazione violenta... Senta, riguardo all'investigatore privato che avete assunto, gli dica di mettersi in contatto con me al piú presto. Tenga, qui ci sono i miei numeri telefonici.

Delle Grotte, annuendo, prese il biglietto che Roccaforte gli porgeva e lo studiò, come se dovesse mandare a memoria i numeri che vi erano scritti.

– Stia tranquillo, me ne occuperò di persona.

– Bene. Ora, se non ha altro da dirmi, la saluto. Vorrei cercare di rintracciare la signora Boschi.

Il commissario voltò le spalle e si allontanò zoppicando. Quel maledetto tallone continuava a dargli fastidio. Loiacono, che aveva seguito il colloquio in silenzio, con le mani allacciate dietro la schiena, guardandosi attorno come fosse stato a un museo, fece un rapido cenno di saluto a Delle Grotte e seguí Roccaforte verso l'uscita. Dietro il banco della portineria, adesso, c'era una bionda sui venticinque anni, in tailleur gessato blu, che non avrebbe sfigurato sulla copertina di una rivista di moda. Loiacono, passandole davanti, le sorrise. La ragazza rispose al sorriso, cortese ma gelida, muovendo solo i muscoli strettamente necessari a incurvare le labbra.

IX.

Il Fosco gli aveva detto: – L'importante è che sia una Toyota. E recente. Vedi di non portarmi un pezzo da museo.

Gabriele incassò la testa tra le spalle e si guardò attorno. Il consueto andirivieni di persone, ma nessuno che facesse caso a lui. Per non dare nell'occhio, prima di uscire di casa si era tagliato la barba e aveva addirittura tirato fuori dall'armadio un paio di jeans puliti.

Si passò una mano sotto il mento. Dopo essersi rasato, aveva scoperto di avere finito il dopobarba e la pelle ora cominciava a bruciargli per la traspirazione. La tensione lo faceva sempre sudare.

Aveva messo gli occhi su un'auto perfetta. Niente antifurto né aggeggi che bloccassero lo sterzo. Un gioco da ragazzi. Le aveva gironzolato attorno un paio di volte. Era parcheggiata all'interno delle strisce blu, ma non aveva esposto dietro il parabrezza il tagliandino del parcometro. In compenso, un vigile aveva infilato il foglietto giallo di una contravvenzione sotto il tergicristallo destro. Passando, Gabriele aveva gettato uno sguardo al volo alla multa, e aveva visto che la data era di quel giorno. L'orario in cui era stata compilata, però, risaliva alla mattina. L'auto si trovava lí da molte ore. Chissà, forse perfino dal giorno prima. Quindi era poco probabile che il proprietario tornasse proprio ora. E a lui, se non saltava fuori qualche complicazione, bastavano una trentina di secondi per salire a bordo e avviare il motore.

Tastò il mazzo di chiavi nella tasca del giubbotto e lanciò un'ultima occhiata circolare, cercando di apparire disinvolto. La pelle della gola pizzicò, sfregando contro il bavero.

x.

Dopo aver premuto piú volte il campanello senza ottenere risposta, Roccaforte tentò con i vicini. Sullo stesso pianerottolo non rispose nessuno. Finalmente, al piano di sotto, qualcuno gli aprí la porta. La signora Penati, una maestra in pensione che, a giudicare dalla targhetta sul campanello, viveva con il marito, fece entrare lui e Loiacono in un appartamento esageratamente ordinato, dai pavimenti lucidi, e li guidò fino a un salottino dall'aria mummificata. Il marito non era in casa. E se c'era se ne restò rintanato in qualche stanza senza dare segni di vita. Loiacono attese in piedi, appoggiando la spalla allo stipite, mentre Roccaforte si accomodò su un divanetto di velluto che la signora gli indicò. Lei andò ad appollaiarsi sulla punta della poltroncina di fronte a lui, e restò ad ascoltare con grande concentrazione le sue domande.

Quando il commissario le chiese in che rapporti fosse con la signora Boschi, la prese alla larga, e cominciò raccontando che lei e suo marito Ferdinando abitavano in quel palazzo già da parecchi anni (si erano trasferiti lí da Crevalcore all'inizio degli anni Sessanta) quando i Rizzo avevano comprato l'appartamento sopra il loro.

– Rizzo? – domandò Roccaforte.

– Ma certo, – spiegò la Penati, leggermente confusa per l'interruzione. – Rizzo è il cognome del marito...

– Ho capito. Continui pure, la prego...

L'ex maestra aveva la chiacchiera facile, e il commissario valutò che fosse meglio darle corda, in modo che le confidenze fluissero in libertà, anche se annacquate in un mare di divagazioni. Solo di tanto in tanto interveniva per riportare in carreggiata il discorso.

Loiacono, vista la piega che prendeva l'interrogatorio, guadagnò con discrezione uno scranno di legno dall'aria antica sul quale sedette con prudenza, mantenendo un assetto verticale ed evitando con cura di scaricare il peso sullo schienale che risultò fin dal primo momento piuttosto instabile. Dopo aver trovato una posizione che gli consentisse il massimo della comodità con il minimo di sforzo, abbassò l'audio e si dedicò a rimuginare sui fatti suoi, lasciando che il commissario si occupasse da solo di seguire le fila del discorso.

La Penati, contenta di poter chiacchierare con qualcuno, dichiarò che la sua vicina era una donna schiva, che non si fermava volentieri a parlare dei fatti suoi. All'inizio lei e il marito sembravano andare d'accordo, ma, negli ultimi tempi prima della separazione, si sentivano spesso liti furibonde, seguite da silenzi glaciali che duravano anche settimane. Da quando poi si erano separati, abitava sola, in quell'appartamento che aveva diviso con il marito per circa quattro anni. Lei e Ferdinando avevano scoperto che il signor Rizzo se n'era andato di casa solo quando, un giorno, lo avevano visto caricare su un furgone tutta la sua roba. Ma dalla Boschi mai una parola di spiegazione né una confidenza. Quando si incontravano nell'atrio, li salutava come se nulla fosse successo. Tanto che una volta la signora Penati, esasperata, le aveva chiesto come stesse il marito, e lei, senza battere ciglio, le aveva risposto che stava benissimo.

Il commissario chiese se, negli ultimi giorni, avesse notato qualcosa di strano.

– Be', adesso che mi ci fa pensare... ieri notte, in effetti, ho sentito dei rumori...

– Ricorda che ora era?

– Saranno state le due, le due e mezzo... Sa, questo è un palazzo molto silenzioso, e nel cuore della notte si sentono fin troppo bene i movimenti dei vicini. Si figuri che il figlio dei Pedrini, i signori che abitano qui accanto...

– Che genere di rumori ha sentito? – la interruppe Roccaforte.

La Penati si strinse nelle spalle. – Non so... Sembrava che la signora Boschi andasse avanti e indietro per casa, spostando qualcosa, e... ah sí, un paio di volte ho anche sentito delle porte che sbattevano...

– Lei sa se per caso qualcuno, tra gli inquilini del condominio, ha le chiavi dell'appartamento della signora Boschi?

– Lo escluderei. Come le ho detto, non è il tipo che dà confidenza, e non penso proprio che affiderebbe le chiavi di casa sua a nessuno.

XI.

Sergio Rizzo, il marito della Boschi, era un uomo magro e alto, sui quarantacinque, con le orecchie un po' a sventola e lo sguardo da cane bastonato.

Quando Roccaforte gli mostrò il tesserino, dicendogli che aveva bisogno di parlargli a proposito di sua moglie, fece entrare lui e Loiacono con aria apprensiva.

Il commissario accennò all'omicidio di Altieri, e chiese a Rizzo se per caso lui lo avesse conosciuto.

– L'ho sentito nominare da mia moglie. Mi pare che sia il responsabile del suo reparto. Però non l'ho mai incontrato di persona. D'altra parte, – spiegò con un sorriso triste, – non conosco praticamente nessuno dei colleghi di mia moglie –. Poi aggiunse, con aria sempre piú preoccupata: – Ma perché, Sandra cosa c'entra?

– Non ne ho idea, – rispose Roccaforte. – Mi auguro che sua moglie non abbia niente a che fare con l'omicidio del dottor Altieri. La stavamo cercando per farle appunto qualche domanda, ma non riusciamo a trovarla. Sembra che sia scomparsa.

– Scomparsa?

– Lei quando l'ha vista l'ultima volta?

– Non lo so... ci siamo sentiti qualche giorno fa, per telefono. Forse giovedí, o venerdí scorso, ora non ricordo. Ma non mi ha accennato a nessuna partenza.

– Ha avuto l'impressione che ci fosse qualcosa di strano nel suo modo di fare?

Rizzo scosse la testa. – Non mi pare.
– Magari, che so, un po' piú nervosa del solito. Agitata.
– Ma no, direi proprio di no. Mi è sembrata normale. In ogni caso, mia moglie non è una che lascia uscire facilmente le proprie emozioni. Poi, sa com'è, al telefono... Abbiamo fatto giusto due chiacchiere, parlando del piú e del meno. Ecco, sí, mi ha detto che in questo periodo stava lavorando parecchio. D'altra parte, non è una novità. Era costretta spesso a fermarsi in azienda ben oltre l'orario previsto. Ma questo non le ha mai dato fastidio. Il suo lavoro le piaceva.
– Siete separati da molto?
Rizzo alzò le spalle. – Mi sono trasferito qui da circa sei mesi.
– E, mi scusi, di chi è stata la decisione?
– Di mia moglie. La nostra crisi in effetti durava da molto tempo. Non eravamo d'accordo su niente, ogni pretesto era buono per litigare. Io forse non mi sarei mai deciso. Ma Sandra è una persona determinata. Un giorno mi ha messo davanti all'evidenza. Cosí non si può andare avanti, mi ha detto. O te ne vai tu o me ne vado io. E quando io ho cercato di discutere, di prendere tempo, ha tagliato corto dicendo che in ogni caso, per quello che la riguardava, lei era sicura di non amarmi piú. Quindi le sembrava stupido che ci ostinassimo a provare e riprovare. Non avremmo fatto altro che perdere altro tempo.
Roccaforte aveva abbassato lo sguardo a terra, imbarazzato da quello sfogo inatteso e troppo loquace.
– E lei ha accettato questa scelta?
– A dire la verità, per un po' ho cercato di resistere. Ho fatto il possibile per riconquistarla. Ma non ho ottenuto nulla. E alla fine ho dovuto accettare che tra di noi era veramente finita.

Roccaforte, che aveva avvertito nella voce dell'uomo una nota di commozione, gli lasciò riprendere fiato, fissando una vetrinetta colma di mignon di liquore perfettamente allineate.

Dopo un paio di secondi, Rizzo riprese a parlare: – Da quando ci siamo separati vivo solo, e non ho ancora allacciato nessuna relazione fissa. Lavoro molto, mi sforzo di tenermi in forma. Faccio jogging, gioco a tennis con qualche collega, a volte vado a fare una nuotata in piscina. Nei fine settimana, un cinema. Da solo o con qualche vecchio amico. A volte, anche se ormai molto di rado, rivedo mia moglie. La passo a prendere, andiamo a cena da qualche parte, parliamo un po' di noi, tentiamo di tenerci al corrente sulle nostre vite... ma c'è poco da fare, Sandra e io non riusciamo piú ad aprirci, a sentirci in confidenza, e queste nostre uscite finiscono col mettermi una gran tristezza. Già nell'ultimo periodo del nostro matrimonio non riuscivamo piú a comunicare. Lei era molto cambiata. Si era chiusa sempre di piú in se stessa. Non so spiegarle... era come se avesse deciso di tagliarmi fuori dalla sua vita.

– Le risulta che avesse un amante? – aveva buttato lí Roccaforte andando dietro ai suoi pensieri, e subito si era pentito della brutalità con cui aveva formulato la domanda. – Mi scusi se glielo chiedo cosí direttamente...

– Ma no, si figuri. Mi rendo conto che questo fa parte del suo mestiere, e in fondo è inutile girare attorno agli argomenti. In ogni caso, la risposta è no. Nel senso che non mi risulta. Anche se l'ho sospettato, è ovvio. Ma tutte le volte che gliel'ho chiesto, Sandra ha sempre negato. E, visto com'è andata a finire tra di noi, non vedo perché avrebbe dovuto mentirmi. Certo, non posso escludere che avesse una relazione. Anche quando ci vedevamo, Sandra non mi parlava mai della sua vita sentimentale. Diciamo pure che non mi parlava quasi di niente. Mi raccontava un film che aveva visto, qualche accenno al lavoro e poco altro... sembrava che fossimo poco piú di due conoscenti.

– Senta, a proposito del lavoro... sua moglie le ha mai parlato di problemi nel suo reparto?

– Problemi? Che genere di problemi?

– Mi spiace, ma non posso essere piú esplicito. Quello che vorrei sapere è se le ha mai dato l'impressione di avere delle preoccupazioni, non so, qualcosa che creava tensioni nell'ambiente di lavoro.

Il signor Rizzo rifletté qualche istante sulla domanda del commissario. – Forse... sí, può darsi...

– C'è un'informazione che lei di sicuro può darmi, e che potrebbe essere rilevante ai fini dell'indagine.

– Mi dica.

– Sua moglie fuma?

– Troppo. Certi giorni, arriva quasi a due pacchetti.

– Che lei sappia, ha una marca abituale?

– Quando l'ho conosciuta comprava le Muratti, ma da un paio d'anni fuma solo Marlboro.

– Lights?

– Sí, certo. Marlboro lights. Perché me lo chiede?

Roccaforte lanciò un'occhiata a Loiacono, che gli rispose alzando le sopracciglia.

– Signor Rizzo, non voglio metterla in allarme, però è importante che scopriamo dov'è finita sua moglie. Penso sarebbe utile dare un'occhiata al suo appartamento. Lei ha ancora le chiavi?

– No, mi dispiace. Dopo che ho portato via le mie cose, Sandra ha voluto che gliele riconsegnassi. E a me è parso giusto. Non sono il tipo che le piomberebbe in casa senza avvertire, ma capisco anche che ci tenga alla sua privacy.

– E una sua foto?
– Quella sí, venga...

Roccaforte seguí l'uomo lungo un corridoio le cui pareti erano tappezzate di cartoline incorniciate. Rizzo aprí una porta, e fece entrare il commissario in una camera da letto che sembrava un museo di ricordi: ogni mobile era coperto di soprammobili e cornicette. Il letto era rifatto alla perfezione. Mentre Rizzo apriva lo sportello di un armadio e si metteva a frugare in una pila di album, il commissario, le mani allacciate dietro la schiena, si avvicinò alla parete, per osservare le tante fotografie appese. In una di queste si vedeva Rizzo, di qualche anno piú giovane, che stringeva con il braccio lungo e magro le spalle di una donna bionda dai lineamenti eleganti, con un portamento austero e qualcosa di freddo e distante nello sguardo, anche se sorrideva all'obiettivo, il capo posato sul petto del marito, che la sovrastava di tutta la spalla. Sullo sfondo, oltre il parapetto al quale stavano appoggiati, si intravedevano le rive di un fiume, al di sopra del quale si alzavano le vette bianche e un po' sfocate di montagne dalle cime coperte di neve.

– Quella ce la siamo fatta tre anni fa, a Merano. C'è mai stato? È un posto incantevole.

Il commissario fu colto di sorpresa dalla voce di Rizzo e, un po' imbarazzato, alzò la mano per indicare un'altra serie di fotografie, appese lí accanto, tra una doppia fila di coppe e trofei posati sugli scaffali di una libreria. In una di queste, un ragazzo alto e allampanato spiccava un salto protendendo il braccio destro verso il canestro, la mano che stringeva un pallone da basket.

– Giocava a pallacanestro? – chiese Roccaforte, tanto per dire qualcosa.

– Per qualche tempo, molti anni fa, ho giocato in serie

B. E me la cavavo anche abbastanza bene. Anzi, sembrava fossi una giovane promessa, ma non sono mai arrivato in A. Tenga.

Il commissario prese la fotografia che gli stava porgendo. Vi era ripresa, dal busto in su, la stessa donna che era abbracciata a lui nell'altra istantanea, quella scattata a Merano. Aveva cambiato il colore dei capelli, che qui erano piú scuri, di un castano quasi rosso, e il suo viso appariva un po' invecchiato ma ancora bello, con lo sguardo distaccato e vagamente aristocratico.

– Questa è una delle piú recenti, e si vede bene la faccia. Pensa che possa andare?

– È perfetta, grazie, – rispose il commissario, infilando in tasca la foto.

Raggiunsero Loiacono che aspettava in soggiorno, chino a scrutare una bacheca piena di scatole di fiammiferi. Quando li sentí rientrare, si raddrizzò dicendo: – Però, complimenti. Tiene una bella collezione...

Rizzo sorrise. – Tendo sempre a conservare tutto... Quando vivevamo ancora assieme, mia moglie si lamentava spesso di questa abitudine. Diceva che prima o poi tutta la roba che accumulavo ci avrebbe sommerso. Adesso, – aggiunse con tono amaro, – posso collezionare tutto quel che mi pare...

Mentre stavano uscendo, Rizzo trattenne il commissario toccandogli un polso.

– Commissario, mi dica la verità, lei crede che possa esserle successo qualcosa di grave?

Roccaforte allargò le braccia. – Come le ho già detto, è di vitale importanza che riusciamo a parlarle al piú presto, per chiarire la sua posizione. Se dovesse sentirla, le dica di mettersi subito in contatto con me.

XII.

Il poliziotto, con una mitraglietta a tracolla, sbucò all'improvviso da dietro l'angolo e fece segno di fermarsi. Gabriele fu colto di sorpresa. Sentí l'adrenalina attraversargli il corpo come una scossa elettrica, fino alla punta delle dita. Strinse con forza il volante, tentato di pigiare a fondo l'acceleratore e tirare dritto. Ma dietro il primo, scorse un altro agente, anche lui armato di mitra, e l'auto, pronta a partire. Il buon senso ebbe la meglio. In fondo cosa potevano fargli? C'era già passato, e sapeva che se la poteva cavare con poco. A scappare, c'era il rischio che quelli lo inseguissero, o peggio ancora che si mettessero a sparare. Non gli andava di rischiare di beccarsi una palla in testa, e neppure di essere arrestato dopo un inseguimento che avrebbe reso i poliziotti duri e incazzati, con una gran voglia di menare le mani.

Frenò, e andò a fermarsi poco oltre.

Il primo poliziotto lo raggiunse mentre abbassava il finestrino. Si chinò per guardare dentro.

– Buongiorno. Favorisce i documenti?

Gabriele si voltò verso l'agente, un ragazzo che avrà avuto piú o meno la sua età. Alzò la natica destra e, mentre tirava fuori la patente dalla tasca dei jeans, cercò di stiracchiare un sorriso rassicurante. La passò al poliziotto attraverso il finestrino aperto, con il cervello che gli girava a tutta birra, cercando il tono migliore con cui raccontare la storia che teneva pronta per le occasioni d'emergenza. Qualche minuto prima aveva approfittato di un rosso per dare un'occhiata ai documenti, e aveva visto che l'auto apparteneva a una donna. Quindi, allungando il libretto di circolazione disse: – È intestata a mia zia...

Ma non ebbe modo di proseguire, perché dallo specchietto retrovisore laterale vide arrivare di corsa il secondo poliziotto. Quello che teneva in mano i suoi documenti si irrigidí.

– Che c'è, Tarcusi?

– Come che c'è? Non hai visto la targa?

Il poliziotto riabbassò lo sguardo ai documenti e strinse la mano destra sull'impugnatura dell'arma.

– Può scendere dall'auto, prego?

Gabriele cercò di prendere tempo: – Ma perché, scusi...

I due poliziotti alzarono le bocche dei mitra verso la sua faccia, e lui capí che era meglio non insistere.

Mentre il primo poliziotto lo faceva girare di spalle, ordinandogli di poggiare i palmi delle mani alla carrozzeria, il secondo si chinò per guardare all'interno dell'auto, e si accorse dei fili che pendevano sotto il cruscotto.

– L'ha fregata, – disse, azionando la leva per l'apertura del portello posteriore. – Tu tienilo sotto tiro, che io dò un'occhiata nel baule.

Gabriele cercava qualcosa da dire, ma sapeva già che sarebbe stato tutto inutile. E allora perché sprecare il fiato? Sentí il portello sollevarsi, poi un silenzio che durò qualche istante.

– Minchia! – esclamò il poliziotto che era andato a controllare il bagagliaio, e Gabriele avvertí la canna aumentare la pressione sulla sua schiena.

– Cosa succede, Tarcusi? – chiese con tono preoccupato quello alle sue spalle. – Cos'hai trovato?
– È meglio che chiamiamo la Centrale...
– Certo che la chiamiamo, porca puttana, però mi vuoi dire che cazzo c'è in quel baule?

XIII.

Prima di mettersi in azione, si erano divisi i compiti. Mentre lui e Loiacono perquisivano l'appartamento della Boschi, Stratta e Giardino si sarebbero occupati di avviare la ricerca. Bisognava rintracciare ogni pagamento fatto con carta di credito, verificare eventuali acquisti di biglietti aerei o ferroviari, diramare alle autopattuglie la descrizione della sua auto: una Toyota grigio metallizzato targata AC107FO. Si erano già messi in contatto con la banca per ottenere la lista dei movimenti sul suo conto corrente.

Non era stato facile convincere il magistrato a firmare i permessi e il mandato, ma ora il commissario si congratulava con se stesso per avere insistito. L'appartamento della Boschi, al contrario del suo ufficio alla Matrix Bionca, rivelava parecchie cose interessanti.

Lui e Loiacono, seguiti dall'agente che li aveva aiutati ad aprire la serratura, entrarono nell'appartamento deserto, che aveva l'aria di essere stato abbandonato in gran fretta. Nella camera da letto le ante del guardaroba erano spalancate e molti abiti giacevano in disordine sul materasso. Qualche vestito era abbandonato sul pavimento, come se il contenuto dell'armadio fosse stato passato in rassegna rapidamente, senza il tempo di rimettere a posto. C'era una sedia ribaltata al capo del letto. Tutto faceva pensare a una partenza improvvisa, a preparativi fatti in

preda all'agitazione. Ecco a cosa erano dovuti i rumori sospetti che aveva sentito la signora Penati, dal suo appartamento al piano di sotto.
– Che ne dici, Loiacono? L'ha fatto fuori ed è scappata?
– Cosí pare, dotto'.
– Era lei probabilmente a rubare i dati alla Matrix Bionca per rivenderli ad aziende concorrenti. Altieri doveva averla scoperta. Può darsi che l'abbia convocata, ieri sera, proprio per avere un confronto. Forse lei lo ha supplicato di non denunciarla e lui ha rifiutato. Se Altieri era fiducioso ma intransigente come lo ha descritto la sua segretaria, non poteva certo far finta di nulla... Le avrà detto che era deluso e che non aveva intenzione di coprirla, i toni si sono fatti accesi, hanno cominciato a litigare. Lei a quel punto si è vista rovinata, ha perso la testa e lo ha colpito. Poi è corsa qua, ha messo assieme un po' di roba ed è scappata.

Loiacono annuí pensoso, fissando un paio di collant scuri che penzolavano da un cassetto.

– Dobbiamo riuscire a mettere assieme qualcosa per puntellare questa ipotesi. Se non salterà fuori niente dal suo ufficio, forse troveremo qualche prova qua. Però l'importante è ritrovarla al piú presto. Mettendola sotto torchio a caldo, non dovrebbe essere difficile farla crollare.

Il commissario si sfregò le mani, soddisfatto e galvanizzato. Le indagini sembravano avviate a una rapida soluzione. Fumare una sigaretta, in quel momento, gli avrebbe dato una gioia enorme. Lo avrebbe reso lucido e reattivo, pronto all'azione. Meglio non pensarci, o questo desiderio avrebbe finito per trasformarsi in un pensiero fisso, che rischiava di avvelenare la buona piega che avevano preso gli avvenimenti.

– Forza, Loiacono. Vediamo se in mezzo a tutto questo casino riusciamo a trovare qualcosa di interessante. Tu occupati della sala, che io dò un'occhiata qua.

Loiacono annuí, e senza aggiungere una parola passò nell'altra stanza. Roccaforte cominciò ad aprire i cassetti, uno dopo l'altro. Spostava reggiseni, fazzoletti e mutandine, annusando, non senza soddisfazione, il profumo che saliva da quella biancheria. La Boschi, cosí come appariva dalle foto del marito, era una bella donna, e il commissario provava un sottile piacere a rovistare tra i suoi indumenti. Gettò un'occhiata a un grande specchio ovale fissato al muro, e per un istante immaginò la donna ritratta in quelle istantanee rimirarsi con addosso solo slip e reggiseno. Tornò subito a immergersi nella perquisizione, con un vago senso di vergogna per quelle fantasie.

Sul tavolino di bambú su cui era posato il telefono, accanto a un portacenere pulito, c'era un piccolo blocco per gli appunti. Roccaforte lo sollevò, inclinandolo per studiarlo con la luce radente, nel tentativo di individuare i solchi impressi dall'ultima scrittura. In quel momento, il suo cellulare prese a squillare.

– Pronto. Ah, sei tu Giardino. Come? Sei sicuro? Bel colpo! Bene, arrivo subito.

Riattaccò, e lasciò rapidamente la camera.

Loiacono, inginocchiato sul pavimento, stava frugando dentro una cassettiera che fungeva da base di appoggio per l'impianto hi-fi.

– Loiacono, tu prosegui qui, io devo scappare. Hanno appena ritrovato la Toyota della Boschi.

– E la donna no, dotto'?

Scosse la testa. – A quanto pare la stava guidando un ladro d'auto. L'hanno portato in commissariato, e lo stanno già torchiando. Ma non è tutto.

Roccaforte si godette l'espressione interrogativa di Loiacono, prima di raccontare il resto.

– Nel baule dell'auto c'era la borsetta della Boschi. E dentro la borsetta hanno trovato una chiave inglese sporca di sangue.

XIV.

Questa volta non ci si poteva lamentare, la Scientifica aveva dato un primo responso a tempo di record. Forse qualche pezzo grosso aveva messo il pepe al culo ai ragazzi. Roccaforte aveva già avuto prova che quelli della Matrix Bionca avevano agganci molto in alto. Stratta gli passò il referto. Il sangue sulla chiave inglese ritrovata nel baule della Toyota era zero negativo, lo stesso gruppo di Altieri. Per l'esame comparativo del Dna, che avrebbe fornito la conferma definitiva, ci voleva un po' piú di tempo, ma dal momento che le ferite sul cranio della vittima corrispondevano perfettamente alla forma e al peso della chiave ritrovata nel baule della Toyota della Boschi, si poteva concludere, quasi con certezza assoluta, che quella che avevano in mano era l'arma del delitto.

Il commissario osservò il ragazzo, seduto in punta di seggiola, teso. Era pallido, con i capelli appiccicati alla fronte, gli occhi lucidi e arrossati come se avesse appena smesso di piangere. E forse era proprio cosí. Le sue dita tormentavano nervose la cerniera del giubbotto e lo sguardo non riusciva a stare fermo per piú di due secondi su un punto.

A Roccaforte bastò un'occhiata per capire che non c'entrava niente con l'omicidio di Altieri. Non era altro che un ladruncolo d'auto, proprio come gli aveva detto Giardino. Pensare che avesse potuto intrufolarsi alla Matrix

Bionca, superare tutti gli sbarramenti di pass e codici segreti per uccidere Altieri, era un'idea che faceva sorridere. Fece segno a Stratta di passargli la chiave inglese. Poi, tenendo in una mano il sacchetto di plastica trasparente, che all'interno mostrava larghe sbavature di sangue, prese una sedia e andò a sistemarla di fronte al ragazzo. Si sedette. Sollevò il sacchetto all'altezza dei suoi occhi. Vide le pupille dilatarsi e il pomo d'Adamo salire e scendere due volte, veloce.

– Hai già visto questa?

Gabriele annuí con un movimento a scatti del capo.
– Sí, ma non prima che mi fermassero. Glielo giuro.

– Molto probabilmente è stata usata per uccidere un uomo, – proseguí, cercando di incontrare almeno per un istante il suo sguardo. – Io sono quello che si occupa dell'omicidio. Non so se la cosa ti può tranquillizzare, ma ti credo. Sono convinto che tu non c'entri un accidente. Però, per prendere l'assassino, mi serve sapere dove hai trovato quell'auto.

Il ragazzo deglutí di nuovo.

– La proprietaria della Toyota è un'assassina?

– Guarda che non sei tu che fai le domande, – intervenne Giardino, facendosi avanti con aria minacciosa.

Roccaforte alzò una mano per fermarlo.

– Non lo so ancora, – rispose. – Però ci sono buone probabilità che lo sia. In ogni caso, per scoprirlo la debbo trovare. Allora, cosa mi dici della macchina?

– Era nel parcheggio di viale Pietramellara, di fronte alla stazione.

Con la coda dell'occhio, il commissario vide Stratta picchiare il pugno nel palmo della mano.

– Ricordi a che ora l'hai prelevata? – chiese al ragazzo, continuando a fissarlo.

– Verso le cinque, poco prima che mi beccassero.
Roccaforte si alzò, e gli batté una mano sulla spalla.
– Bravo. Vedrò che si tenga conto della tua collaborazione.
Poi fece un cenno ai suoi uomini, che lo seguirono fuori dalla stanza.

xv.

Roccaforte rilesse ancora una volta gli appunti sul suo bloc-notes, poi alzò lo sguardo sui due poliziotti che aspettavano in silenzio. Giardino stravaccato sulla poltroncina girevole, che oscillava sulle ruote facendo dondolare un braccio oltre lo schienale, Stratta seduto sul bordo della scrivania.

– Allora, ricapitoliamo, – disse il commissario. – Stando al computer, che registra ogni passaggio del tesserino magnetico, risulta che la Boschi è entrata alla Matrix Bionca alle ventuno e venticinque, e se n'è andata alle ventuno e quaranta. Secondo quanto ha detto il medico legale, l'orario coincide con quello in cui è avvenuto l'omicidio. Nell'ufficio di Altieri ci sono due mozziconi di Marlboro lights: la stessa marca di sigarette usata dalla Boschi. Uno dei due è asciutto, e gli esami del Dna confermeranno se ci sono tracce della sua saliva. Vedremo. In piú, la Boschi si dà alla fuga, abbandonando l'auto, e nel baule ritroviamo quella che quasi di sicuro è l'arma del delitto.

– Mi sembra che ci siano pochi dubbi, – disse Giardino.

– Già. E sembra di indovinare per filo e per segno i suoi gesti. Anziché abbandonare nell'ufficio la chiave inglese con cui ha fatto fuori Altieri, deve averla ficcata nella borsetta. Era probabilmente sconvolta per il delitto appena commesso. Piú tardi, quando se n'è resa conto, dev'essere stata presa dal panico, e ha buttato la borsetta nel baule dell'auto, dov'è rimasta fino a quando non l'ha ritrovata la pattuglia che ha fermato quel ragazzo. Una volta uscita, dev'essere passata a casa sua per mettere assieme un po' di roba. Ha caricato le valigie in macchina ed è andata alla stazione. Potrebbe aver preso un treno.

– Forse aveva già preparato una via di fuga, – disse Giardino.

– Cosa te lo fa pensare? – gli chiese Stratta.

– Vado a naso. Dubito che abbia trovato la chiave inglese nell'ufficio di Altieri. E se si è portata un attrezzo del genere, adatto a spaccargli la testa, vuol dire che aveva per lo meno preso in considerazione la possibilità di ammazzarlo.

– Il ragionamento fila, – rifletté Roccaforte. – Però c'è qualcosa che non mi convince. Per certi versi, in effetti, sembra esserci premeditazione. Però alcuni particolari fanno pensare a un delitto compiuto a caldo, in cui l'assassino ha perso la testa.

– Gli uomini non sono computer, – osservò Stratta.

– Sí, certo, – ammise il commissario, – eppure...

Lo interruppero un paio di colpi alla porta.

– Avanti, – disse Roccaforte.

Un agente sporse il busto nell'ufficio.

– Scusi se disturbo, dottore. È stato rintracciato un pagamento fatto con il bancomat della Boschi. Ha comprato un biglietto ferroviario alla biglietteria elettronica della stazione. Partenza alle sei e ventisette, arrivo all'una e quarantadue.

– Alla faccia! – disse Stratta. – E dov'è andata? A Reggio Calabria?

– No. A Ginevra.

XVI.

Ora che l'attività frenetica di quella giornata era alle spalle e la tensione delle indagini per il momento sospesa, ecco che tornavano a galla le immagini. Il cranio sfondato di Altieri, intravisto per un istante troppo lungo, e il sangue rappreso sul metallo della chiave inglese.

Il commissario si rigirò nel letto per l'ennesima volta, sapendo che il sonno avrebbe tardato ad arrivare.

Ormai la macchina delle indagini era in moto e per quella notte non c'era piú niente da fare. Dormire, in vista di una giornata altrettanto faticosa della precedente, sarebbe stata la cosa piú saggia. Ma incubi e insonnia hanno ben poco a che vedere con la saggezza.

Ripassò mentalmente gli ordini impartiti, per vedere se aveva davvero pensato a tutto ciò che era necessario.

Aveva chiesto a Farina di fargli avere i risultati dell'autopsia di Altieri entro la mattinata seguente. Aveva predisposto il controllo a tappeto di ogni altro pagamento eseguito dalla Boschi con bancomat o carta di credito, in Italia e all'estero, e aveva richiesto un resoconto completo sulle sue finanze e sugli spostamenti bancari; ora che le prove puntavano tutte nella sua direzione, non avrebbe dovuto essere difficile ottenere le autorizzazioni. Aveva fatto avvertire i colleghi svizzeri, perché controllassero se l'indiziata risultava alloggiata in qualche hotel di Ginevra. Infine aveva sollecitato un referto che confermasse con certezza assoluta che il sangue sulla chiave inglese era quello di Altieri.

Ci voleva tempo, ma se tutto procedeva a dovere, il caso era risolto. Rimaneva solo da riacciuffare la donna scomparsa. Poi, dati alla mano, avrebbero cercato di ottenere da lei una confessione piena. Le prove a suo carico erano schiaccianti, e la fuga sembrava confermare la sua colpevolezza.

Eppure...

Roccaforte cambiò di nuovo posizione, voltandosi sul lato sinistro. Per qualche secondo si ostinò a tenere le palpebre serrate, poi, stanco, accettò la sconfitta e aprí gli occhi sul debole ricamo di luce che penetrava dalle fessure della tapparella. I minuscoli puntini luminosi, lentamente, cominciarono a far emergere dal buio i profili scuri dei mobili.

C'era qualcosa che aveva trascurato? Tutto sembrava incastrarsi fin troppo bene, eppure continuava a essere infastidito dalla sensazione di non aver tenuto conto di un dato importante, fondamentale.

Gli uomini non sono computer, aveva detto Stratta. Non poteva che dargli ragione. Conosceva fin troppo bene le contraddizioni dell'animo umano e le incoerenze spiazzanti con cui ci si scontra a ogni delitto.

Cercò di immaginare la possibile dinamica dell'omicidio. Lo schema generale sembrava scontato. La Boschi rubava dati alla Matrix Bionca per rivenderli ad aziende concorrenti. Altieri in un modo o nell'altro l'aveva scoperta e lei lo aveva ucciso. Già, ma per quale motivo? Non certo per continuare come prima. Aveva lasciato troppi indizi che l'accusavano. E la sua fuga precipitosa dimostrava che ne era consapevole. Se anche con la rapida perquisizione dell'ufficio era riuscita a recuperare le prove che la accusavano di spionaggio, doveva essersi resa conto che questo non le avrebbe permesso di scampare alle indagini sull'assassinio.

In definitiva, Roccaforte non riusciva a capire se la Boschi aveva ucciso a mente fredda, preparando in anticipo i particolari, o se aveva perso la testa, reagendo d'impulso alle accuse che Altieri le stava muovendo.

Se qualcuno la pagava per il suo tradimento, dall'ispezione bancaria avrebbero dovuto risultare somme considerevoli versate sul suo conto corrente. A meno che non fosse stata così previdente da farsi accreditare i compensi su un conto segreto, magari proprio in una banca Svizzera... Ecco, anche questa strana partenza per Ginevra, in treno, non lo convinceva. La Boschi aveva a disposizione un'auto nuova – una Toyota di appena un anno – comoda, affidabile, in perfette condizioni. Eppure, anziché scappare subito con quella il piú lontano possibile, la abbandonava in un parcheggio, prenotava un posto su un treno per Milano, dove poi avrebbe dovuto cambiare, prendendone un altro che l'avrebbe portata fino a Ginevra. Perché? E cosa aveva fatto in quelle otto ore, dalle dieci di sera fino alle sei e mezzo di mattina, prima di salire finalmente sul treno? Certo non aveva impiegato tutto quel tempo per preparare i bagagli.

Roccaforte cercava di immaginare lo stato d'animo della donna, mentre aspettava che arrivasse l'Interregionale che l'avrebbe portata via da Bologna. La vedeva camminare avanti e indietro sui binari, agitata e impaziente. Gli venne in mente che il giorno dopo avrebbe dovuto spedire uno dei suoi uomini alla stazione, a interrogare il personale di servizio e gli eventuali senzatetto che trascorrevano le notti là, per cercare di ottenere qualche informazione. Forse qualcuno l'aveva notata. Una bella donna, sola, che aspetta un treno con aria nervosa.

Perché diavolo aveva perso tutto quel tempo?

E se la guardia notturna avesse scoperto il cadavere di Altieri qualche ora prima? Se l'allarme fosse partito in anticipo? Se le loro ricerche si fossero indirizzate su di lei piú velocemente? Avrebbero pur sempre potuto fermarla alla stazione di Milano, dove doveva aspettare per un quarto d'ora la coincidenza. Perché rischiare, quando con la sua Toyota poteva andarsene tranquillamente dove le pareva, senza lasciare tracce che indicassero la direzione che aveva preso? Forse aveva ragione Giardino: quell'omicidio era preparato nei dettagli, e il biglietto acquistato con il bancomat faceva parte di un piano studiato in anticipo. Un depistaggio, per indurli a cercarla nel posto sbagliato.

Ma non si trattava solo di questo. A questa serie di dubbi, di fatti incongrui, si aggiungeva qualcos'altro. Roccaforte si agitava, insonne, cercando di individuare un dettaglio che non riusciva a mettere a fuoco. Non era solo questione di movimenti contraddittori, ambigui, apparentemente insensati. Era piuttosto qualcosa di razionale, di logico, ciò che gli sfuggiva. Un particolare che contrastava con il quadro generale... Già, ma cosa?

XVII.

Il luogo assomigliava molto alla Matrix Bionca.
Lunghi corridoi deserti e silenziosi si affacciavano su uffici e laboratori disabitati. Alcuni in penombra, altri illuminati da luci crude e fastidiose, accecanti. Alle pareti, accanto alle entrate, tastierini numerici su cui lampeggiavano led rossi puntiformi.
Odore di disinfettante nell'aria, come in un ospedale.
Finalmente, in un ufficio, Roccaforte scorse una persona. Una donna, di spalle alla porta, seduta davanti a un terminale spento. Sulla testa portava un casco con visiera di protezione e indossava un camice bianco. Il commissario si accorse con un brivido che non si trattava della divisa di un tecnico, quanto piuttosto di uno di quei camicioni aperti sulla schiena che nei reparti di chirurgia fanno indossare ai degenti da operare.
Si fermò sulla soglia, muto, incapace di allontanarsi ma anche di entrare.
La donna si alza in piedi, si volta. Sfila il casco.
Il commissario, con una stretta al cuore, riconosce sua moglie.
Un lato del cranio è sfondato. I capelli impiastricciati di sangue rappreso.
– Luisa, – trova la forza di dire. – Che ci fai qui? Cos'hai fatto alla testa?
Lei gli rivolge uno dei suoi sorrisi dolcissimi.

– Che bello rivederti, Riccardo, – dice. Poi solleva una mano e sfiora con le dita l'ampio squarcio. – Mi hanno clonata. Sono stati cosí gentili, sai. Però mi è rimasta la ferita. Hanno detto che questa non si può togliere.

– Ma tu non sei morta cosí. Non avevi la testa...

Il commissario non riesce a continuare, lascia la frase in sospeso. La gola gli si strozza per un'ondata di tristezza infinita. Deglutisce, cercando di ricacciare le lacrime nel profondo da cui salgono.

– Ti avevano operata. Non ti ricordi piú?

Sua moglie fa segno di no, con l'espressione sperduta delle sue ultime settimane.

– Luisa... – sussurra, poi il dolore è davvero troppo forte, e scoppia a piangere come non faceva da molto tempo, dalla sera del suo funerale.

Le lacrime gli offuscano la vista.

Si svegliò scosso, singhiozzando, il petto oppresso da un peso insopportabile.

Schiacciò i palmi delle mani sugli occhi. La gola dolorante tanto era contratta.

Non aveva il coraggio di voltarsi verso il lato sinistro del letto. Non riusciva neppure ad allungare una mano. Sapeva quel che le sue dita avrebbero trovato. Lenzuola fredde, troppo stese. Lenzuola su cui nessuno riposava da anni.

Aveva un sapore amaro in bocca. Un sapore disgustoso di medicinali e anestesia.

– Luisa, – disse, con ancora le mani davanti alla faccia.

E il suono della sua voce, roca e soffocata, quasi lo spaventò.

XVIII.

La mattina seguente si svegliò di cattivo umore, con un senso di angoscia che lo tormentava e la sgradevole sensazione di aver ripreso sonno giusto un attimo prima di cogliere, finalmente, quel maledetto dettaglio che aveva inseguito per buona parte della notte.
O lo aveva addirittura afferrato, ed era stato proprio il sollievo per l'illuminazione avvenuta a farlo scivolare nel sonno? Ma se era cosí, dove diavolo era finita, adesso, quella piccola, fondamentale scoperta? Che si fosse trattato di un inutile cavillo, un errore di valutazione, un abbaglio? Era questo che aveva appurato, dopo la lunga ed estenuante insonnia che lo aveva accompagnato quasi fino all'alba?
Buttò giú un caffè che aveva un sapore terribile e si rasò in fretta, procurandosi un paio di tagli, impegnato nello sforzo di rimuovere i postumi di quella brutta nottata, per concentrarsi con lucidità sui passi da fare quel giorno.
Si diresse in Questura guidando a strappi, con il ricordo di Luisa piantato nel petto. E, pur intuendo che non sarebbe andata cosí, si augurò che quella faccenda si risolvesse in fretta.

XIX.

Appena lo vide entrare, Loiacono si accorse che il commissario aveva dormito poco e male.

Gli diede il buongiorno, al quale lui rispose solo con un ruvido: – Sono già arrivati gli altri?

Loiacono capí che non era aria, e lasciò perdere i convenevoli.

– Giardino la sta aspettando in ufficio, dotto'. Stratta è uscito un attimo ma ha detto che torna subito.

– Bene, quando rientra digli di venire da me.

Giardino era immerso nella lettura della «Gazzetta dello Sport».

– Non hai niente di meglio da fare? – gli ringhiò il commissario.

Giardino ripiegò in fretta il giornale.

– Sto aspettando una telefonata dalla polizia di Ginevra. Stanno controllando se la Boschi risulta registrata in qualche albergo.

– Tu cosa pensi?

Giardino picchiettò la «Gazzetta» sul bordo della scrivania.

– Secondo me, se davvero ha preso quel treno, è scesa prima. Quella a Ginevra non c'è neanche passata.

– Anch'io la vedo cosí. Sai dov'è finito Stratta?

– Ha tirato giú dal letto il direttore della filiale in cui la Boschi ha il conto corrente. Dovrebbe essere passato a controllare i movimenti bancari.

– Quelli della Scientifica sono al lavoro?
– Sí. Hanno detto che ci fanno avere i dati delle analisi in mattinata.
– Dagli un colpo di telefono, in modo che non ci dormano sopra.

Giardino sollevò il ricevitore.
– Ah, senta, ho fatto controllare le telefonate fatte e ricevute da Altieri. Ed è risultato che molte erano della Boschi.

Roccaforte si fermò sulla soglia. Cos'era questa storia?
– La sera in cui Altieri è stato ucciso, – proseguí Giardino, – si sono sentiti due volte. Prima ha chiamato lui, verso le diciannove e tre quarti. Ci risulta che la Boschi aveva lasciato la Matrix Bionca da poco piú di mezz'ora. A quell'ora doveva essere appena rincasata. Poi lo ha richiamato lei, intorno alle venti e trenta.
– Potrebbero essersi accordati per un appuntamento in ufficio.
– È quello che ho pensato anch'io. Però non le sembra strano che, tra tutti i suoi dipendenti, la Boschi fosse l'unica che Altieri chiamava anche a casa? E cosí spesso, poi.
– In tutta questa storia c'è qualcosa che non va, – disse il commissario, pensoso. – Se torna Stratta, sono al piano di sopra a farmi un caffè.

Giardino gli fece un cenno di assenso, e prese a comporre il numero del laboratorio.

xx.

Stratta sbucò dal corridoio mentre il commissario stava bevendo l'ultimo sorso, in piedi davanti al distributore automatico. Gli andò incontro agitando un pacco di fogli.
– Tombola! Indovini quanto ha in banca la nostra ricercatrice...
– Lascia perdere gli indovinelli e vieni al sodo.
Il sorriso si smorzò sul volto dell'ispettore. Gli si mise accanto, mostrando gli incartamenti.
– Guardi qua. Tra conto corrente e investimenti, qualcosa come centotrentamila euro, tutti accumulati piú o meno nell'ultimo anno. Che non è male se pensa che la Boschi ne guadagna duemila al mese. Di sicuro non li ha messi da parte con lo stipendio. Senza contare che sei mesi fa si è pure comprata un appartamentino a Riccione.
Roccaforte si pizzicò il lobo di un orecchio. Chissà perché, quell'ennesima conferma della colpevolezza della Boschi non gli andava giú. In quel momento, li raggiunse anche Giardino.
– Dottore, ha telefonato Delle Grotte, quel dirigente della Matrix Bionca, chiedeva di lei.
– Ha detto cosa vuole?
– Dice che ha convocato nel suo ufficio l'investigatore

di cui avevate parlato, e che se lei è disponibile potreste incontrarvi anche subito.

– Porca vacca, – sbottò Roccaforte, gettando il bicchierino di plastica nel cesto dei rifiuti. – Quello che indagava sulla talpa! Me n'ero scordato!

XXI.

L'investigatore a cui la Matrix Bionca aveva affidato il compito di indagare sul furto di dati era del tutto diverso dall'immagine che Roccaforte aveva dei detective privati. Di solito si trattava di anziani carabinieri in pensione, quarantenni con ambigui trascorsi da vigilantes, o giovani tirapiedi esaltati. Questo, invece, sembrava un topo da biblioteca dall'aria allucinata. Strinse la mano di Roccaforte dicendo di chiamarsi Giacomo Parma. Portava spesse lenti su montatura metallica che gli ingrandivano a dismisura gli occhi, e indossava una giacca di buona marca che gli cadeva male, appesa alle spalle ossute e leggermene asimmetriche.

Delle Grotte li fece accomodare tutti e due sulle poltroncine sistemate davanti alla sua scrivania e, prima di lasciar parlare l'investigatore, attaccò con la solita filastrocca.

– Dottor Roccaforte, mi permetto di ricordarle che tutto quello di cui parleremo...

– Sí, lo so, – lo interruppe il commissario. – È strettamente confidenziale. Ormai l'ho imparato a memoria. Adesso, se non le dispiace, mi piacerebbe ascoltare quello che il signor Parma ha da dirmi.

Delle Grotte lo guardò contrariato, poi fece un vago cenno di assenso e alzò il braccio per dare la parola al detective, che si sporse in avanti per aprire una cartella posata sulla scrivania. Fece scivolare davanti a Roccaforte una serie di fogli.

– Come vede, ho raccolto parecchi dati. Devo dire che è stata un'indagine piuttosto laboriosa. Però sono riuscito, in tempi abbastanza rapidi, ad arrivare a capo della faccenda. Almeno di una parte.

Roccaforte allungò il collo e fece scorrere lo sguardo sulla prima di quelle molte pagine, fitta di cifre e nomi. Sospirò, alzando le sopracciglia.

– Senta, – disse, – non vorrei essere scortese, ma ho il tempo contato. Facciamo prima se mi spiega a voce cosa ha scoperto.

– Penso che il dottor Delle Grotte le abbia già accennato alla nascita della Matrix Bionca. Le riassumo in breve. Qualche anno fa, un gruppo di manager che già lavorava in questa azienda l'ha rilevata dalla Legrand, e le ha cambiato nome. Così oggi la quota di maggioranza della Matrix Bionca è detenuta dal management. Lei capisce che una situazione del genere, eliminando eventuali conflitti d'interesse tra azionisti e dirigenti, garantisce un maggior coinvolgimento nelle sorti della società da parte di chi gestisce l'impresa. Mi segue?

– Non sono un grande esperto di finanza, però fino a qua ci arrivo.

– Bene. La Matrix Bionca si è affermata in breve tempo come una delle aziende di eccellenza nel settore biotecnologico in Europa. E sull'onda dello sviluppo si è quotata in Borsa. Pensi che al Nuovo mercato di Milano, il primo giorno di quotazione ha fatto raddoppiare il prezzo di collocamento. Però non è tutto oro, anzi... Bisogna tener presente che le principali entrate della Matrix derivano dalla concessione in licenza delle molecole brevettate, dalla prestazione di servizi ad altre società chimico farmaceutiche, e anche dai contributi ricevuti da Ministeri ed Enti nazionali di ricerca, piú i fondi europei... Finora, nessun prodotto è stato commercializzato direttamente. La strategia decisa negli ultimi tempi è di trasformare la Matrix Bionca in una società con capacità produttiva autonoma, in grado di commercializzare e distribuire i suoi prodotti. Per ottenere i fondi necessari, la società ha avviato un'operazione che consiste in pratica nell'utilizzare le proprie tecnologie in settori diversi da quello in cui è specializzata. E nel mettere sul mercato un'ulteriore quota di azioni, il che renderebbe potenzialmente scalabile la Matrix. Ecco tutto.

– Aspetto di capire cosa c'entra tutto ciò con la morte di Altieri.

– Questo non glielo so dire. Però credo che abbia a che fare con i furti che la Matrix Bionca subisce da qualche tempo a questa parte.

– In che modo?

– Be', tanto per cominciare, non tutti i soci erano d'accordo con la manovra avviata. E questo ha creato dei contrasti interni.

– Sí, mi hanno già accennato a qualcosa del genere. Ma ancora non ho messo a fuoco che relazione ci sia con i furti.

– Ci arrivo subito. Uno dei manager, visto che aria tirava, e nutrendo forse poche speranze sulle future possibilità della società, deve essersi chiesto come poteva mettersi al sicuro e uscirne in ogni caso in positivo. E sa cosa ha fatto? Si è messo a rubare dati preziosi e a rivenderli a un'azienda concorrente, della quale per il momento non le farò il nome. Otteneva cosí diversi risultati. Primo: danneggiava la Matrix Bionca, causandole una perdita economica e incrinando la sua credibilità verso gli azionisti.

Secondo: investiva il denaro ottenuto dallo spionaggio acquistando, con molta discrezione, quote della società a cui cedeva i dati. In questo modo, prima o poi la Matrix Bionca si sarebbe vista costretta a cedere, facendosi assorbire da una multinazionale che aveva già proposto di rilevarla in passato. Ma stavolta, data la situazione disastrosa, la cifra offerta sarebbe stata molto inferiore.

– E scommetto che il dirigente che faceva il doppio gioco avrebbe guadagnato un bel po' di quattrini da questa operazione.

– Proprio cosí.

– Veniamo al sodo. A questo punto non le resta che dirmi chi è il dirigente che ha messo in piedi questo raggiro.

L'investigatore ruotò su di lui i suoi occhi ingigantiti dalle lenti, con aria stupita. Poi si strinse nelle spalle e disse soltanto: – Il dottor Altieri.

Il commissario si girò verso Delle Grotte, che rimase composto e impassibile, le dita incrociate sul piano della scrivania. Poi tornò a guardare l'investigatore.

– Lei mi sta dicendo che la talpa era Altieri?

– Ho le prove di quello che affermo. Altieri ha regolarmente sottratto risultati di laboratorio al reparto che dirigeva, e qualche volta anche ad altri, per rivenderli a un'azienda concorrente con la quale aveva stabilito un rapporto piú di un anno fa.

Roccaforte era senza parole.

– Quindi la Boschi non c'entra niente? – disse, piú che altro a se stesso.

– Che mi risulti, no. Non ho idea se sia stata lei a uccidere il dottor Altieri, ma di sicuro non era la responsabile dell'attività di spionaggio di cui mi sono occupato.

– Quindi l'idea che Altieri l'avesse scoperta non sta in piedi.

– A quanto mi è dato di capire, direi proprio di no, – rispose Parma, rimettendo in ordine i suoi fogli.

Però avrebbe potuto essere il contrario, rifletté il commissario. Forse la Boschi aveva scoperto la verità e teneva in pugno Altieri, ricattandolo. Questo avrebbe spiegato le numerose telefonate tra i due e la provenienza di tutti i soldi sul conto corrente della Boschi, che parevano piovuti dal cielo. D'accordo, ma pur ammettendo che le cose stessero cosí, perché ucciderlo? Non si ammazzano le galline dalle uova d'oro. Mentre stava ancora cercando di raccapezzarsi, il commissario sentí lo squillo di un cellulare, e si rese conto che proveniva dalla sua tasca.

– Scusate, – disse sovrapensiero, sfilandolo dalla giacca.

Prima di rispondere, controllò sul display. Era Giardino.

– Sí, dimmi.

– Mi scusi se la disturbo, dottore, ma ci hanno appena segnalato una scoperta importante, e ho pensato che fosse meglio avvertirla subito.

– Cos'è successo? – tagliò corto Roccaforte.

– Hanno ritrovato la Boschi.

– Dove?

– In un bosco in collina, dalle parti di Sasso Marconi.

– Quindi non è mai partita?

– Direi di no. Era dentro una fossa scavata di recente. Morta da un paio di giorni.

XXII.

Giardino gli indicò il vecchio, in piedi accanto a un ciliegio selvatico, che parlava con Stratta rigirandosi in mano uno scalcagnato berretto da cacciatore. Accoccolato ai suoi piedi c'era un cagnolino dal pelo bianco, pezzato di macchie marroni.
– L'ha trovata quell'uomo. Anzi, per la precisione il cane, che a quanto pare è un fenomeno nel dissotterrare i tartufi.
Roccaforte annuí, procedendo verso il gruppo di poliziotti. Farina era già sul posto. Lo vide di schiena, chinato in avanti sul corpo. Provò l'impulso di girare i tacchi e tornare indietro. Invece proseguí, puntando dritto sul medico legale, che vedendolo avvicinarsi lo salutò con un cenno del capo.
Chissà perché, si aspettava di trovarsi di fronte a un cadavere nudo. Fu confortato nel constatare che la Boschi aveva addosso i vestiti. Il volto era di un colore indefinibile tra il bianco, il bluastro e il verde. Sporco di terra.
– Penso sia morta per strangolamento, – disse Farina. – Ma prima è stata picchiata. Come può vedere, presenta molte contusioni e ferite.
– L'hanno violentata?
Farina scosse la testa. – Non ci sono tracce di sperma, né segni di stupro. Solo botte. Molte. Deve aver lottato con il suo assassino. Vede? – aggiunse, sollevando una ma-

no bianca come cera. – Sotto le unghie sono rimasti residui di epidermide e peli.
– Cosa sono quei segni?
– Queste abrasioni sull'anulare? Si direbbe che le abbiano strappato a forza un anello. Sa se era sposata?
– Separata.
– Forse portava ancora la fede.
– È strano. Le hanno lasciato gli orecchini.
– Già, – constatò Farina, sfiorando con due dita guantate i lobi del cadavere. – Può darsi che queste perle siano false e che l'anello fosse piú appetibile...
– Dottore, ho bisogno che faccia l'autopsia al piú presto.
– E cosa ci vuole? – rispose ironico Farina. – Tanto ho appena terminato quella di Altieri.

XXIII.

– Tu come la vedi? – chiese a Giardino, mentre tornavano assieme verso la sua auto, con le scarpe che affondavano nella terra spugnosa del sottobosco.

– Secondo me Altieri l'hanno ammazzato in due. La Boschi e un altro. Poi qualcosa è andato storto e lui l'ha fatta fuori.

– Ma perché accanirsi a picchiarla in quel modo?

– Dopo quel che avevano fatto, dovevano essere agitatissimi. Ci vuole poco a perdere il controllo in una situazione del genere. Forse hanno litigato. Se il complice della Boschi è quello che ha sfondato la testa ad Altieri, non deve essere un tipo che va per il sottile.

Roccaforte si massaggiò il mento con aria poco convinta. – E l'anello scomparso come rientra in questo quadro?

Giardino rispose allargando le braccia.

– Hai in mente qualcuno? – gli chiese Roccaforte, ansando per la camminata faticosa.

– Sgarzi. In fondo, prima di scoprire che la Boschi era scomparsa, uno dei maggiori indiziati era proprio lui. E quando Stratta e io abbiamo interrogato i colleghi, è saltato fuori che Sgarzi e la Boschi erano abbastanza intimi. Pare che lui fosse uno dei pochi a cui lei dava confidenza. Anzi, qualcuno è convinto che tra i due ci fosse una relazione.

– Una relazione?

– Sono solo voci, in effetti. Voci che la Boschi ha sempre smentito. Quel che è certo è che qualche volta uscivano assieme. Ma in un paio di occasioni lui si è vantato di essersela portata a letto.

– Sgarzi... – disse Roccaforte, fermandosi a riprendere fiato ai piedi di un breve tratto scosceso che riportava sulla strada asfaltata.

Si voltò a guardare Giardino, le mani sprofondate nelle tasche dei calzoni. – Potremmo provare a interrogarlo di nuovo.

– Secondo me è l'unica. Torchiamolo un po', e vediamo se ci riesce di tirargli fuori qualcosa.

XIV.

Sgarzi accettò di sottoporsi all'esame del Dna. In questo modo, si sarebbe potuto effettuare un esame comparativo con quello dei tessuti recuperati da sotto le unghie della vittima. Intanto, Massica e Giardino lo stavano già torchiando. Il commissario, le mani allacciate dietro la schiena, controllava l'interrogatorio attraverso il vetro scurito.

Il biologo rispondeva alle domande pressanti dei due poliziotti con la sua solita aria strafottente e nervosa. Passava dalle occhiate sprezzanti agli scatti d'ira, alzava la voce, si sbracciava, con lo stesso atteggiamento antipatico e aggressivo che aveva mostrato fin dal primo colloquio. E si passava la mano tra i capelli per tirarsi indietro il ciuffo da seduttore che continuava a scendergli sulla fronte. Roccaforte lo immaginava al processo, davanti al giudice, dove avrebbe finito per incastrarsi con le sue stesse mani. Bastava che saltasse fuori qualche prova a suo carico, e Sgarzi era già condannato.

Giardino e Massica se lo stavano lavorando a regola d'arte. Se era colpevole, da un momento all'altro avrebbe potuto crollare.

Eppure per il momento resisteva.

Continuava a negare di aver mai avuto una relazione con la Boschi. Ci aveva provato, in effetti, ma lei si era sempre mostrata molto decisa nel rifiutare le sue avance. Ammetteva anche di aver lasciato credere a qualche collega di aver messo a segno il colpo, ma che diavolo, non è mica un reato mettere in giro la voce che ti sei scopato una. Altrimenti ce ne sarebbe stata di gente in galera!

Roccaforte strinse la punta del naso tra l'indice e il pollice, poi spalancò la mano e passò il palmo aperto sulla bocca, facendolo scendere adagio sul mento. I peli di barba che stavano spuntando gli grattarono i polpastrelli. Se avesse dovuto fidarsi dell'istinto, avrebbe detto che Sgarzi era innocente. Allacciò le mani dietro la schiena.

Alle sue spalle giunse Farina, il medico legale.

– Allora, – gli disse accostandosi, – confessa?

Roccaforte alzò le spalle. – Chi può dirlo? Per ora no. Cosa mi dice dell'autopsia?

– La morte risale alla stessa notte in cui è stato ucciso Altieri. E il decesso è avvenuto per soffocamento. Hanno già completato gli esami del Dna?

– Non ancora.

Farina gettò un'occhiata al di là del vetro.

– Lei non è convinto che sia lui il colpevole, vero?

– No, non proprio.

– Senta, sul cadavere della Boschi ho trovato una cosa che forse la può interessare. Mi pare di aver sentito parlare di due mozziconi, che rappresentavano degli indizi a suo carico, ritrovati nell'ufficio di Altieri.

Roccaforte si voltò verso il medico. – Sí, e allora?

– Be', c'è una cosa strana. Forse non ha nessuna importanza, però non si può mai sapere...

– Sono tutto orecchi.

– Sotto la camicetta, sulla spalla, ho trovato un cerotto.

– Un cerotto? Copriva una ferita?

– Niente del genere. Si tratta di un cerotto a rilascio di nicotina. Di quelli che si usano per smettere di fumare.

Il commissario riportò lo sguardo su Sgarzi, oltre il vetro scurito, e lo fissò in silenzio, per diversi secondi, mentre tutti i dubbi che lo avevano tormentato fino a quel momento cominciavano a diradarsi e i fatti si mettevano in ordine nella sua testa.

Prima di vederlo scattare verso la porta, Farina lo sentí mormorare: – Ma certo... che idiota!

Fece irruzione nella stanza dove si svolgeva l'interrogatorio, quasi gridando: – Lasciate perdere. Lui non c'entra niente.

XXV.

Massica rimase a metà di una frase, con il braccio alzato, squadrando il commissario come se gli fossero cresciute le antenne. Giardino si grattò la nuca con aria perplessa.

Roccaforte si avvicinò a Sgarzi e si chinò su di lui appoggiando una mano alla spalliera della sedia. Gli parlò fissandolo negli occhi.

– Senta, questa non è una trovata da interrogatorio. Sono davvero convinto che lei è innocente. Però ho bisogno della sua collaborazione. Durante il nostro primo colloquio, alla Matrix Bionca, lei mi ha detto di aver smesso di fumare facendo un patto con una sua collega. A chi si riferiva?

Sgarzi alzò la faccia verso di lui, guardandolo senza capire cosa stesse succedendo.

– Ma... a Sandra... Voglio dire, alla dottoressa Boschi.

Il commissario alzò lo sguardo su Giardino, che aveva ascoltato le parole di Sgarzi con le sopracciglia aggrottate. Lo vide stringere le labbra per emettere un fischio silenzioso, poi distendere i muscoli del viso, come se anche a lui si stessero improvvisamente schiarendo le idee. Roccaforte gli indicò con lo sguardo la porta, facendogli segno di precederlo fuori.

Mentre si dirigevano verso l'uscita, Massica chiese: – Io che faccio?

– Resta qui, – rispose il commissario, senza neppure voltarsi. – Tra due minuti torniamo.

Appena si furono richiusi l'uscio alle spalle, Giardino gli disse: – Cos'è questa novità? La Boschi aveva smesso di fumare?

– Ecco cosa mi sfuggiva! – rispose il commissario. – Me ne sono ricordato di colpo, quando il dottore mi ha riferito di un cerotto che ha trovato addosso al cadavere.

– Un cerotto?

– A lento rilascio di nicotina, – intervenne Farina, che stava ascoltando con interesse gli sviluppi della faccenda. – Di quelli che usano i tabagisti incalliti per sopportare meglio l'astinenza da sigarette.

– E infatti non aveva neppure un pacchetto, – aggiunse Roccaforte. – Pensaci bene. Né nel suo ufficio né a casa né sulla Toyota. Niente sigarette! E i posacenere erano tutti puliti, Giardino. Puliti e lucidati. Non certo come quelli di un fumatore abituale. Quando il dottore ha accennato a quel cerotto, mi è venuto in mente che Sgarzi, quando gli avevo chiesto se fumava, mi aveva risposto di aver smesso assieme a una sua collega. E lui e la Boschi erano amici, no?

– Quindi, se Sgarzi avesse voluto far ricadere la colpa sulla Boschi, non lo avrebbe fatto lasciando quelle due cicche nell'ufficio di Altieri!

– Proprio cosí. Altrimenti, perché adesso avrebbe confermato che la Boschi aveva smesso di fumare?

– Allora siamo da capo...

– Forse no, – disse Roccaforte. – Ho un'idea. Però voglio discuterne con te, Stratta e Loiacono. Fai rilasciare Sgarzi e dici a Massica di venire subito da me. Poi recupera gli altri e raggiungetemi in ufficio. Vi voglio lí tra dieci minuti al massimo, siamo intesi? Ah, e di' a Loiacono di fare il caffè.

XXVI.

Loiacono entrò con il vassoio e andò a posarlo sulla scrivania. Strappò una bustina, poi guardò il commissario.
– Mezza, dotto'?
Roccaforte gli fece segno di sí. Loiacono versò lo zucchero, mescolò, e gli allungò la tazzina.
Poi chiese, rivolto a Giardino: – Tu lo pigli amaro, vero?
Passò la tazzina anche a lui, dicendo: – E invece a Federi' gli piace dolce...
Svuotò il residuo della prima bustina, ne aprí una seconda, aggiunse anche quella, immerse il cucchiaino e passò la tazzina a Stratta, che ringraziò con un cenno del capo. Poi prese finalmente il suo caffè e andò a piazzarsi accanto alla finestra.
– Ancora non ho capito chi avrebbe potuto mettere in piedi questa messinscena, – disse Stratta, mescolando.
Roccaforte soffiò sul liquido scuro e bollente.
– È per questo che vi ho voluti qui. Non vorrei andar dietro solo alle mie intuizioni. Preferisco che ci ragioniamo assieme.
Giardino chiese: – E Massica?
– L'ho mandato a Riccione per interrogare gli inquilini del palazzo in cui la Boschi aveva acquistato l'appartamento. Spero che salti fuori qualcosa di utile.
– Per esempio? – domandò Stratta.
– Per esempio se ci andava sola o in compagnia di qualcuno.

– Un amante?
– Forse.
– Ma se ha detto che crede a Sgarzi!
– Non sto pensando a Sgarzi, infatti.
– E a chi allora? È questo che dobbiamo scoprire?
– Anche.
– Mi faccia capire. È convinto che l'uomo che si portava a letto la Boschi sia quello che l'ha fatta fuori?
– Io mi sono fatto la mia idea, ma sono curioso di sapere come la vedete voi. Tu cosa ne pensi?

Stratta lanciò un'occhiata disorientata a Giardino, che alzò le spalle e si alzò per andare a riappoggiare la tazzina vuota.

Anche Roccaforte svuotò il suo caffè. Meccanicamente, la sua mano toccò la tasca per cercare il pacchetto di sigarette.

Visto che nessuno dei suoi uomini si decideva ad aprire bocca, cominciò lui: – Ecco, c'era qualcosa che fin dal principio continuava a suonarmi male. Un dettaglio che non tornava.

– La questione delle sigarette, – disse Giardino, completando il pensiero del commissario.

– Sí, – disse Stratta. – Questo l'ho capito anch'io. Nell'ufficio di Altieri abbiamo trovato due sigarette della stessa marca che fumava la Boschi, mentre lei, a quanto pare, aveva smesso.

– Non abbiamo trovato due sigarette della stessa marca, abbiamo trovato due sigarette fumate da lei! Gli esami hanno rivelato senza ombra di dubbio che sul mozzicone asciutto, in effetti, c'è la sua saliva.

– E allora?

– Chi ha ucciso Altieri voleva evidentemente far ricadere la colpa su di lei, – intervenne Giardino.

– Oppure dopo aver ucciso Altieri è stata presa dalla tensione e i buoni propositi sono andati a farsi friggere! – sbottò Stratta.
– Ah sí? – disse Roccaforte. – E dov'è finito il pacchetto che avrebbe usato?
Stratta scrollò le spalle.
– Questa è la domanda, – incalzò Roccaforte. – Pacchetti non ne abbiamo trovati da nessuna parte, né in casa né in macchina né addosso al cadavere. Dove avrebbe preso quelle due sigarette? Di sicuro non gliele ha offerte Altieri!
– Va bene, supponiamo che non sia stata la Boschi a uccidere Altieri, e che qualcuno abbia cercato di incastrarla. Niente prova che l'assassino di Altieri sia lo stesso che ha fatto fuori anche lei.
– Per il momento, sappiamo che sono morti la stessa sera, quasi alla stessa ora, e che entrambi sono stati uccisi da una persona forte e destrimana. E abbiamo anche un altro fatto importante. Quello che fregava i dati alla Matrix Bionca era Altieri.
– Continuo a non arrivarci... – ammise Stratta.
Giardino disse: – Io invece credo di avere capito. Rispondimi un po'. Da dove venivano i soldi della Boschi?
– Mah, non so... Da Altieri, direi...
– Certo, – confermò il commissario. – Ma questo non significa per forza che lo ricattasse.
– O perlomeno che lo ricattasse e basta, – aggiunse Giardino.
– Proprio cosí, – confermò Roccaforte, soddisfatto, poggiando il peso all'indietro, sullo schienale.
Stratta passò lo sguardo dall'uno all'altro. – Volete dire che se la portava a letto? È cosí? Siete convinti che fosse lui l'amante misterioso!

– Proprio per vederci piú chiaro, – rispose il commissario, – ho detto a Massica di tirarsi dietro sia la foto di Sgarzi che quella di Altieri. Tra poco dovremmo sapere se questa ipotesi è sensata.

– E va bene, – continuò Stratta, stringendo le palpebre. – Ammettiamo che quei due se l'intendessero... Forse la Boschi era al corrente dei suoi traffici, forse no. Quello che vorrei capire è: secondo voi, la Boschi è andata o no alla Matrix Bionca, la sera in cui hanno ammazzato Altieri? E se non è stata lei a entrare e uscire, chi avrebbe potuto farlo?

– Può darsi che il suo assassino, prima di ucciderla, le abbia preso il pass magnetico e l'abbia costretta a rivelare il codice per accedere al settore riservato.

– Rimane una domanda. Chi avrebbe avuto interesse a farli fuori tutti e due?

Giardino aprí la bocca per rispondere, quando il telefono prese a squillare.

Roccaforte sollevò il ricevitore. – Sí? Ah, sei tu. Bene. Dimmi.

Tutti restarono in silenzio, fissando il commissario che ascoltava attentamente ciò che gli veniva riferito.

Dopo aver riattaccato, ruotò lo sguardo sui suoi uomini che attendevano impazienti. E sorrise.

– Era Massica. Ha parlato con i vicini di casa della Boschi. Quattro di loro hanno riconosciuto Altieri. A quanto pare, i due sono stati visti piú volte assieme, in atteggiamenti intimi.

XXVII.

– Accidenti, – disse Stratta, grattandosi la testa, come se solo ora cominciasse a vedere l'intera vicenda nella giusta prospettiva. – Ci siamo accaniti a cercare il movente nello spionaggio industriale, e invece era gelosia...
– Una delle ragioni piú vecchie del mondo, – concluse Giardino.
Roccaforte annuí. – Ho controllato la fedina penale di Rizzo. Risulta pulita. Non ha mai commesso un reato né ha avuto a che fare in nessun modo con la giustizia. Se ha ammazzato sua moglie, l'ha fatto per amore.
– Se questo è amore, – disse Stratta, – preferisco che nessuno mi ami.
Il commissario si voltò verso di lui, ma il suo sguardo non sembrava metterlo a fuoco.
– Un amore malato, se vuoi. Violento, ossessivo, però amore. I calcoli, i falsi indizi, lo stesso omicidio di Altieri, sicuramente preparato nei minimi particolari, sono le mosse di un uomo esasperato, che non accetta di aver perduto la moglie, e preferisce saperla morta, piuttosto che assieme a un altro.
– E adesso che si fa? – chiese Giardino.
Il commissario allargò le braccia. – Be', se le cose stanno come immagino, non dovrebbe essere difficile farlo crollare. Basterà aprire una crepa. E per riuscirci, bisogna portarlo a ricordare, metterlo di fronte alle conseguenze

terribili della sua azione, spingerlo a liberarsi dei sensi di colpa –. Restò in silenzio un paio di secondi, desiderando intensamente di potersi accendere una sigaretta. – Penso alle sue notti. Il ricordo di quel che ha fatto deve tormentarlo di continuo, soprattutto quando si ritrova da solo, al buio. Forse non è piú riuscito a chiudere occhio. Quasi di sicuro è logorato dai rimorsi e dall'angoscia. Ma per riuscire a inchiodarlo ci servirebbe qualcosa che lo metta faccia a faccia con la sua colpa. Non so, forse un oggetto che gli ricordi la moglie, e al tempo stesso il momento in cui le ha stretto la gola fino a ucciderla.

– L'anello! – esclamò Giardino.

Tutti si voltarono nella sua direzione.

– La fede nuziale che è stata strappata al cadavere! Non può essere stato che lui.

– È vero… – rifletté Roccaforte. – La fede sarebbe l'ideale. Ma chissà dov'è finita.

– Dotto', – intervenne Loiacono, uscendo dal suo silenzio. – Quello non butta via niente. L'ha detto pure lui che ha la mania di conservare la roba. Si ricorda tutte le collezioni che tiene in casa? Fiammiferi, coppe, bottigliette di liquore…

– E allora?

– Allora, secondo me, uno cosí ha tenuto pure la fede. Se cerchiamo bene, da qualche parte la troviamo.

XXVIII.

Durante il riconoscimento della Boschi, il commissario, senza darlo a vedere, sorvegliò attentamente la reazione di Rizzo, ed ebbe la conferma di aver colto nel segno.

Mentre stavano uscendo dall'obitorio gli si avvicinò e gli sfiorò in gomito. – Mi scusi, avrei bisogno di farle alcune domande. Le spiacerebbe venire con me?

Prima di annuire, Rizzo lo fissò per un paio di secondi, come facesse fatica a metterlo a fuoco. In quel breve istante, Roccaforte riconobbe con chiarezza nei suoi occhi il terrore della preda che sente di essere in trappola, e lo sgomento di un uomo che nasconde un segreto troppo doloroso.

E seppe con certezza che, se fosse riuscito a trovare le parole giuste, avrebbe ottenuto una confessione.

XXIX.

Roccaforte scelse di interrogare Rizzo nel suo ufficio, anziché nella camera spoglia che di solito usavano per gli interrogatori serrati. Non rinunciò però a una sedia scomoda, che aveva fatto sistemare di fronte alla propria scrivania. Dopo avere invitato Rizzo a sedersi uscí, lasciandolo solo. Lo avrebbe fatto macerare per una mezz'oretta, prima di cominciare. Non utilizzava volentieri quegli stratagemmi, ma a quel punto voleva risolvere la faccenda il piú in fretta possibile.

Mentre ammazzava il tempo passeggiando avanti e indietro, lo stomaco gli si annodò e le mani cominciarono a sudare, nemmeno fosse stato al suo primo interrogatorio. Quando gli passarono davanti due agenti che chiacchieravano fumando, dovette fare appello a tutte le sue forze per cedere alla tentazione di non fermarli e farsi offrire una sigaretta.

Prima di rientrare nell'ufficio, si fece precedere da Loiacono, che avrebbe dovuto farsi dettare e ridettare i dati anagrafici di Rizzo, battendoli con lentezza burocratica alla macchina da scrivere, come da copione.

Quando giudicò che Rizzo doveva essere ben lessato, prese un bel respiro e afferrò con decisione la maniglia.

Attraversò la stanza camminando adagio e andò a sederglisi di fronte. Prima di parlare, lo fissò per un lunghissimo istante. Poi gli riferí ciò che avevano scoperto, mettendo i fatti in fila lentamente e con molta chiarezza. Il denaro che sua moglie aveva accumulato sul conto corrente, l'appartamento acquistato a Riccione, la questione dei mozziconi ritrovati nell'ufficio di Altieri, l'incongruenza con il cerotto per smettere di fumare e con la totale assenza di pacchetti di Marlboro lights da tutti i luoghi frequentati da sua moglie. Seduto dall'altra parte della scrivania, Rizzo ascoltò il commissario con attenzione. Quando Roccaforte gli riferí che Altieri era stato l'amante di sua moglie, ostentò uno stupore esagerato. Il commissario lo fissò senza battere ciglio, dimostrando di non prendere sul serio quella reazione. Poi aspettò che fosse l'altro a parlare.

– Quindi, – disse Rizzo quando non riuscí piú a reggere il silenzio, – se ho capito bene, lei è convinto che Sandra sia innocente...

Roccaforte rispose scegliendo le parole con lentezza.

– Quello che penso, è che l'assassino del dottor Altieri abbia tentato di far ricadere la colpa su sua moglie. E sono convinto che la stessa persona abbia ucciso anche lei.

Rizzo annuí pensoso, sforzandosi di simulare la tensione. Aveva capito benissimo dove stava andando a parare il commissario.

– E ha già qualche sospetto? – chiese.

– A dirle la verità, ho molto piú di un sospetto. Vuole sentire la mia ricostruzione dei fatti?

– Ma certo, la prego.

Roccaforte riempí d'aria i polmoni, poi espirò adagio, per farsi forza e ricapitolare le idee.

– Quella sera, tornando a casa dal lavoro, sua moglie deve aver incontrato, forse per caso, la persona che poco dopo l'avrebbe assassinata. Penso che si tratti di un uomo. Un uomo che doveva essere al corrente della sua relazione con Altieri, e che ne soffriva al punto da arrivare a ucciderla.

Rizzo ascoltava immobile.

– Sono convinto che sua moglie e quello che sarebbe stato il suo assassino, – proseguí il commissario, – avessero discusso di questo altre volte. Anche quella sera debbono essere tornati su vecchi argomenti. Argomenti molto dolorosi per l'uomo, che la amava, e non poteva sopportare di pensarla a letto con Altieri.

Il commissario tacque, fissando Rizzo negli occhi. Il silenzio, in questi casi, era l'arma migliore.

Dopo una decina di interminabili secondi, l'altro si decise a parlare. – Quindi lei pensa che chi ha ucciso mia moglie ne fosse innamorato.

– Perdutamente. Sono convinto che fosse stato molto felice assieme a lei. Ma l'aveva perduta, e non riusciva ad accettarlo.

Roccaforte vide un muscolo della mascella contrarsi.

– Sua moglie, – riprese, – deve aver incontrato quest'uomo. Hanno parlato di nuovo della fine del loro rapporto, e della relazione che lei aveva con il dirigente del suo reparto. Lui doveva essere sfinito, disperato. Proprio mentre stavano discutendo, la dottoressa Boschi ha ricevuto una telefonata. Era Altieri, che forse la chiamava per fissare un appuntamento per quella sera stessa. L'uomo che era con lei deve aver fatto una fatica enorme a trattenersi. Ha aspettato che riattaccasse, poi è tornato alla carica. Forse lei era esasperata. Forse gli ha detto di farsi i fatti suoi e l'ha mandato al diavolo. È stato in quel momento che lui ha perso la testa. Io non penso che avesse progettato in anticipo i due omicidi. Ma anche se fosse cosí, credo che lo abbia fatto in uno stato emotivo di grande prostrazione.

Un'altra lunga pausa. Rizzo, questa volta, riuscí a resistere. Il commissario non gli toglieva gli occhi di dosso.

– L'ha picchiata, – continuò. – Selvaggiamente. Cosí dice il referto del medico legale. Deve essersi fatto consegnare il pass magnetico, e averla obbligata a rivelargli il codice di accesso al suo reparto. Risulta una seconda telefonata, questa volta proveniente da casa di sua moglie, e diretta all'ufficio del dottor Altieri. È probabile che l'assassino l'abbia costretta a telefonare, per accertarsi che Altieri fosse ancora alla Matrix Bionca. È evidente che, a questo punto, l'assassino aveva già deciso di ucciderli tutti e due. Adesso che aveva il pass e conosceva il codice, era in grado di penetrare alla Matrix Bionca, fino al settore riservato dove Altieri stava ancora lavorando. Lei era lí, di fronte a lui, il viso gonfio e sanguinante. Era stordita, ma doveva aver già capito quello che lui aveva in mente. Le ha afferrato la gola, e ha stretto fino a quando lei non ha smesso di muoversi. Poi è sceso, ha preso l'auto di sua moglie, e con quella è andato alla Matrix Bionca. È entrato dai garage sotterranei. Ha usato il pass personale della dottoressa per salire con l'ascensore, poi di nuovo per entrare nel reparto. Ha digitato il codice per accedere al settore riservato. Non era mai stato lí dentro e non conosceva il luogo. Deve aver percorso il corridoio con molta cautela, stringendo in mano la chiave inglese che si era portato per uccidere. Ha visto Altieri in un ufficio, occupato a rivedere dei dati al computer. È entrato, gli è andato incontro e l'ha ucciso. Senza esitare. L'altro, quasi non ha fatto in tempo a reagire. Ha appena alzato le braccia per parare i primi colpi. Dopo, l'assassino ha buttato all'aria l'ufficio. La dottoressa Boschi doveva avergli riferito le voci che circolavano alla Matrix Bionca, riguardo a qualcuno che sottraeva dei dati per rivenderli a una società concorrente. Lui ha pensato che quello potesse essere un buon sistema per sviare le indagini. E devo ammettere che il suo piano stava per funzionare. Al principio, in effetti, ci siamo buttati a testa bassa sulla pista dello spionaggio industriale. È stato l'eccesso di perfezionismo che l'ha tradito. Perché gli indizi accusassero in maniera decisiva la dottoressa Boschi, prima di andarsene, ha lasciato due mozziconi di sigaretta fumati da lei. Ecco, vede, questo è uno dei dettagli che fanno pensare alla premeditazione. Perché, come le ho detto, prima di essere uccisa sua moglie aveva già smesso di fumare. Quindi quei mozziconi erano stati conservati da tempo. E con che proposito, mi chiedo, se non quello di usarli per quello scopo?

Il commissario attese, in silenzio, ma Rizzo non reagí. Restò a fissarlo, immobile, le sopracciglia un poco aggrottate.

Roccaforte lo guardava e nel frattempo pensava che, lui sí, avrebbe dato qualsiasi cosa per una sigaretta.

– Poi è tornato a casa della dottoressa Boschi, e ha buttato all'aria anche il suo guardaroba, perché si pensasse che era partita frettolosamente. Per completare la semina dei falsi indizi, ha ficcato la chiave inglese che aveva usato per uccidere Altieri, ancora insanguinata, nella sua borsetta. Ha buttato la borsetta nel baule della Toyota e ha abbandonato l'auto in uno dei parcheggi dalle parti della stazione. Dopo di che non gli rimaneva che seppellire il cadavere. Ha caricato il corpo sulla propria macchina e si è diretto fuori città, cercando un posto fuori mano dove poterlo occultare. Però, prima di calarla nella fossa che aveva scavato, le ha sfilato un anello. Era un caro ricordo, per lui. Un ricordo dei tempi in cui si erano amati. Ha ceduto alla tentazione di portarlo con sé. Quell'anello, che la signora portava ancora all'anulare, aveva resistito piú del suo stesso amore, e l'assassino ha dovuto tirare con forza per riuscire a strapparglielo.

Il commissario fissò l'uomo seduto di fronte a lui. Gli parve di vedere le immagini che scorrevano nella sua mente.

– Signor Rizzo, – riprese, – quando sono venuto a casa sua, lei ha negato di sapere che sua moglie avesse un amante.

La sua faccia ebbe una contrazione, come se fosse stata per un attimo risucchiata dall'interno. Il commissario sapeva che l'uomo che aveva di fronte aveva ucciso due persone, e che aveva preparato con una sorta di folle lucidità un piano con cui proteggersi, eppure provava pietà per lui. In ogni caso, era venuto il momento di affondare il colpo. Doveva portarlo fino a un passo dalla confessione, e sperare che i suoi uomini arrivassero in tempo con quel maledetto anello.

– Io credo invece che lei sapesse benissimo che sua moglie, già da parecchio tempo, andava a letto con Altieri.

Di nuovo silenzio. Bisognava lasciare che quelle parole macerassero dentro di lui. Che lo minassero da dentro, risvegliando visioni dolorose, lunghe e insopportabili notti insonni, ricordi strazianti.

Un tremolio, leggero ma visibile, scosse la palpebra sinistra di Rizzo. – Non capisco dove voglia arrivare...

– Sua moglie ha lottato, prima di morire. Sotto le sue unghie abbiamo trovato dei piccoli brandelli di pelle. Non sarà difficile stabilire a chi appartengono. Come lei sa, al giorno d'oggi esistono esami che non lasciano margini al dubbio.

Ora faticava a tenere ferma la mascella. Deglutí, poi strinse con forza i denti.

– Come passa le notti? Soffre, vero? Vorrebbe tornare indietro, ma ormai non può piú farlo.

– La smetta. Lei non può...
– Mi dica una cosa, signor Rizzo. Piange molto? Quando è solo e ripensa a sua moglie, voglio dire. Cosa fa? Si sforza di ricordarla quand'era ancora viva? Scommetto che non è facile cancellare l'immagine del suo cadavere straziato, il ricordo del suo respiro mentre soffocava. Cerca di scacciare le sue grida, i suoi lamenti, le sue richieste di pietà.

Rizzo si coprí la faccia con le mani. – Basta, la prego!
– Ma il suo viso è sempre lí, vero? Non c'è verso di farlo andare via. E la cosa terribile è che non può piú parlarle, né accarezzarla, né sdraiarsi al suo fianco.
– Per favore...
– Può solo fissarla. E lo sguardo che vede nei suoi occhi è sempre quello. Terrorizzato, supplicante, poi vuoto. Per quanto tempo ha continuato a premere le dita sulla sua gola dopo che è morta? Se lo ricorda?
– Basta! – gridò Rizzo, scattando in piedi. La sedia si ribaltò sul pavimento, alle sue spalle. Lui rimase lí, tremando. Ripeté ancora, a voce bassa, poco piú di un sussurro: – Basta...

In quel momento la porta si socchiuse. Giardino infilò la testa nello spiraglio. Fece un cenno al commissario.
– Mi scusi un attimo, – disse Roccaforte alzandosi.

Si chinò per risollevare la sedia. Posò una mano sulla spalla di Rizzo e, spingendolo con delicatezza verso il basso, lo fece sedere di nuovo. Poi raggiunse la soglia. Giardino gli mostrò il sacchetto di plastica che conteneva l'anello.
– Era ben nascosto, – gli sussurrò. Poi, indicando Rizzo con il mento, chiese: – Come sta andando?

Il commissario fece un cenno affermativo con la testa. Prese il sacchetto e richiuse la porta.

Tornò alla scrivania. Rizzo fissava il portapenne, con il suo groviglio di biro, pennarelli e matite. Non si era neppure voltato per vedere chi era alla porta.

Roccaforte posò il sacchetto con la fede nuziale sul piano e lo fece scivolare lentamente verso di lui. Lo vide spostare lo sguardo e fissare l'anello. Gli occhi gli si riempirono di lacrime.

– Sandra, – disse, con tono sollevato, come se l'apparizione di quell'anello fosse proprio quello che stava aspettando.

– Sí, – rispose il commissario. – E adesso, vuole raccontarmi com'è andata? Le assicuro che dopo starà meglio.

XXX.

Roccaforte uscí dall'ufficio del procuratore e si fermò davanti alla porta che aveva appena chiuso alle proprie spalle. Loiacono, che stava leggendo la «Gazzetta» vicino alla finestra, chiuse il giornale e si diresse verso di lui.
– Com'è andata, dotto'?
Il commissario alzò le spalle e si avviò per il corridoio.
– Bene. Mi ha fatto perfino i complimenti per la rapidità dell'indagine. Sembra che siano tutti soddisfatti. Un colpevole esterno permetterà di mettere a tacere le grane dell'azienda. Gli affari della Matrix Bionca riprenderanno come prima. E hanno anche risolto il problema dei furti di dati. Meglio di cosí.
– E mo' che facciamo?
– Adesso, – rispose Roccaforte sospirando, – scendo in tabaccheria e mi compro un pacchetto di Nazionali. Una sigaretta me la sono proprio meritata, non credi?

Una lunga quaresima di paura

di Eraldo Baldini

I.

Dicono che una sfuriata di bora duri almeno tre giorni, quindi tutti si aspettano che verso sera finisca, perché non ne possono piú di dover lottare contro quelle raffiche fredde e taglienti che sembrano infilare mani gelate sotto i cappotti, tra i capelli, fino nelle ossa. Certo, il vento da Nordest ha spazzato via la nebbia, ha caricato di colori il cielo, ha ornato di creste di spuma le onde dell'Adriatico, ha disegnato, sull'orizzonte verso entroterra, la linea blu delle colline, però ha fatto pure precipitare il termometro verso il basso, in un marzo che già cominciava a profumarsi di primavera.

Arianna fa la spola correndo dalla finestra del soggiorno, da dove può ammirare lo spettacolo degli alberi del giardino che si piegano e si lamentano, alla cucina, dove mamma prepara i dolcetti per la Segavecchia, la festa di mezza quaresima che riporterà un po' di carnevale in città, com'è tradizione da sempre.

– Mami, quando vai a prendermi il costume e la maschera?

Giuseppina sbuffa, si pulisce le mani sul grembiule e controlla il forno. – Te li porterà stasera lo zio Francesco. Il negozio è vicino alla questura, cosí quando esce dal lavoro li ritira lui.

– Stasera a che ora? – chiede la bimba saltando qua e là a piedi pari e urtando il tavolo.

– Cristo, Arianna, vuoi stare un po' ferma? Cos'hai, ti ha morso la tarantola?
– Cos'è la tarantola?
La donna scuote la testa. – Fra un po' te lo fa vedere tuo padre che cos'è, se non la smetti. Te l'ha detto, prima, che vorrebbe riposare un po', e tu fai un baccano del diavolo.
– Sono gasata, oggi.
– Tu sei gasata sempre.
– È per la festa a scuola di domani pomeriggio.
– Sai che roba...
– Chissà se anche la mia maestra si metterà in costume. Ci pensi? Grassa com'è, forse si vestirà da balena.
– Abbi un po' di rispetto per lei, è una suora, dopotutto.
La bambina, come se avesse le molle sotto i piedi, riparte a balzi verso il corridoio, canticchiando e facendo ballare i suoi capelli biondi raccolti in una coda di cavallo.
In soggiorno squilla il telefono.
Arianna si precipita, apre la porta, ma vede suo padre che si alza dalla poltrona, solleva il ricevitore, ascolta e le fa segno di allontanarsi. Lei si stringe nelle spalle e riprende a correre per casa, poi va nella sua stanza e comincia a mettere in una borsa di plastica i sacchetti dei coriandoli e le confezioni di stelle filanti.
Spera che sua cugina Chiara si ricordi di comprare le trombette, e magari di procurarsi anche qualche petardo. Sempre che il padre glielo permetta.

Il commissario Francesco Righetti parcheggia davanti alla questura, scende dalla macchina tenendo alto davanti a sé, per paura di sporcarlo, il costume da fatina della nipote, entra nell'edificio, cammina svelto nei corridoi e si accorge che tutti lo guardano e sghignazzano.

– Be'? – chiede. – Che c'è?
– Te lo metterai tu, quel bell'abitino? – gli domanda l'ispettore Cardona.
– Marcello, non avete di meglio da fare che prendermi in giro?
L'altro apre le braccia. – È una giornata fiacca.
– Meno male, – sospira il commissario, poi va nel suo ufficio, appoggia con cura il costume su una sedia e si affaccia alla finestra. In lontananza, verso il porto, i fumi delle ciminiere vengono stracciati e dispersi dal vento, e il cielo comincia a illividirsi di tramonto. – Mario! – chiama.
L'agente Caruso si affaccia alla porta, dà un'occhiata al suo superiore, poi al vestito da fatina. – Comandi.
– Hai preparato la posta?
– Sí, commissario, tutto fatto.
Righetti annuisce e continua a guardare dalla finestra. Cardona ha ragione, è una giornata fiacca; in città, grazie a Dio, non succede niente di brutto, solo la bora si accanisce sui palazzi e fischia nelle strade, ma quando arriverà sera, forse, anche lei si acquieterà, si stancherà, come l'inverno che ormai dovrebbe averne abbastanza di soffiare sul mondo il suo alito di nebbia e di brina. Quanto manca ai giorni della spiaggia, dei bagni con sua moglie Ilaria, dei castelli di sabbia con sua figlia Chiara? Due mesi, due mesi e mezzo, se il tempo non farà le bizze. Non vede l'ora. Quand'era ragazzo e viveva a Cuneo, l'inverno e la neve gli piacevano un sacco; adesso, non fa che implorare un po' di caldo e di sole.

Massimo Ferrero posa il ricevitore, con la mano che trema. Si siede di nuovo in poltrona, deglutisce e sente di avere la bocca secca. Vorrebbe bere un bicchiere di whisky, ma non ha neppure l'energia di alzarsi e di fare i quat-

tro passi che lo separano dal mobile bar. Si passa una mano sul viso e mormora qualche imprecazione fra sé.
Sente la porta aprirsi, e si gira infastidito.
– Papà... – dice Arianna.
– Che c'è?
Lei lo guarda e tace per qualche secondo. – Sei arrabbiato?
– No, no, piccola. Però sono stanco; vai a giocare.
– Volevo chiederti una cosa.
– Dopo.
Lei richiude piano, e va di nuovo verso la sua cameretta. Papà, anche quando è a casa, pensa sempre al suo lavoro, alla cooperativa, perché è il presidente, ha affari importanti, ha sempre tanti impegni e tanti problemi. Non ha mai tempo per giocare con lei. Torna a controllare i coriandoli, e avrebbe voglia di correre di là, lanciarli in giro per casa e ridere, è la festa della Vecchia, l'inverno finisce. Però, quando suo padre ha quella faccia, sa che è meglio stare buona.
Sente che i grandi parlano, apre un pochino la porta e ascolta.
– Hanno chiamato di nuovo, sta diventando una storia pesante, – dice il babbo. Mamma risponde qualcosa, ma piano, e Arianna non riesce a sentire.
No, non è davvero giorno da coriandoli.

Fedra esce dal negozio del fruttivendolo e si tira su bene il bavero del giaccone. Il vento gelato le fa lacrimare gli occhi e le procura un brivido intenso.
Un bambino piccolo, tenuto per mano dalla mamma, è lí fermo incantato e indica col dito il fantoccio della Vecchia che hanno messo accanto alla porta del negozio, agghindato con una maschera ghignante, la scopa e una spor-

ta piena di frutta secca e dolcetti. Avrà un anno e mezzo, il bambino, porta una cuffia azzurra che gli fa sembrare ancora piú rosse le gote accese di freddo.

Fedra non riesce a non guardarlo, a non pensare, a non rimuginare su quanto le sta chiedendo Fabio ormai da settimane. Andiamo a vivere insieme, dice, e facciamo un bambino.

Facciamo. Come se lo dovesse fare lui, come se fosse lui a doverlo portare in pancia per nove mesi. Lui che è sempre fuori per lavoro, lui che il giovedí sera va a giocare a calcetto, il sabato mattina pure, poi ha il bar, ha gli amici che proprio non si possono trascurare, la mamma che se non lo vede ogni tre giorni soffre, e tutto il resto.

Ma sono ingiusta, pensa Fedra. Fabio è un bravo ragazzo, le vuole bene. Ma lei non si sente ancora pronta, ha solo ventitre anni, dopotutto. Si è diplomata da poco all'Accademia di Belle arti, dipinge e crea collage e installazioni, i critici parlano già molto bene di lei, e vorrebbe concentrarsi su quello, sulla sua attività, sulle sue passioni. Magari, anche se la prospettiva pare sempre piú lontana, potrebbe iscriversi al Dams di Bologna. Perché dovrebbe avere fretta? Perché dovrebbe fare una scelta cosí impegnativa?

Per tanti motivi, si risponde. Il primo è che di vivere con i miei non ne posso piú, tanto che ormai passo quasi tutto il mio tempo a casa di Fabio, dove tra l'altro posso riempire le stanze di tele, colori e roba senza che nessuno mi rompa le scatole. Poi perché lui ha trentadue anni, e capisco che non può aspettare ancora.

Ci penserò, promette. Domani andrò dal medico per la ricetta, e dopodomani ricomincerò a prendere la pillola: ventuno giorni, e giuro che alla fine di quelli avrò deciso, e forse cambierò la mia vita. O forse no. Anzi, guarda, terrò un diario, per tutto quel periodo, mi aiuterà a riflettere meglio.

Cristo, ma perché si deve sempre pensare, ci si deve arrovellare, si devono fare cosí spesso i conti con quanto vogliono gli altri? Se c'è una cosa che proprio le pesa è sentirsi sotto pressione. Mi chiuderei in una casa di campagna, pensa, con un salone enorme, pieno di cavalletti, tavolozze, cosí ingombro e disordinato che solo io potrei muovermici, cosí «mio» che nessun altro potrebbe entrarci, e lí non farei altro che sporcarmi di colori, uscire in giardino e prendere i fiori, farli seccare per usare i petali sulle tele, poi camminare scalza e dormire alle ore piú strane, e mangiare solo quello che mi va e quando mi va, senza telefono, senza televisione, senza macchina, senza niente.

Anche senza Fabio?

No, senza Fabio non potrebbe starci, lo deve ammettere. Insieme ridono, parlano tanto, fare sesso con lui è bellissimo. Si conoscono da cosí tanto tempo e cosí a fondo, nell'anima e nel corpo. E allora, che le piaccia o no, con lui e con i suoi desideri, con i suoi progetti, con la sua vita, deve farci i conti.

È inutile, quel rifugio in campagna non l'avrà mai, e neppure avrà la forza o il coraggio di stare da sola.

È arrivata davanti alla casa del suo fidanzato, e sente venire da dentro la musica degli U2. Tira un respiro profondo ed entra. Lui è seduto al tavolo della cucina, e sta mangiando gli avanzi di mezzogiorno.

– Ma perché ti ingozzi di quella roba fredda? – gli chiede.

Fabio si stringe nelle spalle. – Cosí, avevo un buco nello stomaco.

– È quasi ora di cena, e ho comprato anche la frutta secca e le arance.

– Vieni qui, – le dice lui, e l'abbraccia alla vita affondandole il viso in grembo, sotto il cappotto aperto.

Fedra gli accarezza meccanicamente i capelli scuri.

– Lo sento muovere! – dice lui, appoggiandole un orecchio al ventre piatto. Il solito scherzo, che la infastidisce.

– Sai cos'ho pensato? – gli ribatte.

– Che cosa?

– Che per quanto riguarda i bambini, mia sorella Arianna mi basta e avanza.

Lui si rialza, scuote la testa, mette su il muso e si ributta a mangiare pollo freddo e unto con le mani.

– Dài, scherzavo, – sospira lei.

Ma non sa se sia la verità. Non sa che cosa prova per i bambini in generale, né in particolare per sua sorella. Fra loro c'è una differenza d'età che non le ha impedito, dieci anni prima, di essere gelosissima della sua nascita, ma che ha reso impossibile che fossero amiche, che potessero dividere cose e pensieri. Poi Arianna, sempre così dannatamente vivace, da una parte è invadente, e dall'altra si accaparra ormai tutte le attenzioni e l'affetto dei suoi genitori. O almeno della mamma: papà pare non avere piú tempo e voglia per qualcosa che non sia il suo lavoro, soprattutto da quando la cooperativa che presiede sta concorrendo agli appalti per le linee ferroviarie dell'Alta velocità e chissà a che altro.

L'unica cosa che Fedra sa per certo, è che almeno per ventuno giorni vorrebbe sí pensarci, alla prospettiva di vivere con Fabio e di dargli un bambino, ma senza parlarne e discuterne di continuo.

Vorrebbe macinarsela da sola, quella questione. Vorrebbe, se si potesse, starsene un po' in pace.

Anche Righetti vorrebbe stare tranquillo, almeno per quella sera, che c'è la partita in tivú, ma sua figlia Chiara ha deciso che è momento di giochi e di coccole, poi gli vuole raccontare tutto quello che faranno domani a scuola: la festa mascherata, il fantoccio della Vecchia in cortile, i dolci, le canzoni.

– Hai portato il vestito ad Arianna? – gli chiede per la terza volta.

– Sí, te l'ho detto.

– E come le sta? È piú bello il suo da fatina o il mio da indiana?

– Non se l'è mica provato mentre ero lí, paperotta. Comunque credo che sia piú bello il tuo, e sai perché?

– Perché?

– Perché te l'ha fatto la mamma.

– E allora?

Ilaria scuote la testa. – A letto, dài, – le dice.

Chiaretta sbuffa, protesta, fa rivendicazioni e le tenta tutte per restare ancora un po' alzata. Poi si rassegna, perché fuori tira ancora vento e sa che in fondo sarà bello infilarsi sotto le coperte e sentirlo fischiare, ascoltarlo finché non arriva il sonno. E dopo il sonno, arriverà il giorno della festa.

II.

La scuola è gestita dalle suore e ricavata nei locali di un vecchio convento, resi il piú moderni e luminosi possibile, ma ancora impregnati di qualcosa di severo.

Però, dopo un pomeriggio di festa, maschere, grida eccitate di bambini, tutta la seriosità del posto pare solo un ricordo. I pavimenti delle aule e dei corridoi sono coperti di coriandoli, i banchi e le cattedre sommersi di stelle filanti che li avvolgono come rampicanti multicolori, nell'aria c'è odore di dolci, e nel cortile, là dove la ghiaia lascia il posto a un riquadro di erba e di cespugli bassi, il fantoccio della Vecchia ride nella sua smorfia dal naso lungo e adunco.

Adesso i bimbi sciamano fuori, sulla strada, dove le ombre della sera cercano di addensarsi, in parte sconfitte dai fanali delle macchine che vanno e vengono e dalle luci dei negozi sull'altro lato. In alto il cielo limpido, spazzato da tre giorni di bora, pare combattuto tra i toni freddi e viola dell'inverno e quelli piú dolci dei tramonti primaverili.

Niente è piú come una volta, dice un luogo comune; eppure il vento ha rispettato il proverbio che dice *la bura tri dè la dura*, soffiando per tre giorni esatti. E la festa della Segavecchia, retaggio antico di riti pagani mai dimenticati, fa ancora divertire grandi e piccoli, anche se si fa un po' di confusione con la data, che non è piú, canonicamente, il giovedí di mezza quaresima, ma soltanto quando gli orari del lavoro e delle lezioni lo permettono.

È venerdí pomeriggio, infatti, molti uffici sono chiusi a rendere la settimana ancora piú corta, e i genitori fanno ressa a ritirare i bambini ormai spossati dai giochi, ma non per questo silenziosi, non per questo meno vogliosi di correre ancora, di gridare, di raccontare. Anche qualche adulto va in giro mascherato, per compiacere i figli e magari per ricordarsi meglio della sua infanzia, dei suoi divertimenti di un tempo, e per rinnovarli.

Giuseppina parcheggia l'auto nella traversa a fianco della scuola, contornata dai giardinetti e già buia, nel fitto degli alberi che si sporgono come baldacchini a trasformare la viuzza in un tunnel di rami dalle pareti di siepi. Scende e si accende una sigaretta, poi, stringendosi nel lungo cappotto marrone, si incammina, gira l'angolo e va a fermarsi all'altro lato della via rispetto al cancello della scuola, in una posizione da cui può vedere bene i piccoli che stanno già uscendo.

Dà un'occhiata all'orologio. C'era traffico, e ha fatto un po' tardi. Aguzza gli occhi a cercare, in quel fiume di figurette scatenate che si accalcano, fanno capannelli e se ne vanno tenute per mano, le due teste bionde di sua figlia Arianna e di Chiara, la figlia di suo fratello Francesco. Non è mica facile, riconoscerle, perché oggi i bambini sono trasfigurati: chi è vestito da robot, chi da Zorro, chi da personaggio delle fiabe o dei cartoon.

Aspira forte, finisce la sigaretta e la butta; non vuole che Arianna la veda fumare, le farebbe la solita ramanzina. Forse le maestre sono impegnate in una campagna contro il tabacco, e hanno trasformato sua figlia in una paladina salutista.

Le suore, piazzate come vigili all'uscita, cercano di disciplinare le corse, i salti, gli urli e gli scherzi, di contenere l'allegria dei giochi.

Infine, tra le ultime e tenendosi per mano, la fatina e l'indiana escono, guardano attentamente a destra e a sinistra, come è stato loro insegnato, attraversano di corsa la strada e si gettano a peso morto a cercare l'abbraccio della donna che le aspetta.

La notte prima sulla statale Adriatica hanno fatto una retata, e una sala della questura è rimasta per tutta la mattina affollata di ragazze sedute sulle panche con la testa tra le mani, gli occhi gonfi di sonno, di rabbia e di stanchezza. Due albanesi sono stati fermati mentre andavano a ritirare i soldi delle loro protette, hanno tentato di scappare e si sono scontrati con un'altra automobile. Erano irregolari, pregiudicati, in precedenza già espulsi, senza patente; adesso che è sera li stanno di nuovo interrogando, e loro fanno finta di non capire l'italiano.

L'ispettore Cardona sbuffa, finisce di bere un caffè scottandosi la lingua, passa l'incombenza di quei due a un collega e torna lentamente verso il suo ufficio a prendere le sigarette. Ha appena raccolto il pacchetto dalla scrivania, quando squilla il telefono. – Sí, – dice, cercando con gli occhi l'accendino.

Poi ascolta, annuisce, sposta una montagna di fogli, trova il bloc-notes e la penna, segna qualcosa. Quando riaggancia rilegge ciò che ha scritto, siede, si accende la sigaretta. Ma che storia, pensa.

Sulla porta si affaccia il commissario Righetti. – Come va di là? – chiede.

– Oh, Francesco, proprio tu. Di là è la solita bega... ma ho appena preso una chiamata curiosa. Senti, tua fi-

glia non va a scuola delle suore di Santa Lucia? In via Puccini?
– Sí, perché?
– Be', la superiora denuncia che dal tabernacolo della loro chiesetta sono state portate via delle ostie consacrate.
Il commissario sembra pensarci su, si gratta la testa.
– Ostie? – chiede.
– Già. Ostie, e nient'altro. Dice che c'era la cassetta delle offerte piena, ma non l'hanno toccata.
– Cosa c'entrano le offerte?
– Volevo dire, non è il solito furto. Anzi, magari è una roba tipo film, con una bella setta satanica che si mette a fare messe nere e a scrivere *666* sui muri
Righetti guarda storto il collega. – Non fare lo spiritoso, Marcello. Mia figlia e mia nipote vanno in quel posto tutti i giorni, non mi piace mica che ci scherzi, su questa faccenda.
– Ma dài, secondo me è una bufala. La suora dice che il tabernacolo era chiuso a chiave e non è stato forzato. Magari sta prendendo un granchio.
– Speriamo. Comunque un'occhiata laggiú andrei a darla.
– Chi ci va? – chiede Cardona.
– Io.
– Ti accompagno?
– E gli albanesi?
Marcello scuote la testa. – Se me li trovo davanti per un altro minuto, li rimando a casa loro a calci in culo. Non ne posso piú.
Righetti lo fissa. – Di', mi stai diventando intollerante e un po' razzista?
L'altro fa la faccia sconsolata. – No, Francesco, non è

questo. È che da stamattina sono chiuso qui dentro a cercare di interrogare gente che fa finta di non capire, e ho voglia di una boccata d'aria.

– Va bene. Andiamo, allora.

La strada si vuota in fretta, le macchine partono. Giuseppina e le due bambine si incamminano verso la traversa dei giardinetti.

– Allora, com'è andata? – chiede la donna. – Vi siete divertite?

– Tantissimo! – grida Arianna saltellando. – Io ho fatto mangiare i coriandoli a Luca, quel ciccione.

– E perché sei stata cosí maleducata?

– Maleducata? Ma lui voleva togliermi la maschera e mi ha tirato i capelli!

– A proposito di maschera, – dice la donna, – adesso ve la potreste anche levare, no?

– No! – gridano le due in coro. Per loro la festa non è ancora finita, vogliono continuare il gioco almeno fino a casa. Giuseppina sospira e tira fuori dalla tasca le chiavi dell'auto.

– Noi volevamo dare fuoco alla Vecchia, come facciamo col pupazzo di carnevale, ma le suore non hanno voluto, – si lamenta Chiara.

– Meno male, – dice Giuseppina. – Ci mancava solo che aveste incendiato la scuola…

Nel vialetto è quasi buio, i lampioni bucano a malapena il groviglio dei rami troppo cresciuti che ormai li hanno avvolti, imprigionati. – Sai, zia, che abbiamo mangiato la pizza fritta dolce? – dice Chiara.

– Ah, brave. Cosa vi avevo detto, io?

– Di non mangiarla, altrimenti ci viene mal di pancia.

– Sento con piacere che mi avete ubbidito.

– E abbiamo bevuto anche un mucchio di Coca-Cola, – ridacchia Arianna, poi si ferma, si porta la mano alla bocca e soffoca un rutto. Chiara si piega sulle ginocchia e comincia a ridere come una pazza.

– Mi sa che avete bevuto vino, voi due; non è che siete ubriache, per caso?

– Sí! – gridano, poi si fermano.

– Dài, su, che è tardi! – sbuffa Giuseppina prendendo la figlia per mano e tirandola.

Chiara, girata indietro, esclama: – Ehi, guardate quello!

Anche Arianna e sua madre si voltano. C'è una figura in tuta da lavoro blu e guanti che le segue camminando in fretta. Ha il viso coperto da una maschera impressionante, pare il muso di un toro, o la faccia di un diavolo; è rossa e marrone e ha le corna.

Giuseppina, stringendo piú forte la mano di Arianna, accelera il passo. – Ma chi è quel cretino cosí conciato? – dice. – Fa quasi paura.

– Fa ridere, invece! Che bella maschera, eh? Per Halloween la voglio uguale a quella. Me la compri, mamma?

Giuseppina non risponde, si gira di nuovo, fa a Chiara un gesto impaziente perché la raggiunga. La figura mascherata è ormai alle loro spalle.

Sono arrivate alla macchina. Parcheggiato davanti a quella, quasi appoggiato, c'è un furgone scuro col motore acceso. Giuseppina brontola qualcosa, sta per infilare le chiavi nella serratura dello sportello, quando si sente scuotere da un movimento brusco. Poi tutto accade in un lampo, anche se con le sequenze distorte di una scena al rallentatore.

La donna, mentre si sta girando di scatto, viene colpita da un ceffone violento al viso, sbatte contro la macchina, sente la mano di Arianna strapparsi dalla sua, un piede le scivola e una scarpa le vola via, piomba col sedere a terra. Sente le grida delle bambine, e vede che Chiara si butta in avanti e si aggrappa a qualcosa, una manica scura. Si ritrova a fissare i buchi neri in quella maschera da toro infuriato, o da demone.

Vede Arianna afferrata e sollevata da terra, poi un braccio in tuta blu scatta, e stavolta è Chiara a piroettare su se stessa, incespicando e perdendo l'equilibrio. Giuseppina cerca di alzarsi, sua nipote le si aggrappa e involontariamente la trattiene, la voce di Arianna grida, uno sportello sbatte, il furgone parte in uno stridio di gomme, a fari spenti, lampo nero nel vialetto, l'asfalto è bagnato e freddo, il mondo gira in una vertigine, qualcosa di caldo e salato le scende in bocca.

Sente un urlo che pare un singhiozzo, si accorge che parte dalla sua gola, un dolore forte e bruciante le si accende nel naso e un conato di vomito le torce lo stomaco, sulla mano destra ha le unghie di Chiara che graffiano.

Si tira su, corre per qualche passo, ansimando, poi si mette le mani nei capelli e adesso il suo grido è alto e disperato. Chiara la raggiunge e la prende per il cappotto.

Il furgone scuro è sparito. Insieme ad Arianna.

La macchina della polizia parcheggia davanti alla scuola elementare delle suore di Santa Lucia, il commissario Righetti e l'ispettore Cardona stanno per scendere, quando la radio gracchia una chiamata, e nello stesso istante squilla il telefonino del commissario.

– Ehi, calma, – impreca Righetti. – Che cosa c'è ancora, che cosa volete da noi?

Marcello ride e risponde alla chiamata via radio. Poi, dopo che entrambi hanno chiuso le comunicazioni, si guardano in faccia, e non hanno bisogno di parlare. Aprono gli sportelli di colpo e si precipitano fuori.

Giuseppina, senza una scarpa e col sangue che le cola dal naso, tenendo Chiara per mano, arriva di corsa dal vialetto dei giardini. La bambina, con la maschera nera che le sta di traverso sul viso, le lacrime agli occhi e il muco che le cola dal naso, si precipita verso il padre, che la stringe tra le braccia.

– Grazie a Dio, siete già qui! Di là, là... una macchina... no, un camioncino... un furgone... Arianna... – ansima la donna.

Marcello la sostiene, ma lei si libera con uno strattone e grida a squarciagola: – Prestooo! Ha rapito la mia bambina, ed è scappato in quella direzione!

Righetti e Cardona si guardano. Sono abituati ad agire in fretta e per il meglio, ma in quel momento tutto pare confondersi, annebbiarsi, accavallarsi, Giuseppina continua a gridare, Chiara a singhiozzare. Poi il commissario prende in mano la situazione: – Marcello, parti a razzo, imbocca il vialetto, trova 'sto furgone...

– Cristo, France', ma da che parte? Il vialetto dopo cinquanta metri incrocia via Firenze e prosegue fino alla circonvallazione...

L'altro annuisce. – Tu vai, buttati dalla parte che vuoi, ma vai. Qui ci penso io.

– Chiami tu i rinforzi?

Righetti estrae dalla tasca il telefonino con la mano che trema. – Dovrebbero essere in arrivo, Giuseppina aveva già avvertito la Centrale... io vedo di far mettere subito dei posti di blocco.

Cardona salta in macchina, accende il lampeggiante e la sirena e parte a tutta velocità. Solo a quel punto Francesco abbraccia insieme sua sorella e sua figlia, e mormora: – Calma, adesso, calma... Giuseppina, non è che hai visto la targa di quel veicolo?

Lei scuote la testa, asciugandosi il sangue e le lacrime col dorso della mano. – No, no. Non ci ho neppure pensato.

– Di che colore era?

– Scuro... blu, credo.

– Quanti erano?

– Uno, ne ho visto io... non so se sul furgone ci fosse qualcun altro.

– Com'era, quello che hai visto?

La donna cerca di fermare il tremito che la scuote. Dal fondo della strada si sentono venire urla di sirene, e pulsano luci blu. – Era mascherato. Vestito con una specie di tuta...

– Io l'ho visto bene, – dice piano Chiara. – Era il diavolo.

III.

Sono le dieci di sera, e dai Ferrero c'è un silenzio irreale, strano soprattutto, perché la casa è piena di gente. I tecnici della polizia hanno appena finito di sistemare i loro apparecchi per le intercettazioni e le registrazioni delle telefonate, hanno chiuso le valigette e se ne sono andati, lasciando sul posto due agenti specializzati.

Si è mosso perfino il questore in persona, che appoggiato con le spalle a una parete guarda preoccupato Righetti. – Francesco, – gli dice, – credo che tu dovresti restarne fuori, da questa storia. Sei troppo coinvolto, non so se puoi lavorare con la lucidità necessaria.

Il commissario appoggia sul tavolino il bicchiere d'acqua minerale bevuto per metà, alza gli occhi e risponde: – Coinvolto? Certo. Però non mi faccia problemi, non ci sto. Se mi mette fuori dalle indagini, le faccio per conto mio. Mi prendo le ferie, l'aspettativa, quello che vuole lei, però non mi fermo.

– Dài, non siamo mica in un film di Charles Bronson!

– No, infatti. Siamo a casa di mia sorella, hanno rapito mia nipote, e mia figlia sono quattro ore che piange e vomita per lo spavento. Quindi non mi chieda di starmene da parte buono buono. Io mi metto in caccia e mi fermo solo quando ho quei bastardi tra le mani.

L'ispettore Cardona ferma per un attimo il suo gironzolare nervoso per il soggiorno. – Tu Francesco parli al plurale, – dice, – ma potrebbe essere anche uno solo.

Righetti si stringe nelle spalle. – Forse. Ma se fosse cosí, sarebbe ancora peggio.

– Perché?

– Perché allora potrebbe trattarsi di un maniaco, di uno psicopatico, o roba del genere. E quindi di chiunque, al di là di uno scopo preciso, al di là di un movente. Un ago in un pagliaio.

– Però sarebbe piú vulnerabile. Magari uno sprovveduto.

– Sprovveduto non direi proprio. Ha rubato un furgone, l'ha abbandonato alle banchine vecchie del porto, senza farsi vedere da nessuno, prima ancora che potessimo piazzare i posti di blocco, non ha lasciato una traccia, un'impronta, niente.

– È presto per dirlo, la Scientifica ha dato appena un'occhiata, lasciali lavorare con calma.

Il questore scuote la testa. – Ragazzi, non è uno solo, toglietevelo dalla testa. Se il racconto della signora è preciso, vuol dire che sul furgone c'era qualcun altro: era in moto, è partito subito, e c'era la bambina da tenere ferma. Due mani non bastano per fare tutto questo cosí bene e cosí in fretta.

Righetti riprende il bicchiere e butta giú un sorso. – Chissà, – mormora. – Arianna l'ha stordita subito col cloroformio, lo sa che nel furgone hanno trovato la garza imbevuta. A quel punto c'era solo da metterla sul sedile, ingranare la marcia e partire. Mica tanto difficile.

– Senti, Francesco… – chiede il questore quasi con imbarazzo, – è molto ricco tuo cognato?

– No, no: benestante, niente di piú. In questa città ce ne sono migliaia, che hanno piú soldi di lui. E da queste parti, almeno per quanto ne so io, non avevano mai rapito nessuno. Io credo piuttosto...

In quel momento squilla il telefono, ed è come se fosse caduta una bomba. Tutti scattano in piedi, e dalla stanza accanto arrivano correndo Giuseppina e Massimo, con gli occhi dilatati dalla tensione. La donna ha un fazzoletto appallottolato in mano, lo stringe e lo tormenta, poi lo lascia cadere a terra e si porta le mani alla bocca, quasi a mordersele.

Righetti fa un gesto per fermare gli altri, e solleva il ricevitore. – Pronto, – dice. Poi ascolta e grida: – Porco Giuda, non fare questo numero! Chiamala sul cellulare, no? Ti pare che... Scusi un accidente! – e sbatte giú.

– Chi era? – chiede il cognato con un filo di voce.

– Era Fabio, voleva Fedra. A proposito, dov'è andata?

– È chiusa in camera sua.

Si fa silenzio, tutti stanno immobili, sembra una scena teatrale, quando finisce un atto e i personaggi si fermano zitti, in attesa che cali il sipario. C'è solo un sibilo, un ronzio leggero, probabilmente l'acqua che prende a scorrere nei tubi e nei termosifoni. Dev'essere scattato il termostato, perché la sera è limpida e fredda.

– Che faccio? – chiede Cardona dopo un po'.

Il commissario Righetti si passa una mano sul viso. – Vai in ufficio, Marcello, qui bastiamo noi. Stai in contatto con le volanti, senti in po' cosa fanno i carabinieri; insomma, gestisci il movimento. Almeno per qualche ora. Ce la fai?

– Certo, Francesco. Se arrivano novità, chiamami subito.

L'altro annuisce, si alza, si avvicina a sua sorella, l'abbraccia e stanno stretti senza parlare, finché il telefono non lacera di nuovo la quiete apparente della stanza.

Risponde il questore, che è il piú vicino all'apparecchio.

Qualche monosillabo, lo sguardo concentrato a fissare un punto del pavimento. Quando mette giú, gli occhi di tutti sono su di lui, a indagarne l'espressione tesa.
– Ci siamo, – dice. – Abbiamo un messaggio.

Lo studiolo del parroco è male illuminato e odora di polvere, di carta impregnata dal tempo, di cose vecchie, di giorni lenti.
L'uomo, sulla settantina, si sistema meglio il collarino bianco e tossisce. – L'ho trovato prima, – dice. – Sono andato, come ogni sera a quest'ora, nella chiesetta a spegnere le candele, a chiudere le porte e a vuotare la cassetta delle offerte. Il foglio era lí dentro, tra i soldi, piegato in quattro.
– Chi l'ha toccato? – chiede Righetti.
– Be'... io, naturalmente, e la superiora. È indirizzato a lei, come vede.
La suora, ferma in un angolo, annuisce.
– Vi dovremo prendere le impronte digitali, a tutti e due, – dice il commissario.
– E perché? – chiede il parroco allarmato.
– Per identificare quali sono le vostre e quali invece, se ci sono, quelle di chi lo ha scritto.
Cardona rilegge ad alta voce la trascrizione del messaggio che si è annotato sul taccuino: – «Fra ventuno giorni, il Venerdí Santo, la bambina morirà. Sarà un'attesa lunga e dolorosa». Cristo, ma perché? Che cazzo significa? Oh, mi scusi, padre...
Il vecchio prete fa un gesto con la mano come per dire: non importa. Poi sospira e torna a trafficare col collarino, come se gli prudesse.
– Adesso chiamo la Centrale, – dice Righetti portandosi il cellulare all'orecchio. – Voglio due uomini qui, e

anche il telefono sotto controllo. Se il messaggio l'hanno lasciato in questo posto, un motivo ci sarà.

Cardona fa una smorfia. – Secondo me, Francesco, quel foglio è stato imbucato nella cassetta delle offerte ancora prima del rapimento. Uno entra in chiesa, mette qualcosa là dentro, e nessuno ci fa caso: facile e sicuro.

– Sí, però 'sta cosa, mi pare, cambia tutto. Cambia l'idea che mi ero fatto. Se era ad esempio il gesto di un pedofilo, non ci sarebbero stati né foglietti né altro. Mi sa che il tizio, o i tizi, sappiano bene chi hanno preso, e abbiano un motivo.

– E quale potrebbe essere?

Per tutta risposta, il commissario dà un'occhiata all'orologio. – Le undici... – mormora. – Vabbe', è tardi, ma io chiamo lo stesso. Domattina la voglio in ufficio da noi.

– Chi? – chiede Cardona.

– La dottoressa Silvani, di Bologna. È una nostra consulente, una psicologa e antropologa. Quella che aiutò i colleghi di laggiú a indagare sulle sette sataniche.

– Sette sataniche? Pensi che c'entrino qualcosa?

– No. Però noi, ieri, eravamo venuti qui per un motivo. Te lo ricordi, Marcello?

– Sí... il furto delle ostie.

– Bravo. E allora metti le cose in fila: uno, rapiscono una bambina da una scuola gestita da religiosi; due, mandano un messaggio che parla del Venerdí Santo; tre, lo fanno trovare nella chiesa dello stesso istituto che comprende la scuola, là dove sono state rubate le ostie. Ci voglio vedere chiaro, qui c'è una specie di filo logico. Non so dove porti, ma c'è. I ragazzi della Scientifica sono ancora qui?

– Sí, sono in chiesa, ma credo che se ne stiano andando.

– Fermali. Voglio che mi analizzino il tabernacolo, quello delle ostie. Che mi sappiano dire anche chi ci ha respirato vicino negli ultimi tre giorni. Poi chiama Di Rosa, chiamalo a casa, digli che corra in ufficio e che si attacchi al computer, e che domattina chieda un'informativa al cervellone della Questura centrale di Roma. Obiettivo delle ricerche: qualsiasi cosa che possa riguardare casi di mania religiosa nella nostra zona. Se l'esito sarà negativo, la zona l'allarghiamo via via, finché non troviamo elementi.

Cardona annuisce ed esce dall'ufficio.

Il commissario si strofina gli occhi stanchi, si rivolge al parroco e alla superiora e dice: – Signori, lo so che è notte fonda, ma adesso ci dobbiamo fare lo stesso una bella chiacchierata. Niente in contrario?

I due fanno cenno di no con la testa.

– E allora cominciamo, – sospira Righetti aprendo il bloc-notes e accendendo il registratore.

Massimo e Giuseppina sono sul divano del soggiorno. In un angolo della stanza i due agenti parlano sottovoce, con le facce che tradiscono la stanchezza.

– Vado su a vedere come sta Fedra, – dice Massimo.

– Lasciala stare, forse dorme.

– E come potrebbe dormire? L'hai vista, come era sconvolta.

– Lo siamo tutti. Dio mio, se solo potessi sapere, vedere... vedere la mia bambina. L'avrà legata? Le farà del male? Starà piangendo, ci starà chiamando...

L'uomo deglutisce e stringe la moglie. – Smettila, per piacere. Non ti torturare cosí, non serve, ti fa stare solo peggio. Dobbiamo cercare di non impazzire, c'è bisogno di noi. Arianna ha bisogno di noi.

Lei annuisce e si asciuga gli occhi. – Senti, – dice piano, – andiamo un attimo di là in cucina, ti voglio chiedere una cosa senza che i poliziotti sentano.

Si alzano, vanno insieme nella stanza accanto. Gli agenti li seguono con lo sguardo, poi riprendono a chiacchierare.

In cucina, senza altra luce che quella che viene dal corridoio, Giuseppina si lascia cadere su una sedia, prende una mano del marito e gli chiede: – Non pensi che dovremmo parlare a mio fratello di quelle pressioni che ti fanno?

– No. Ne abbiamo già discusso abbastanza.

– Ho sentito che prima parlavi al telefono con lui; cosa ti ha detto?

– Mi ha detto che di certo il magistrato deciderà di bloccarci i depositi bancari e tutto il resto, è la legge, poi mi ha chiesto per la terza volta se ho motivo di pensare che qualcuno possa avercela con me, con noi.

– E tu che cosa gli hai risposto?

– Che va tutto bene, che non abbiamo nemici, che il mio incarico non mi sta creando problemi eccetera.

Lei gli stringe la mano piú forte. – Massimo... potrebbe essere importante, dirgli di quelle richieste. Forse sono collegate a quanto sta accadendo.

– Lo so. Proprio per questo non ne dobbiamo fare parola con nessuno. Se sono loro, se è quello, che vogliono, l'avranno, cosí tutto finirà e ad Arianna non torceranno un capello.

– Ma come, vuoi dire che ti fidi di quella gente?

– Fidarmi? Sono dei farabutti, e in gioco c'è una posta grossa, quindi li ritengo pronti a tutto. Tra l'altro hanno dimostrato di conoscere delle cose sui nostri bilanci del 1995 che non si devono sapere in giro... Ma al di là di questo, se si sentono il fiato sul collo e la polizia alle calcagna, ce l'ammazzano. Magari poi li prendono, ma intanto Arianna a casa non ci torna piú. È questo che vuoi?

La donna singhiozza. – Mio Dio, no... se mi davi ascolto, se ne parlavamo subito a Francesco, prima che succedesse questa tragedia!

– È inutile piangere sul latte versato, Giuseppina. Se abbiamo sbagliato prima, non è un buon motivo per farlo adesso.

– Ma come ce la caveremo, da soli?

– Intanto non sappiamo se sono loro davvero; poi «loro» che cosa vuol dire? Come se ne conoscessimo di preciso il nome e l'indirizzo.

– Ma tu mi hai detto che ce l'hai, un sospetto...

– Non basta, non facciamo casini. Aspettiamo che si facciano vivi, il modo ce l'hanno, anche senza telefonare qui. Poi ci penserò io. A costo di rovinarmi, di far saltare tutta la baracca, gli darò quello che chiedono. Da parte mia, pretendo solo una cosa: rivoglio la mia bambina, la rivoglio sana e salva, e subito!

Sdraiata sul letto, con gli occhi spalancati sul buio, Fedra non riesce a trattenere i suoi pensieri, a dar loro un senso, un ordine. Rivive quei momenti terribili, quando il suo cellulare ha squillato mentre stava bevendo un caffè in centro, e lei è scappata fuori dal bar, correndo a casa. Una casa vuota, adesso che Arianna non c'è piú. Vuota, triste, spenta.

Invadente, troppo vivace, chiacchierona, impicciona, dispettosa, pestifera. Cosí ha sempre definito la sua sorellina; ma adesso sente che senza di lei tutto sembra in bianco e nero, senza piú vita. Adesso, anche se è tardi, anche se forse è retorico e banale, capisce quanto le vuole bene.

Recita nella sua mente, di continuo, quel messaggio che hanno trovato in chiesa. Poche parole, ognuna delle quali sembra tremenda. *La bambina morirà... sarà un'attesa lunga e dolorosa.* Sono passate solo alcune ore da quel contatto, da quella sentenza delirante, e l'attesa lunga lo è già, già le pare insopportabile. Già è morto qualcosa: in lei, in suo padre, in sua madre.

Poi: *il Venerdí Santo*. Non sa perché, ma sono quelle le parole che la spaventano di piú, che le sembrano piú nere, pesanti, funeree, come se ciò che significano si fosse caricato nei secoli, nei millenni, di tutto il dolore del mondo. Parlano di sofferenza, di dramma, di morte.

Si alza, accende l'abat-jour, fa qualche passo nella camera, dal letto allo scrittoio, dallo scrittoio alla finestra chiusa, dalla finestra di nuovo al letto, come se fosse imprigionata lí dentro, mentre fuori sta succedendo la cosa piú terribile che potesse capitare.

Si passa le mani sul viso, beve dalla bottiglia d'acqua che tiene sul comodino. Poi prende il suo diario, lo apre e comincia a scrivere.

Diario di Fedra, sabato 1 aprile 2000, ore 00.03.

Ieri sera è stata la piú lunga e terribile che io ricordi. Arianna non è di là, nella sua cameretta, che dorme come sempre a pancia in giú, abbracciata al cuscino, con la bocca un po' aperta. Non so dove sia, se dorma o pianga o gridi, in questo momento. Non so nemmeno se sia viva o morta, se sia vicina o lontana.

So solo che per tornare indietro, per cancellare ciò che è successo, per svegliarmi e scoprire che ho sognato, che è solo un brutto incubo, darei qualsiasi cosa. E mentre lo penso, anche se so di essere sincera, non posso fare a meno di maledirmi per tutte le volte che non sono stata buona e gentile con lei, per tutte le volte che ho alzato la voce, per tutti i momenti che non le ho dedicato per fare magari altre cose senza importanza.

Ventuno giorni, dice quel messaggio. Se non la troviamo prima, io non credo che sopporterò cosí a lungo.

E dire che ero contenta, ieri, fino a quel maledetto squillo di telefono. Ero contenta perché, avendo fatto la ricetta per la pillola, sapevo di essermi presa almeno ventuno giorni ancora per pensare, per riflettere su quanto mi chiede Fabio, cioè di andare a vivere con lui, e di fare un bambino.

Me ne accorgo adesso mentre scrivo: ventuno giorni, come quelli che dovremmo attendere prima che... Dio, che storia. Sembra che ci sia qualcuno, lassú in cielo, che si prende gioco di me con queste coincidenze beffarde e crudeli.

Che cosa mi importa adesso della pillola e di tutto il resto? Ho ben altro a cui pensare. Tanto non riuscirò di certo a fare sesso, né nient'altro, ora che è capitato tutto questo. O forse sí: ho cosí bisogno di Fabio, ho voglia che mi tenga stretta, che mi dica parole buone, che mi accarezzi fino a calmarmi o a farmi addormentare, e magari anche che entri dentro di me, diventando con me una cosa sola, per darmi un po' della sua forza! Quindi oggi comincerò comunque a prenderla.

Anche tu, Dio, dammi forza. E veglia su Arianna, ti prego.

IV.

La dottoressa Leda Silvani fuma come un turco, e ha già buttato giú tre caffè. Le sue mani, mentre parla, si muovono nervose come farfalle impazzite.

Righetti l'ascolta concentratissimo, e prende di continuo appunti.

– Per concludere, – dice la donna, – ci sono diversi elementi simbolici di rilievo, nel *modus operandi* del rapitore. Uno in particolare: la bambina, dice il suo messaggio, verrà uccisa il Venerdí Santo, e l'attesa di quel vero e proprio sacrificio sarà preceduta da una lunga e sofferente attesa. Una *passio* dilatata da tre giorni a tre settimane, ma iniziata in un giorno particolare: quello della Segavecchia, quando si festeggia, in modo decisamente profano, per non dire pagano, una sorta di carnevale in piena quaresima. Domanda numero uno: c'è in questo un intento di denuncia contro le suore e il parroco che hanno consentito lo svolgersi di una festa contrastante con i dettami liturgici? Domanda numero due: perché proprio quella bambina? Perché l'agnello sacrificale dev'essere lei e non un'altra o un altro? Domanda numero tre: chi ha preso la piccola è lo stesso che ha rubato le ostie? Io credo di sí, le cose sono collegate da un nesso logico, rientrano nel quadro di una mania religiosa. Domanda numero quattro: chi sta facendo tutto questo, va preso sul serio? Sí, rispondo io, si sente incaricato di una missione divina vendicatrice e purificatrice, e questo suo obiettivo viene prima di ogni altra cosa, senza esclusione di colpi, perché i rischi o le punizioni terrene non gli fanno paura, agisce in una sfera che ritiene ben piú «alta». Quindi, da una parte è pericoloso, ma dall'altra è vulnerabile, perché lo troveremo, e credo molto presto.

– Che cosa la fa essere tanto certa? – chiede il questore.

La donna si accende un'altra sigaretta, soffia il fumo in alto e dice: – Io ce l'ho, una specie di suo ritratto: è un religioso o un chierico, ha agito da solo, ha dato negli ultimi tempi segni evidenti di atteggiamenti maniacali o paranoici; e, punto piú importante, gravita in qualche modo intorno a Santa Lucia. Può essere un prete, una suora, un sagrestano, un insegnante, ma conosce il posto, ha avuto modo di aprire il tabernacolo senza forzarlo, e sapeva della bambina una cosa molto precisa.

– Cioè?

– Questo glielo dirà Righetti, che stanotte ha sentito il parroco e la superiora.

Il commissario si schiarisce la gola. – Sí, c'è un fatto interessante. Come sapete, le classi della scuola di Santa Lucia sono divise in maschili e femminili: una vecchia consuetudine che lí ci tengono a mantenere. Le classi, a rotazione, vengono scelte per allestire piccoli spettacoli e rappresentazioni, spesso di ispirazione sacra; cosí c'è chi mette in scena un presepe vivente, chi un'Annunciazione eccetera. Per la Pasqua di quest'anno, la quinta elementare femminile inscenerà la Passione, e mia nipote Arianna avrebbe dovuto impersonare Gesú. L'Agnello di Dio, l'agnello sacrificale. Secondo me potrebbe esserci davvero un nesso con le cose di cui ci parlava la dottoressa.

Il questore scuote la testa, perplesso. – Ragazzi, tutto questo è affascinante, ma ho ugualmente l'impressione che ci stiamo arrampicando sugli specchi.

– Non abbiamo nient'altro, – dice Righetti.

– Ma si può fare un rapimento per questo? Si può scatenare un putiferio simile per... per...

– Sí, – l'interrompe la Silvani, – si può. Se lei avesse visto quello che ho dovuto vedere io in vent'anni di questo lavoro, non si stupirebbe. Però neppure tu, Francesco, mi sembri del tutto convinto; o sbaglio?

Il commissario allarga le braccia. – Il tuo mestiere, Leda, è un po' diverso dal mio. Quando sento dire «rapimento», io per prima cosa devo pensare a riscatto, per seconda a ricatto, per terza a vendetta, per quarto... non lo so. Se poi a essere rapita è una bambina di dieci anni, in cima alla lista devo metterci, purtroppo, anche la pedofilia. A uno che si sente il braccio violento di un Dio arrabbiato, di solito non penso. Però in questo caso è diverso, abbiamo quel maledetto messaggio, e altri elementi molto seri. A questa pista dò valore, l'ho indicata io, e perciò ti ho chiamata; poi, come ho detto prima, per le mani non abbiamo altro.

– Se la dottoressa ha ragione, – dice il questore, – il cerchio è stretto, e non dovrebbe essere difficile chiuderlo. Il prete e la superiora non ti hanno dato qualche altra indicazione, non hanno qualche sospetto?

– Sono abbottonati, mi sa che hanno il terrore di uno scandalo che può colpire la scuola e il convento. O forse non hanno davvero idea di cosa stia succedendo.

– E noi, come ci muoviamo?

– Ci sono ancora i posti di blocco nostri e dei carabinieri, ovviamente, e sono in atto le perlustrazioni, – dice Righetti. – Per quanto riguarda piú specificamente la nostra pista, ho mandato a Santa Lucia l'ispettore Cardona a verificare un paio di cose, e le volanti sono in giro a fare una visitina a casa di tutti gli insegnanti della scuola e dei chierici secolari che operano tra scuola, convento e chiesa. E fra poco Di Rosa dovrebbe avere i dati che gli ho chiesto, quelli relativi a eventuali precedenti e riscontri del caso. Se la pista è buona, entro breve la faccenda potrebbe chiudersi.

– Andrà tutto bene, vedrai, – sorride la dottoressa.

– Spero tanto che tu abbia ragione, – mormora il commissario, poi si alza, va alla finestra, l'apre per fare uscire il fumo e sente che fuori c'è un tepore primaverile, e che nell'aria si avverte l'odore del mare non lontano.

Massimo Ferrero non ha dormito neppure un minuto. Si è aggirato per casa tutta la notte, senza smettere di pensare ad Arianna, passando dalla disperazione piú nera alla rabbia piú feroce.

Sono le nove di mattina. La sede della cooperativa, quasi vuota, sembra ancora piú grande e fa quasi paura; cammina nei corridoi sentendo il rimbombo dei propri passi. In qualche stanza del secondo piano, anche se è sabato, ci sono impiegati e tecnici al lavoro, che vedendolo passare alzano uno sguardo stupito, senza sapere che fare, senza decidere se andargli incontro ed esprimergli solidarietà, o rispettarlo col silenzio.

Massimo raggiunge il proprio ufficio, si siede alla scrivania, dà un'occhiata distratta alla pila della posta, tamburella con le dita sul legno e aspetta, guardando ogni tanto l'orologio. L'appuntamento è per le dieci esatte.

Che cosa dirà a quelli? Vorrebbe averli tra le mani, strangolarli, ucciderli a calci. Ma se hanno Arianna, hanno pure il coltello dalla parte del manico.

È l'ora, ma il telefono non squilla. Si alza, gira nervoso per l'ufficio, sente che anche respirare gli costa uno sforzo, ha una specie di nodo alla bocca dello stomaco.

Poi, alle dieci e sette minuti, un trillo lo fa sobbalzare e barcollare come un pugno al viso. Corre all'apparecchio.
– Pronto?
– Pronto, Teatro comunale?
– No, cooperativa *La ravennate*.
– Mi scusi, ho sbagliato numero.

È il segnale. Alle undici esatte potrà mettersi in comunicazione, con un espediente che ha trovato descritto anche in un libro giallo. Controlla per l'ennesima volta di avere nel portafoglio il biglittino con la password, il nick e tutte le altre indicazioni che gli servono, lui non riesce a tenersi a mente queste cose, e tanto meno gli sarebbe possibile in un momento del genere, ora che la testa è piena di altri pensieri.

Esce dalla sede della cooperativa con una cartellina da documenti in mano, dentro ci ha ficcato pratiche di lavoro raccolte a caso, sale sull'auto e va in centro. C'è il solito traffico del sabato mattina, trovare un parcheggio è un'impresa, ma ha tempo. Si ferma nel viale della stazione, scende, imbocca non il corso principale ma alcuni vicoli tortuosi e meno frequentati, raggiunge la casa di Silvia girandosi ogni tanto indietro, suona il campanello e subito la porta si apre con uno scatto.

La donna, una segretaria di mezza età che è con lui da almeno quindici anni e di cui si fida ciecamente, perché con lei è abituato da sempre a non avere segreti, né professionali né privati, lo fa entrare e gli dice: – Ho sentito la tivú e ho letto il giornale; è una cosa terribile, Massimo.

L'uomo annuisce e chiede: – Mi daresti un bicchiere d'acqua, per favore?

– Tu come stai? – gli chiede Silvia, versandoglielo.

– Puoi immaginarlo. Senti, se qualcuno mi avesse visto entrare qui... ti ho portato delle pratiche urgenti da evadere, ok? Ti lascio questa cartella.

– Stai tranquillo.
Lui chiude gli occhi. – Con te sono tranquillo sempre. Se non ci fossi tu, Silvia... Il computer è acceso?
– Sí.
Lui guarda l'orologio. – È quasi ora... vado.
Raggiunge un'altra stanza, uno studiolo angusto e male illuminato da una finestra piccola che dà su un muro grigio, si siede davanti allo schermo, mette sul tavolino il foglietto stropicciato e comincia a lavorare sulla tastiera.
La tecnologia moderna ha creato qualcosa che assomiglia a un grande occhio capace di tenere tutti sotto controllo, di intercettare qualsiasi comunicazione, ma allo stesso tempo ha elaborato sistemi per muoversi in coni d'ombra dove quell'occhio non può sbirciare. Entra nella chat-line, e stabilisce un contatto riservato.
«*Ciao, Pippo, Pluto ti saluta*».
Aspetta qualche secondo e arriva la risposta:
«*Ciao, ecco Pippo. Hai pensato allo scherzo?*»
«*Sí, credo che si possa fare*».
«*Bene. Però il gioco è cambiato, oltre allo scherzo devi farmi anche un regalo*».
Massimo toglie le mani dalla tastiera, tira un respiro profondo e scrive:
«*Hai tu la cosa che mi è stata presa?*»
Dall'altra parte, niente. Passa quasi un minuto, poi compare:
«*Non fare domande. Ti stavo dicendo di un regalo, sono diventato piú esigente. Troverai un biglietto di istruzioni infilato nel volume 417-Bot-99 della biblioteca Classense. Lo scherzo sarà bello, ma non pensare di farne uno anche a me, perché altrimenti lo sai quanto mi arrabbierei e che cosa succederebbe, vero? Ciao ciao, chiudo*».
Massimo esce dalla chat, spegne il computer e torna nel

piccolo soggiorno, dove Silvia è seduta sul divano a mani incrociate sul grembo.

– Tutto fatto? – chiede lei.
– Sí. Non so come ringraziarti...
– Lascia stare, lo sai che puoi contare sempre su di me. Lo vuoi un caffè?
– No, devo scappare.

Lei annuisce, lo accompagna alla porta e lo guarda allontanarsi col capo chino e il bavero del cappotto tirato su.

Massimo cammina veloce fino alla biblioteca comunale, suda per la tensione e perché la giornata si sta facendo calda, d'altronde è primavera. Sale le scale ansimando, raggiunge una delle sale di consultazione, in cui ci sono una trentina di persone assorte in lettura, guarda l'orologio, poi va in fondo alla grande stanza, cerca lo scaffale che gli è stato indicato, prende un libro a caso, lo sfoglia, lo ripone, poi un altro, un altro ancora, infine prende quello giusto, un grosso e vecchio tomo, *Botanica generale*, girando la schiena a chi potrebbe vederlo, trova il biglietto, lo infila in tasca, rimette il volume a posto ed esce, sbirciando di sottecchi le persone sedute e silenziose. Una di quelle potrebbe anche essere «Pippo», che magari sta lí a godersi la scena e si diverte a vederlo correre e affannarsi, ma sa che non deve fermarsi troppo a guardare.

– Senti, zio, ho pensato a una cosa...

Il commissario Righetti si scioglie dall'abbraccio di Fedra, le accarezza il viso sciupato, dagli occhi arrossati e stanchi, la fa sedere sul divanetto d'angolo del suo ufficio e le chiede: – Che cosa?

– Ci ho rimuginato parecchio, stanotte... Come facciamo a essere sicuri che ieri sera volevano prendere proprio mia sorella? Non potrebbero avere scambiato le bambine? Erano mascherate, sono alte uguali, si assomigliano.

Lui sospira, si mette le mani in tasca. – Credi che non ci abbia pensato anch'io? È il primo problema che mi sono posto. Però il rapitore, a meno che non abbia agito a caso, ha individuato e forse seguito la macchina di tua madre. Poi siamo andati sul posto con Giuseppina e abbiamo ricostruito la scena: la posizione delle bambine, al momento del fatto, era tale che sarebbe stato piú facile prendere Chiara, che era un passo indietro, mentre Arianna teneva Giuseppina per mano. Questo mi fa concludere che era proprio tua sorella, che voleva.

– Ma come l'ha riconosciuta? Aveva la maschera.

– Forse dal fatto che, come ti ho detto, teneva per mano tua madre, o piú semplicemente perché era qualcuno interno alla scuola, e che magari fino a poco prima aveva addirittura partecipato alla festa. E ho anche altri elementi, di cui però adesso non ti posso parlare.

Lei china la testa, come spossata. – Tornerà a casa, zio? Sana e salva?

– Sí, Fedra. Te lo prometto.

Diario di Fedra, sabato 1 aprile 2000, ore 14.00.

Non è passato neppure un giorno, da quando hanno portato via Arianna, e mi sembra un secolo. Le ore sono cosí lunghe e angoscianti!

Stanotte non ho dormito, ma verso mattina sono crollata dalla stanchezza e dalla fatica di piangere. Ho fatto sogni tremendi, di quelli che ti tormentano quando hai la febbre alta. E chi lo sa, magari la febbre ce l'avevo davvero, mi sento cosí male. Mi sono svegliata alle nove, dopo qualche ora di quel dormiveglia, di quel delirio, e mi sono sentita in colpa. Come, ho pensato, mia sorella è chissà dove e nelle mani di chissà chi, e io dormo?

Oggi, non so come ho fatto, ma mi sono ricordata di prendere la pillola, ed è stato un momento brutto, perché quando l'ho estratta dal blister è come se avessi girato il primo foglio di un terribile calendario. Meno venti, ho pensato. Quella confezione di pastiglie è diventata il segnatempo che scandirà questo incubo.

Dopo ho raggiunto Fabio, avevo troppo bisogno di vederlo. Mi sta vicino, si è preso le ferie, non so come farei senza di lui.

Poi sono andata in questura dallo zio Francesco, perché non potevo smettere di pensare che, invece di Arianna, forse volevano rapire Chiara. Se cosí fosse, allora stanno facendo le indagini in una direzione sbagliata. Lui ha cercato di tranquillizzarmi, e c'era quasi riuscito, ma tornando a casa mi è venuta in mente un'altra cosa, e da quella cosa è nata un'ipotesi. Appena lo rivedrò, gliene parlerò.

Non è che io voglia fare la poliziotta e capirne piú di lui, ma sto cosí tanto a pensare a questa situazione, mi vengono in testa cosí tanti pensieri, che magari mi capita anche quello giusto. Chi lo sa.

v.

L'ispettore capo Di Rosa ha lavorato come un forzato, attaccandosi al computer e dovendo anche inabissarsi tra le vecchie carte dell'archivio. Ma quando sono arrivati i dati da Roma e ha avuto il quadro completo, ha fatto un largo sorriso di soddisfazione.

Sí, c'è, qualcosa c'è. Di casi di mania religiosa con riscontri legali, a Ravenna, nemmeno l'ombra negli ultimi quindici anni almeno; però dal cervellone della Questura centrale è saltato fuori che, nel 1994, un certo Antonio Camerini, allora seminarista ventenne, provocò scompiglio in una processione a Pesaro, durante la quale strappò la croce di mano a un chierichetto urlando frasi deliranti e cercando di colpire un prelato, secondo lui peccatore e indegno, e venne processato, cavandosela senza conseguenze di rilievo. Fin qui niente di speciale, un caso fra tanti; il fatto è, però, che il Camerini ora risulta residente proprio a Ravenna, in via della Laguna, civico 26. Fattorino, celibe, nessun altro precedente.

Il suo nome, tra l'altro, compare anche nei registri del Centro di igiene mentale cittadino, perché dal 1998 vi risulta in cura assistita.

L'ispettore accende una sigaretta, si tira indietro sulla sedia, fa un sospiro profondo, poi si alza e va veloce verso l'ufficio di Righetti. Lo trova attaccato al telefono, gli fa cenno di sbrigarsi, e quando il commissario riattacca gli butta sul tavolo una cartellina.

– France', mi sa che ci siamo. Com'è che diceva, quella tipa di Bologna? Religioso o roba simile, un po' matto, con precedenti del caso. Be', eccolo qua. E vuoi sapere dove abita? A duecento metri da casa tua e a trecento da quella di tua sorella. Risulta fattorino in un'agenzia di pratiche automobilistiche, dove fa il part-time. Se bazzichi in qualche modo Santa Lucia non lo so, perché nell'elenco degli interni e dei dipendenti che loro ci hanno dato non c'è, però si fa presto a verificare.

Righetti apre la cartella, scorre rapidamente i fogli, si alza e urla: – Caruso!

L'agente arriva e lo guarda in modo interrogativo. – Comandi, commissario.

– Prenditi un collega, salta su una volante e vai a fare una visita a questo tizio, – gli dice passandogli un foglietto dove ha scarabocchiato qualcosa. Poi, ripensandoci: – Anzi, andate con due macchine; Di Rosa vi accompagna.

L'ispettore fa una smorfia. – Ma France', non siamo mica certi che 'sto ex seminarista abbia proprio a che fare con...

– Carmine, mi piombi in ufficio dicendo che l'hai trovato, e adesso fai marcia indietro? Lo so che magari quello è un povero Cristo che non c'entra, però in queste faccende meno tempo si perde e meglio è. Si tratta solo di fare una capatina a casa sua, due domande delicate e una bella trasgressione alle regole, cioè una visita a tutte le stanze che ha, cesso e cantina comprese, senza mandato... non pensi che sia una buona idea? Sono le tre di pomeriggio, se fa il part-time potrebbe essere a casa. Io intanto faccio subito una telefonata a Cardona, che è a Santa

Lucia, perché chieda un po' se conoscono il nostro uomo. Poi magari vi raggiungo.

– Va bene, vado, – dice Di Rosa. – Se fa resistenza?

Righetti lo fissa scuro. – Sei un poliziotto, Cristo... e quello potrebbe avere in mano mia nipote. Ti devo dire altro?

– No, no. Credo di avere capito.

Mentre l'ispettore Cardona sta per lasciare Santa Lucia, squilla il suo telefonino. Risponde, poi torna a passi svelti verso l'ufficio della superiora.

Quando entra, lei lo guarda stupita. – Cosa c'è, ancora? – chiede con la faccia severa.

Cardona si sente quasi in colpa e in soggezione. Quello che gli sta intorno gli ricorda i giorni della sua infanzia, un'altra scuola, un altro oratorio, altre suore, ci sono gli stessi odori, le stesse facce, perfino le stesse emozioni. Si scuote e chiede: – Mi scusi, ma c'è un'ultima domanda che le devo fare. Il nome Antonio Camerini le dice niente?

– Camerini... sí, mi pare di sí. Dev'essere quel ragazzo... quell'uomo... un volontario, dava una mano a don Luigi, il parroco. Una brava persona.

– Ha detto «dava»: significa che non viene piú, qui da voi?

– Esatto, altrimenti l'avrei scritto nella lista che vi ho consegnato. Saranno due o tre mesi che non si fa vivo, credo che abbia problemi di salute.

– Cosa faceva qui, di preciso?

– Gliel'ho detto, sbrigava delle commissioni per il parroco, a volte serviva messa, aiutava persino a fare le pulizie.

– Aveva rapporti con gli alunni della scuola?

Lei sembra pensarci. – Be'... Santa Lucia è un complesso, se si lavora qui si ha a che fare un po' con tutto.

Nel senso che a volte può essere capitato che questo Antonio abbia dato una mano anche a sorvegliare i bimbi in cortile, o cose del genere.

– Quindi i bambini li conosceva.

La superiora si stringe nelle spalle. – Almeno di vista, sí.

– Dov'è il parroco?

– Sta riposando; è anziano, e lei capisce che dopo quello che è successo ha bisogno di rilassarsi un po'.

– Mi spiace, ma credo che adesso lo dovrò disturbare ugualmente.

Lei fa un gesto sconsolato, e mette su un'espressione ancora meno gentile di prima.

Massimo è sdraiato sul letto, in penombra, con un braccio sugli occhi. Tutta la vita di sua figlia gli ripassa in mente come un film: vede i suoi primi passi, i suoi giochi, le passeggiate insieme in montagna, quando lei correva sui prati e si nascondeva tra gli alberi, il suo stare china sui quaderni di scuola, le sue risate davanti ai cartoni animati in tivú, il suo correre e ballare per casa.

La porta si apre, entra Giuseppina e va a sedersi sul letto accanto a lui. – Dormi? – gli chiede piano.

– No, no. Penso.

Lei gli accarezza una mano. – Quel maledetto telefono non suona mai, – dice. – Non ce la faccio piú.

– Non suonerà, scordatelo. Non sono mica scemi, quelli. Sono furbi… furbi e carogne. Stamattina, te l'ho detto, mi hanno fatto correre come un disperato. L'ufficio, la casa di Silvia, poi quella trovata della biblioteca. Che tra l'altro hanno pure rischiato: se qualcuno lo prendeva in mano prima di me, quel libro? Vabbe' che è un vecchio volume che saranno trent'anni che non lo legge nessuno, però, mi chiedo, perché? Perché farmi trottare cosí, da un posto all'altro?

– Non lo capisci, Massimo? Cercano di stancarti, di sfinirti, ti vogliono portare al punto in cui possono fare di te quello che vogliono, perché non avrai piú la forza di reagire, di opporti alle loro richieste. La storia del biglietto in biblioteca è un segnale, vogliono dirti: guarda che siamo qui, qui nella tua città, ti vediamo, ti giriamo intorno, e non abbiamo paura di niente; stai attento che ti stiamo soffiando sul collo, non credere di cavartela. Come se non bastasse quello che già ci hanno fatto portandoci via Arianna.

– Non lo sappiamo, se sono stati loro.

– E chi vuoi che sia? Prima ti chiedevano solo di rinunciare all'appalto, adesso vogliono pure che gli consegni i vostri progetti sull'Alta velocità... hanno alzato il tiro perché si sentono forti, sanno che non puoi piú dire di no.

Lui si tira su a sedere sul letto, ha gli occhi rossi, i capelli scompigliati, rughe profonde sul viso. Si sente la bocca impastata e amara come il fiele. – Non so, non so... non so piú cosa fare, se non accontentarli.

– Davvero non vuoi che ne parliamo a Francesco, che li facciamo sbattere in galera e mettiamo fine a questa tortura?

– Se facessero del male ad Arianna, la tortura sarebbe solo all'inizio e noi avremmo finito di vivere. A questo punto, del mio lavoro, e persino di me stesso, non mi importa piú niente. Io rivoglio solo la mia piccolina.

– Il lavoro è sempre stata una parte importante della tua vita, hai speso cosí tanti anni ed energie per diventare quello che sei, e adesso ti pare facile buttare via tutto, e in questo modo?

– No, è difficilissimo; però mi accorgo che se c'è una cosa, l'unica, a cui tengo davvero, questa siete tu, Fedra e Arianna. Di tutto il resto potrei anche fare a meno.

Giuseppina l'abbraccia, si tengono stretti, respirano l'uno nei capelli dell'altra, con gli occhi chiusi.

Alle scampanellate non risponde nessuno. È un appartamento al piano terreno di una palazzina piccola, in una strada tranquilla e verde di giardini.

Di Rosa si guarda intorno, osserva ogni angolo dell'atrio nel quale sono entrati facilmente, il portone principale era aperto. Tira su col naso, fa un gesto di impazienza, poi dà a Caruso un foglietto e gli dice: – Vai alla macchina, chiama questo numero, è il posto di lavoro del Camerini, verifica un po' se è là, senza qualificarti. Io provo di nuovo a suonare.

Quando l'agente torna, l'ispettore sta aggirandosi nervoso nel corridoio, con le mani in tasca. – Allora? – chiede.

– Dicono che è in malattia da qualche giorno.

– Ah, ma guarda un po'! – Tira fuori il telefonino e compone un numero.

– Sí? – risponde Righetti.

– France', sono io... il nostro uomo risulta malato, a quanto ci dice il suo datore di lavoro, però in casa non ci sta. O meglio, non risponde; che facciamo?

Dopo qualche secondo di silenzio, il commissario dice: – Entrate, non stiamo a menarcela tanto.

– Entriamo? Ma porca miseria, non lo so se...

– Lo so io, cazzo! Mi prendo tutta la responsabilità! Caruso le sa fare bene, certe cose: digli di aprire quell'accidente di porta, e state attenti. Magari è là dentro con Arianna, e voglio che nessuno si faccia male. Per capirci: non voglio che la bambina e voi vi facciate male, per il resto hai carta bianca. Ci siamo intesi?

– Sí. Ti richiamo fra poco.

– No, voglio il contatto. Al telefonino sento malissimo, accendete la radio.

– D'accordo.

Di Rosa accende l'apparecchio, prova la comunicazione, poi fa un passo indietro e con un cenno della testa dà il via all'agente.

Caruso impugna uno strumento di metallo corto e bruno, si china, l'infila nella serratura, e subito segue uno scatto. – Ecco... – dice soddisfatto sottovoce. Pare calmissimo, l'unico a non tradire la tensione.

– Armi in mano e occhi aperti, – ordina l'ispettore.

Caruso e gli altri due poliziotti estraggono le pistole. Uno socchiude la porta, entra, gli altri lo seguono un passo indietro.

Camminando in punta di piedi e in silenzio percorrono il corridoio in penombra, due si affacciano in un piccolo soggiorno con vano cucina, gli altri si fermano a coprirli.

Di Rosa dice piano alla radio: – Cazzo, France', che puzza c'è qui... c'è spazzatura vecchia, piatti sporchi. Adesso mi sposto... Ecco, qui c'è il bagno... anche qui c'è un bel casino... vado verso la zona notte.

– Cautela, ragazzi, mi raccomando... – gracchia la voce di Righetti.

– Tranquillo, mi sa che non c'è mica nessuno, sai? Corridoio... Adesso c'è una porta chiusa, dev'essere la camera da letto... un secondo, eh?

Si fa silenzio per un po'. Righetti, in ufficio, è in piedi accanto alla scrivania, una mano sudata impugna il radiotelefono, l'altra si apre e si chiude in un gesto nervoso, come se volesse stritolare qualcosa. – Ehi, Carmine, ci sei? – chiede.

– Sí, sono entrato e... aspetta, è buio qui... ecco... Mio Dio, Francesco!

– Cosa c'è? – chiede il commissario chiudendo la mano a pugno e conficcandosi quasi le unghie nel palmo.

– Il letto è disfatto... e le lenzuola sono tutte insanguinate!

VI.

Fedra ha in testa un'idea. Non sa niente di quanto stanno facendo suo zio Francesco e gli altri inquirenti, non sa di Antonio Camerini, di quella pista calda che ora si sta arroventando, perché le indagini per il momento si svolgono in gran segreto.

Lei ha elaborato un'ipotesi, un sospetto che vuole a tutti i costi verificare.

In casa c'è il solito silenzio, il solito clima teso e disperato. Mamma e papà, quando non si chiudono in un immobile e pesante mutismo, quando non si aggirano come fantasmi inquieti e angosciati per le stanze, con l'orecchio attento a quel telefono che non suona mai, perché i rapitori non si fanno vivi e perché ormai nessuno, amico o parente, chiama piú, volendo lasciare la linea libera, si appartano in camera da letto e parlottano, a volte discutono. Quello che sta succedendo logora, distrugge, e forse sta mettendo a dura prova anche il loro bel rapporto, che non ha avuto un'ombra in venticinque anni di matrimonio.

Approfittando del fatto che Massimo, ormai, non si chiude piú nello studio a lavorare, Fedra ha potuto rovistare nei cassetti, alla ricerca di qualcosa che non ha mai guardato, che prima non le interessava. È una grossa cartellina blu, dove la mamma tiene ritagli di giornale e qualche vecchia fotografia. Cose di famiglia. Cose, soprattutto, che riguardano zio Francesco, la sua carriera. Sono tutti orgogliosi di lui, perché è bravo, le sue inchieste e i suoi successi sono finiti cosí tante volte sulle pagine dei quotidiani.

È proprio in quei fogli piegati in quattro, piú ingrigiti o ingialliti piú sono vecchi, che lei pensa di poter trovare quello che sta cercando.

Antonio Camerini non ha parenti, vive solo da quando, anni prima, la sua unica sorella, che abitava con lui a Pesaro, è morta di melanoma. Non risulta che abbia amici, e il parroco di Santa Lucia lo descrive come un tipo che parla poco, che a volte sembra con la testa da un'altra parte, immerso in pensieri che solo lui conosce, premuroso e servizievole ma facile a deprimersi, incline agli eccessi devozionali, ai sensi di colpa, alle ossessioni.

Lo stanno cercando da un giorno intero, gli hanno lasciato una macchina civetta sotto casa, si sono messi in giro con una sua foto recuperata proprio a Santa Lucia e fatta stampare in fretta e furia in trenta copie. Niente, il ragazzo non si trova. I vicini non lo vedono da un po', ma non ci hanno fatto caso, d'altronde quel tipo è sempre cosí riservato, fatica persino a dare il buongiorno o la buonasera, e non hanno la piú pallida idea di dove possa essere.

Lo stato della sua abitazione, con l'acquaio pieno di piatti incrostati, con la spazzatura puzzolente e un sacchetto di mele marce e muffite in un angolo, parla non solo di cronica trascuratezza, ma anche di un abbandono lungo almeno qualche giorno. La segreteria telefonica sul mobiletto nel suo ingresso lampeggiava, quando sono entrati gli agenti, e l'unico messaggio che vi era registrato diceva: «Antonio, sono Donati, è giovedí... giovedí 30. Senti un po', come stai? Non ti sei piú fatto vivo, dopo che hai telefonato due giorni fa per dire che non ti sentivi bene, e non hai portato il certificato. Bada che poi nascono dei problemi, eh? Chiama. Ciao».

Donati è il proprietario dell'agenzia dove il giovane lavora; la sua chiamata risale al giorno precedente il rapimento di Arianna. L'hanno interrogato, ma non sa dire niente di importante, tranne che quel suo dipendente è un tipo non certo brillante, non certo stachanovista, ma tutto sommato il suo lavoro di fattorino lo fa senza combinare troppi guai.

La Scientifica ha lavorato sodo, in casa del Camerini. Di impronte digitali ce n'erano parecchie, ma ripetitive, presumibilmente sempre della stessa persona. Non è stato difficile scoprire subito che, sul tabernacolo della chiesa di Santa Lucia, quello aperto per rubarvi le ostie consacrate, ne apparivano di uguali. Il parroco, don Luigi, ha assicurato che fra i compiti del ragazzo non c'era quello di occuparsi delle ostie, ci mancherebbe, anche se sapeva dov'era la chiave. Dunque, quasi di certo, il ladro sacrilego è lui.

Questo ha rafforzato i sospetti della polizia, anche se poi è saltata fuori una cosa che ha provocato un po' di sconcerto: Camerini Antonio non ha la patente, non l'ha mai avuta, non sa guidare neppure il motorino.

– Cazzo, – ha imprecato il commissario Righetti, – va a finire che ha ragione il questore! Se il nostro uomo è lui, deve avere avuto almeno un complice, altrimenti chi lo guidava quel furgone?

– Un complice, – ha osservato l'ispettore Cardona, – significherebbe che invece di un maniaco religioso ce ne sono in giro due, e si sono pure trovati e messi in società. Non ti pare un po' strano?

– Già, – ha convenuto Righetti. – Non quadra molto, con l'idea che avevamo in testa. Però resta il fatto che il nostro tipo è sparito prima del rapimento, e da allora non si sa piú nulla di lui. Forse ci conviene dare qualche notizia manovrata alla stampa: se la cosa va sui giornali, magari ci è piú facile trovarlo, qualcuno che l'ha visto salterà fuori. E comunque, Cristo, che significa quel sangue nel suo letto?

Il sangue. Scuro ormai, rappreso in macchie e soprattutto in lunghe strisce. La Scientifica si è portata via le lenzuola, ma non può ancora dire se quelle tracce vengano dal corpo di un maschio o di una femmina, ha solo accertato che è umano. Per saperne di piú ci vuole un po' di tempo, due o tre giorni almeno, ma di tempo, se quel ragazzo tiene prigioniera Arianna, non ce n'è.

La dottoressa Silvani si è presa una stanza d'albergo in città, e tutto il giorno sta in questura. Segue il caso, e scuote la testa. – Un complice... – mormora fra sé. – Sarebbe un risvolto sorprendente, quasi unico, per quel che ne so. Roba da scriverci un articolo su una rivista specializzata, – e prende di continuo appunti.

Agli altri del suo articolo non importa un tubo: quello che vorrebbero, è sapere dove si è ficcato il Camerini, e se nel suo rifugio tenga pure la bambina.

Righetti è alla scrivania, seduti davanti a lui ci sono Cardona, Di Rosa e la dottoressa bolognese, che ha riempito la stanza di una nuvola di fumo.

– Sulla riviera ci sono migliaia di appartamenti vuoti, in questa stagione. Poi ci sono i capanni da pesca sui canali, le case coloniche abbandonate, e inoltre, se c'è di mezzo qualcun altro oltre al Camerini, possono semplicemente essere nascosti a casa sua, o essersi allontanati di mille chilometri. Che casino... – dice il commissario.

– Io ormai non ci credo piú, – sospira Cardona alzandosi. – Complici, appartamenti sfitti, mille chilometri: quello sarebbe il *modus operandi* dell'anonima sequestri, non di un pazzoide che crede di essere Dio o il diavolo.

– A una setta non ci pensate? Un movimento millenaristico, un gruppo fanatico... – dice la Silvani quasi con gusto perverso.

Righetti allarga le braccia, Cardona va alla finestra e l'apre tossendo.

Poi Di Rosa dice: – Sentite, e se quello là fosse non imbucato in un covo, ma a letto ammalato davvero?

– A letto dove? A casa tua? – sbuffa sarcastico il commissario.

– Be', France', a me è venuta in mente una cosa. Provo a chiamare l'Inps –. Alza la cornetta del telefono e compone il numero, mentre gli altri, davanti a una trovata così banale, scuotono la testa.

Poi Di Rosa parla, vedono la sua faccia farsi prima seria, poi aprirsi in una specie di ghigno.

– La volete sapere una cosa grossa? – chiede agli altri quando riattacca. – Il Camerini è ricoverato alla casa di cura *Salus* dalla mattina di giovedí 30, cioè dal giorno prima del rapimento. L'Inps ha ricevuto con un po' di ritardo la notifica dalla clinica, e sta mandando solo adesso un fax al datore di lavoro del ragazzo.

Righetti si china in avanti, quasi a toccare con la fronte il ripiano della scrivania, e si mette le mani nei capelli.

Negli uffici della cooperativa, quando arrivava il direttore, c'era la fila davanti al suo ufficio, perché tutti avevano bisogno di lui, di comunicargli o di chiedergli qualcosa, le segretarie si muovevano in processione a portargli mucchi di pratiche e di scartoffie.

Adesso invece, da un'ora, Massimo Ferrero è alla sua

scrivania senza che nessuno l'abbia disturbato. Non c'è chi abbia il coraggio di andargli a parlare di lavoro, di bilanci, di cantieri, di beghe col Comune o col Ministero, di prezzi dei materiali o cose simili. Sanno quello che sta passando, e non se la sentono di dargli altri problemi.

Meglio cosí. Ha potuto tirare fuori le cartelle con i progetti per i lavori della linea dell'Alta velocità, farsi da solo le fotocopie, parlottare con Silvia senza che nessuno potesse ascoltarli.

L'anziana segretaria, quando hanno finito, si siede sospirando.

– Silvia, – le dice lui, – io di te continuo a fidarmi, e mai come adesso ho bisogno che mi aiuti.

Lei annuisce. – Sí, Massimo, contaci. Anche se, te lo dico sinceramente, ho l'impressione che stai commettendo un errore.

– Che cos'altro potrei fare?

– Ascoltare tua moglie, dire tutto alla polizia. Ti stanno ricattando, e lo stanno facendo nel modo piú vigliacco e brutale che ci sia: io non credo che potrei sopportarlo.

– Non è questione di sopportazione, è solo che temo per la vita di mia figlia, non capisci?

– Ti capisco benissimo, e spero che tu stia facendo la cosa giusta. Ma ho un magone, una cosa qui, – e si tocca il petto, – che mi sembra di soffocare.

– Finirà, vedrai. Presto tutto questo finirà.

– Sí, – mormora lei. – E che Dio ci aiuti.

Sono in tanti, i poliziotti, nella cameretta al primo piano della clinica *Salus*. Antonio Camerini, quando sono arrivati cosí in forze e hanno fatto sloggiare l'altro occupante della stanza, che se n'è andato esterrefatto in ciabatte e pigiama, ha messo su un'espressione terrorizzata, ha spalancato gli occhi e ha borbottato qualcosa, poi ha preso dal comodino un rosario e se l'è stretto tra le dita.

Parlano con i medici e con lui da mezz'ora, e adesso tutto è chiaro. Il giovane soffre davvero di mania religiosa, è un po' paranoico, ma un rapitore no.

Le ostie le ha prese lui, non ha avuto difficoltà a confessarlo. Le ha prelevate dal tabernacolo nel primo pomeriggio di martedí 28 marzo («Il giorno di san Sisto Papa», ha detto: sa a memoria tutti i santi del calendario), e non è colpa sua se a Santa Lucia se ne sono accorti o hanno denunciato il fatto solo il venerdí. Ne ha ancora tre nel portafoglio, di ostie, in una bustina di carta; le altre se le è mangiate, come fossero caramelle o medicine. Voleva comunicarsi a suo piacimento, senza che il parroco gli facesse problemi. Poche ore dopo il furto sacrilego, in preda a un accesso di devozione quaresimale e penitenziale, si è chiuso in casa e si è autoflagellato con la cinghia dei pantaloni, chiedendo perdono per i propri e gli altrui peccati, fino a scuoiarsi la schiena e a sentirsi male. Ha chiamato il suo datore di lavoro e gli ha comunicato di essere ammalato, si è messo nel letto, insanguinandolo, e la mattina dopo all'alba si è accorto di avere la febbre altissima, la nausea e le vertigini. Allora si è spaventato, si è alzato a fatica, è uscito ed è andato, da solo, a piedi e in stato quasi confusionale, alla clinica, per fortuna poco lontana da casa sua, dove conosce un medico, e lí l'hanno subito ricoverato.

Tutto qua.

Quando gli hanno chiesto di Arianna è caduto dalle nuvole, non si ricorda nemmeno chi sia e che faccia abbia, quella bambina. E il venerdí 31 marzo, quando qualcuno la caricava a forza su un furgone scuro, lui era a letto con due flebo nel braccio, e accanto al letto c'era pure uno psichiatra che cercava di capire qualcosa della sua testa complicata.

– E adesso? – ha chiesto Righetti uscendo insieme agli altri dalla clinica.

La dottoressa Silvani ha sospirato delusa, quel ragazzo in fondo non è cosí interessante da meritarsi un articolo memorabile, Di Rosa ha sputato in terra e Cardona ha fatto la faccia cupa, dicendo: – Adesso, gente, mi sa proprio che siamo nella merda piú di prima.

VII.

Diario di Fedra, domenica 9 aprile 2000.

Ho appena preso la pillola, e nel blister ne sono rimaste dodici. Mancano dodici giorni soltanto e, almeno fino a ieri, tutto sembrava essersi fermato, essere sospeso. La pista di quel ragazzo strano, su cui mio zio e gli altri poliziotti avevano lavorato in gran fretta e in gran segreto, si è rivelata infondata, solo una perdita di tempo. Adesso, mi sa che stanno brancolando nel buio.

Però ieri è arrivata la foto. Una polaroid. Ritrae Arianna con in mano, aperto davanti a sé, un quotidiano del giorno. Dunque è viva. Ho voluto vederla, quella fotografia. Mia sorella ha gli occhi gonfi e un faccino spaventato. Però è viva, è viva, è viva...

Io sto sempre peggio. Ogni pomeriggio, verso le cinque, mi viene un po' di febbre, l'intestino mi si attorciglia nella pancia come un serpente arrabbiato, qualsiasi cosa mangi fatico a digerirla, e dire che mangio davvero poco, poi ho spesso mal di testa. Il medico ha detto che è tutta questione di stress, di una specie di shock post traumatico, che somatizzo, e mi ha dato delle gocce da prendere la sera per riuscire a dormire. In effetti sono efficaci, riposo un po' di piú, anche se mi sveglio intontita, ma non per questo meno angosciata da tutto ciò che sta succedendo.

È un periodo terribile, comunque finisca me lo ricorderò per sempre, non lo cancellerò piú dalla mia mente e dal mio cuore, campassi cent'anni. Per fortuna Fabio mi sta molto vicino, e in alcuni momenti riesce persino a calmarmi. L'altra sera, ad esempio, sono rimasta a dormire da lui; mi ha tenuta abbracciata a sé, nel letto, ha continuato a parlarmi e ad accarezzarmi a lungo, poi abbiamo fatto l'amore. Non ho avuto sensi di colpa, in quei momenti non ho pensato ad Arianna, ho solo assorbito tutta la dolcezza e la forza che lui poteva darmi, comunicarmi.

Ma sono attimi, solo attimi. Per il resto, tutti i miei pensieri e le mie emozioni sono concentrate su mia sorella, sul bisogno che ho di riaverla qui con me, sugli sforzi che faccio per capire qualcosa che possa essere utile a ritrovarla.

Ho sempre quell'idea che mi frulla in testa, e quella fotografia, arrivata senza richieste di riscatto o di altro, almeno a quanto mi hanno detto, l'ha rafforzata, confermata. Ho letto tutti i ritagli di giornale che ho trovato nella cartellina blu, ho preso appunti. Adesso continuo su quella strada, vado ogni giorno in emeroteca, e leggo i quotidiani, spulcio, cerco. Accumulo dati e date, poi chiederò a Fabio di aiutarmi: lui è bravo coi computer, è il suo lavoro, e so che, se elaborerà tutti gli elementi che io sto trovando, forse arriveremo... arriveremo dove, a che cosa?

Di preciso non lo so, ma sento che sto facendo la cosa giusta. Sarà istinto, forse sarà solo una pia illusione, solo il bisogno di tenermi occupata, di avere l'impressione che sto facendo qualcosa per Arianna... e comunque continuerò cosí.

D'altronde, non posso fare altro.

In casa si respira un'aria sempre piú pesante, e adesso appare chiaro che tra mio padre e mia madre c'è qualcosa che non va: si parlano poco, e quando lo fanno va sempre a finire che discutono, anche se a bassa voce, come se si dicessero dei segreti.

Fuori sta arrivando la primavera, una stagione che ho sempre amato. Stavolta, però, i fiori e il loro profumo, i giorni limpidi e tiepidi, il sole, mi dànno quasi fastidio. Perché tutto rifiorisce cosí, con gioia, mentre dentro di me ci sono il freddo e il buio dell'inverno?

Il commissario Righetti ha la barba lunga, e ogni tanto ci passa la mano sopra, sentendola raspare. Lancia uno sguardo fuori dalla finestra, da cui vede le cime degli alberi, di un verde tenero e nuovo, e uno spicchio di cielo azzurrissimo.

Poi riporta gli occhi sui fogli e sulla foto che ha sulla scrivania e dice agli altri: – Nessuna impronta, la Scientifica l'ha appurato: la busta è partita dalla città, la lettera è stata scritta a computer, con una comunissima stampante a getto d'inchiostro. E quel messaggio non dice niente, niente... – Poi lo rilegge ad alta voce: – «Tredici giorni alla fine. Il tempo passa». Ma perché, Cristo, perché? Che cosa vuole, o che cosa vogliono?

L'ispettore Cardona spegne la sigaretta nel posacenere. – Non vogliono soldi, perché nella lettera non se ne parla, poi perché è stata indirizzata non alla famiglia, ma al questore. A meno che non stiano cercando di cuocerci nel nostro brodo, per aumentare la tensione e chiedere un riscatto fra un po', quando i nervi saranno allo spasimo. Non è un pedofilo, credo, perché altrimenti questo messaggio non avrebbe senso. È una vendetta, ecco tutto.

Righetti scuote la testa. – Una vendetta... ma per che cosa?

– Chi sono i nemici di tuo cognato, o di tua sorella?

– Massimo e Giuseppina continuano a dirmi di non averne, sembrano piú stupiti di me. E io non so piú cosa pensare.

Il questore prende in mano per l'ennesima volta la fotografia: – Uno sfondo bianco, dev'essere una parete, e basta, – dice. – Non ci aiuta granché, questa immagine, quindi l'unica cosa che possiamo fare è continuare sui binari che stavamo percorrendo. Qual è la situazione, Francesco?

– Dunque, per riassumere: stiamo lavorando su tutti i pedofili o presunti tali, sui pregiudicati, Marcello è stato tre giorni attaccato a Internet, continuiamo con le perlustrazioni, ascoltiamo e registriamo ogni telefonata, ma non ne veniamo fuori. Chiunque sia ad avere in mano mia nipote, è imbucato da qualche parte e mi sa che ride alle nostre spalle.

Dall'ufficio accanto si sente venire il gracchiare insistente e fastidioso di una radio accesa, qualcuno sta ascoltando *Tut-*

to il calcio minuto per minuto. Dopotutto è domenica, e dovrebbe essere a casa, dove Chiara ha certamente voglia e bisogno di sentirselo accanto. Ma che cosa può farci?
– Spegnete quell'accidente di radio! – grida forte.
Il rumore si interrompe subito. Lui sbuffa e scuote la testa. – Carmine, – chiede a Di Rosa, – cosa dicono i carabinieri?
– Niente, France'... anche loro continuano nelle ricerche, ma ne sanno meno di noi.
– E gli informatori?
Di Rosa si stringe nelle spalle. – Quelli ne sanno ancora meno dei carabinieri. Non ne hanno proprio un'idea.
Righetti annuisce. Nessuno sa, e il tempo passa, inesorabile. Poi si gira a guardare verso la porta, accorgendosi che sulla soglia c'è, ferma, una figura in uniforme. – Caruso, che ci fai lí? Hai qualcosa da dirmi?
– Sí, commissario, di là c'è sua sorella. La faccio passare?
– Sí... anzi no, dille di aspettare, andrò io da lei fra un attimo.
Il questore si alza dalla poltroncina. – Va bene, ragazzi, – mormora. – Continuiamo a fare il possibile. Io vado a casa.
Casa. Anche Righetti sogna di essere sul divano, con sua moglie Ilaria accanto, a guardare qualche stupidaggine in tivú, con Chiara che gli salta sulle ginocchia o corre qua e là ridendo. Ma anche lei, da quel venerdí maledetto, sembra avere perso ogni voglia di giocare e di ridere, e adesso, di notte, non vuole piú dormire da sola nella sua cameretta: si infila nel letto fra lui e Ilaria, agitandosi e rivoltandosi di continuo, persa in brutti sogni, cosí che non si riesce mai a dormire bene, neanche quando la stanchezza lo permetterebbe, lo richiederebbe.

Congeda i suoi collaboratori e va nell'altro ufficio, dove Giuseppina l'aspetta.

Si abbracciano in silenzio, e sente che sua sorella trema. Ha la faccia distrutta, segnata dalla tensione e dal pianto, pare all'improvviso invecchiata di dieci anni. Lei, che ci teneva cosí tanto ad avere sempre i capelli in ordine e un trucco leggero ed elegante, adesso ha un aspetto trascurato, le rughe profonde, gli occhi rossi.

– Come mai sei qui? – le chiede Righetti. – Dov'è Massimo?

– A casa. Gli ho detto che avevo voglia di uscire, di fare una passeggiata e di respirare un po' d'aria. Casa nostra ormai è una prigione, una tomba, Francesco. Poi... volevo rivedere quella foto, volevo guardare di nuovo la mia bambina.

– Giuseppina, non farti del male da sola. Devi avere forza e lucidità, in questi momenti.

– Forza e lucidità... Ci sto provando, e proprio per questo ho preso una decisione. Devo parlarti, devo dirti una cosa importante.

– Che cosa?

Lei si lascia cadere su una sedia. – Una cosa che finora ti ho tenuto nascosta, perché Massimo pensava che fosse meglio cosí. Però adesso basta, dopo quella foto non ce la faccio piú. Adesso ti racconto tutto, e spero di fare la cosa giusta.

La stanza è sempre in penombra, e le cose si vedono male. Il primo giorno aveva una benda sugli occhi, poi le è stata tolta.

Quell'uomo ha una faccia che le pare di avere già visto, anche se non si ricorda quando e dove.

Ha solo dieci anni, Arianna, ma è intelligente, poi guarda sempre i programmi per i grandi, in televisione, anche se mamma e papà spesso brontolano. Le piacciono i film gialli, quelli d'azione. In quelle storie, quando un rapitore si fa vedere in faccia dal suo ostaggio, vuol dire che non ha paura di essere riconosciuto, perché ha intenzione di ucciderlo. Mi ucciderà, mi ucciderà, pensa, e allora il respiro le si ferma in gola come un nodo, come un boccone che vada di traverso.

Per adesso non le ha fatto alcun male, anche se la tratta in modo molto brusco. Parla poco, anzi quasi mai, le dà da mangiare e da bere, anche se lei non ha mai fame. Quando deve andare in bagno, chiama e lui arriva, l'accompagna e sta fuori dalla porta ad aspettare, dicendo di continuo: – Hai finito? Sbrigati!

Questo quando c'è, perché è piú il tempo in cui la lascia sola, e allora lei, che ha una gamba legata a un radiatore, se ha bisogno di fare pipí o altro è costretta a farlo lí, sul pavimento, e quella camera è piena di una puzza acida e pesante.

I primi giorni (quanti? Non ne ha idea, il tempo non ha piú senso, in quella prigione scura) ha provato a gridare, ha urlato fino a scorticarsi la gola, che ancora le brucia. Però nessuno a quanto pare l'ha sentita, dev'essere in una casa isolata, e allora ha smesso, anche perché sente di non avere piú la forza per farlo. La paura, il piangere, la solitudine, il pensiero della mamma la sfiniscono, la torturano, le tolgono ogni energia. Fa sogni orrendi, quando si appisola sul materassino appoggiato sul pavimento freddo, ha sempre mal di pancia. Anzi, ha male dappertutto, perché è costretta a stare in una posizione scomoda, e quando si tira su a sedere sente che tutte le ossa gemono di dolore, che i muscoli sono indolenziti.

Il dolore piú forte però è alla caviglia, dov'è legata. Lí

ha sempre un segno profondo, come se il ferro le mordesse la carne. Sí, perché è metallo, quello che la stringe.

Sono manette.

Si è tolta lo scarponcino, a piú riprese ha tirato e spinto fino a scorticarsi, cercando di sfilare il piede, ma non c'è stato proprio niente da fare.

VIII.

Giuseppina mette davanti a Massimo un piatto di pasta, condita solo con olio e parmigiano. L'uomo solleva la forchetta, comincia piano a rimestare, ma non mangia.
– Hai avuto il contatto? – gli chiede la moglie con una voce che pare stenti a uscirle dalla gola.
– Sí, è per stasera.
– E perché non mi hai detto niente?
Lui la guarda, con aria tesa e seria. – Sono appena rientrato, e te lo sto dicendo, mi pare.
– Scusa, ma è che... siamo tutti cosí nervosi, mio Dio. Cosa ti hanno detto di Arianna? Sarà uno scambio, te la consegneranno in cambio dei progetti?
Lui scuote la testa. – Non è che con quelli si riesca a ragionare molto. Ogni volta che accenno alla bambina, le risposte sono sempre le stesse: «Non sei tu che fai le domande, non sei tu che detti le condizioni. Rinuncia all'appalto, consegnaci le carte e basta». Che posso dire, io?
– Puoi dire che tu ubbidisci ma vuoi garanzie, da una parte la valigetta, dall'altra Arianna. Non possiamo mica fidarci cosí, Cristo, qui c'è in gioco la vita di nostra figlia!
– Il coltello dalla parte del manico ce l'hanno loro, Giuseppina; non posso alzare la voce e rischiare di mandare tutto a monte.
Lei si siede, si passa una mano nei capelli. – Come farai, in cooperativa?

– Li convincerò che l'affare dell'Alta velocità non è sicuro, non è conveniente, qualcosa inventerò. E in fondo, non me ne importa niente. Per il momento il presidente sono io, e sono la mia ultima parola e la mia firma, quelle che contano. Dopo, una volta che avrò riavuto la mia bambina, succeda pure quello che deve succedere, che mi caccino, che mi sputtanino, che facciano quello che vogliono. Non me ne frega un accidente.

– Dov'è che devi consegnargli i documenti?

Massimo si agita sulla sedia, allontanando il piatto. – Che cosa importa? Mi hanno dato indicazioni, le seguirò, sarà facile, non ti preoccupare...

– Ma come, non ti preoccupare? Chi sono io, un'estranea? Non riguarda forse anche me questa cosa?

L'uomo sospira, tamburella con le dita sul tavolo. – E va bene, va bene. L'hanno studiata in modo semplice e furbo: siccome pensano che la polizia potrebbe tenermi d'occhio, mi hanno chiesto di mettere le carte in un sacchetto dell'immondizia, che devo andare a infilare nel cassonetto qui all'angolo alle dieci esatte di stasera. Se anche qualcuno mi vedrà, non desterò alcun sospetto.

– Qui all'angolo? A trenta metri da casa nostra? Verranno qui, quei farabutti?

Lui annuisce. – Sí, ed è tutto quello che so. Devo posare il sacchetto nella parte anteriore destra del cassonetto e andarmene. Immagino che loro saranno lí nascosti, che lo preleveranno subito e se la fileranno.

– E Arianna?

– Arianna, immagino, la libereranno proprio lí, al momento, o forse da qualche altra parte, magari domani. Non lo so.

– Non lo sai... – geme Giuseppina, prendendo il piatto che l'uomo non ha toccato. Va in cucina, butta la pasta nel sacchetto dei rifiuti, poi si appoggia al muro e soffoca un singhiozzo che pare un rigurgito.

Neanche lei sa se ha fatto bene a dire tutto a suo fratello, però adesso non si possono piú avere ripensamenti. Deve solo avvertirlo per la sera, aspettare e pregare.

Diario di Fedra, mercoledí 12 aprile 2000.

Nove pillole nel blister, mancano nove giorni. Pochi, troppo pochi, però io sono quasi pronta. Ho letto e fotocopiato tutti gli articoli che ho trovato su mio zio, e ho accumulato un sacco di notizie, ne ho riempito un quaderno. Devo spulciare qualche altro quotidiano, poi avrò finito. Però sui giornali non c'è mica tutto, quindi dovrà essere lui a completare la ricerca con i dati che mancano.

Prima di venire a Ravenna, fino a sei anni fa, lo zio Francesco lavorava alla questura di Rimini. Anche lí ha affrontato e risolto molti casi, ha fatto arrestare parecchie persone, per tre volte è stato coinvolto in conflitti a fuoco, e ha pure ferito dei malviventi.

Non ho trovato elementi che siano precisamente riconducibili a un Venerdí Santo, per adesso. Comunque, nel momento in cui scrivo, Fabio sta elaborando tutto al computer. Ci sono diversi giorni da cercare, da verificare: la quaresima, la Segavecchia eccetera: in fondo quelle date, quelle scadenze, un significato ce l'avranno pure, no? Sembra facile identificarle, ma spesso sui giornali le cose sono riportate in modo confuso, magari i cronisti seguono un caso finché è caldo, poi lo abbandonano per occuparsi d'altro, e certe notizie rimangono in sospeso, certe vicende non si sa bene come vadano a finire e quando si concludano.

Fabio all'inizio non era convinto delle mie ipotesi, ma ora sí, si è fatto prendere, si è fatto coinvolgere.

Sono sempre piú sicura: non era Arianna, che volevano rapire. Era mia cugina Chiara. E credo di sapere anche come si sia potuto verificare, quell'errore: non è mica difficile arrivarci.

Dopotutto lo zio l'ha detto, questa storia fa pensare a un desiderio di punizione, di vendetta. Ma chi vorrebbe punire la mia famiglia? Per che cosa? Vendicarsi di che? No, è piú logico pensare che l'obiettivo fosse mio zio, lui sí che ha dei nemici, se ne deve essere fatti cosí tanti, in tutti gli anni della sua carriera! Poi, una volta rapita Arianna, chi l'ha presa si sarà accorto di avere sbagliato bambina, ma era tardi per tornare indietro, e avrà pensato che, in fondo, se non aveva in mano la figlia del commissario poteva accontentarsi della nipote, sarebbero stati dolore e vendetta ugualmente.

Sí, ne sono certa, è andata cosí, e appena avremo finito io le mie ricerche e Fabio le sue elaborazioni (questione di pochissimo) andrò dallo zio Francesco e gli esporrò i risultati. Lo so, all'inizio forse scuoterà la testa, ma capirà. È bravo, è intelligente, e credo che abbia stima di me.

Oggi in casa si respira un'aria, se possibile, ancora piú tesa e nera del solito. I miei genitori non hanno mangiato, ho visto che parlavano fitto fitto in cucina, poi papà si è chiuso in camera da letto, forse cerca di dormire un po', e la mamma è uscita. Adesso qui c'è un silenzio di tomba, e mi fa quasi piacere che in soggiorno ci siano quei due agenti di polizia, almeno loro ogni tanto chiacchierano, camminano, chiedono un caffè o un bicchiere d'acqua. Mi fanno sentire meno sola, in qualche modo mi tranquillizzano un po'.

Fabio non mi parla piú della nostra possibile convivenza, del bambino e di tutto il resto. Sa bene che non è il momento. È dolce, è buono, è un bravo ragazzo.

Ci vogliamo bene davvero, e perché continui cosí non c'è bisogno, almeno per ora, di vivere insieme o di avere un figlio. Adesso è come se fosse Arianna, la nostra bambina, e sono per lei tutte le nostre energie e i nostri pensieri.

Il buio è arrivato in compagnia di una foschia lieve e fredda, sembra che l'alito del mare, leggero e lento, si sia condensato in vapori che raggiungono la città e che fanno pensare piú all'autunno che alla primavera.

È tutto pronto. Il commissario Righetti, seduto nell'auto in compagnia di Cardona, si stringe nell'impermeabile e ogni tanto sente gli altri alla radio. Poi sospira, si tormenta le mani, pensa. Pensa che stanno rischiando grosso, che mai nella sua carriera aveva avuto addosso una responsabilità simile. La vita di sua nipote Arianna, di sua sorella, di tutta la sua famiglia si sta forse giocando in quei momenti, in quella scelta, in quella decisione. Se davvero è cosí e qualcosa andrà storto, Massimo non lo perdonerà mai, l'odierà per tutta la vita, e Giuseppina morirà per il senso di colpa.

Ma che altro si poteva fare? Già si è perso troppo tempo, già si sono lasciate andare troppo oltre le cose. Poi, in verità, lui è quasi sicuro che...

Cerca di scuotersi, di concentrarsi su quello che sta per accadere. Ci sono piú di una ventina di uomini, appostati lí intorno, in borghese, chi in giro con un cane, chi acquattato dietro le siepi alte che contornano il giardino del palazzo di fronte, chi chiuso nelle automobili, chi appollaiato sul tetto di un asilo nido poco lontano, col visore a infrarossi sugli occhi e le armi di precisione in mano.

Il cassonetto è in un angolo scuro della via, su un piccolo sterrato contornato da cespugli e alberi. Piú in là c'è un parcheggio a spina di pesce, quasi pieno delle macchine dei residenti, che a quell'ora se ne stanno in casa al caldo a finire la cena o a guardare la televisione. I fili elettrici in alto ronzano e sfrigolano nell'umidità.

Alle dieci meno un minuto Massimo Ferrero esce di casa, senza soprabito e con un sacchetto dell'immondizia in mano. Non si guarda intorno, gira l'angolo, cammina curvo fino al cassonetto, spinge col piede sulla barra che fa alzare il coperchio e posa il sacchetto nel punto indicato. Poi si avvia per tornare, sempre lentamente.

Righetti si irrigidisce, tocca la pistola che ha in tasca, scambia un cenno d'intesa con Cardona e si tiene pronto.

Passa un minuto e una figura in giaccone, proveniente dal parcheggio, anche quella con una busta per la spazzatura in mano, va rapida verso il cassonetto, alza il coperchio, deposita il suo carico e raccoglie quello lasciato da Ferrero.

– Non ancora... – ordina il commissario alla radio.

Lasciano che l'uomo ritorni sui suoi passi, si avvicini a una macchina e apra lo sportello di destra. È in quel momento che, come sbucati dal nulla, decine di poliziotti circondano in un baleno il posto, armi in pugno, con le torce accese i cui fasci accecanti convergono a illuminare l'automobile grigia.

Un altro uomo, quello alla guida, mette in moto, fa una retromarcia furiosa, con le gomme che stridono, travolge un agente che riesce a malapena a buttarsi di lato, urta e sposta di tre metri un'Ape-car ferma al margine della strada.

– Dài, dài! – grida Righetti alla radio, poi sbatte giú il microfono e si lancia fuori.

Mentre corre col fiato in gola e la pistola in pugno, si sentono alcuni spari squarciare il silenzio della notte tranquilla e del quartiere residenziale.

La macchina grigia sbanda, cerca di imboccare una via che si apre sulla destra, ma si trova la strada sbarrata da una vettura che è appena stata messa di traverso. Frena, sterza, forse chi la guida non sa piú che fare. Poi altri due spari, infine un silenzio che sembra ancora vibrare per i colpi, e figure nere che corrono, braccia armate tese in avanti, ancora torce che frugano il buio.

Righetti e Cardona si fanno largo nel cerchio umano che circonda la macchina finalmente bloccata, aprono gli sportelli, ficcano le canne delle pistole sotto il naso di due giovani dagli occhi spalancati e dalle braccia alzate e gridano: – Fuori di lí, piano e con le mani sulla testa!

In casa Ferrero, Massimo ha sentito gli spari, è corso alla finestra, ha visto tutto quel movimento. Ha fatto qualche passo indietro, ha cercato sua moglie con gli occhi, l'ha fissata senza parlare, poi si è buttato a sedere sul divano, con le mani sul viso. Giuseppina invece è corsa fuori, gridando il nome di sua figlia.

Non ha potuto fare che pochi passi, perché due poliziotti l'hanno fermata, mentre lei continuava a gridare: – Ariannaaa! – e cercava di vedere qualcosa in quel buio.

IX.

Diario di Fedra, lunedí 17 aprile 2000.

Che stupida sono stata, a illudermi! Quando la settimana scorsa è scoppiato quel casino, e hanno preso quei tipi che ricattavano mio padre, abbiamo pensato tutti che finalmente fosse finita, in modo rischioso magari, ma comunque definitivo.

Io però mi sono accorta abbastanza presto che mio zio Francesco aveva dei dubbi, e anche se gli investigatori si sono buttati anima e corpo su quella pista, su quella gente, è andata a finire che Arianna non ce l'avevano loro, e adesso siamo da capo, siamo nella situazione di prima. Anzi, no: è molto peggio di prima. Intanto perché c'è stata questa delusione, questa doccia fredda, dopo che avevamo tanto sperato; poi perché il tempo passa. Passa e a volte sembra lento e pesante come il piombo, a volte troppo veloce, un treno in corsa che sta per travolgerci tutti.

Sono in camera mia, e ho appena preso la pillola. Ne rimangono solo quattro, nel blister. Quattro giorni, forse gli ultimi in cui la mia vita, avendo ancora speranza, ha ancora un senso, un futuro. Dopo, se mia sorella morirà, qualcosa di me morirà con lei, e chissà come saranno gli anni che mi aspettano.

Fra poco uscirò e andrò in questura dallo zio. La mia ricerca e le elaborazioni di Fabio si erano fermate, dopo che avevano catturato quella gente, perché si pensava che non occorresse piú che ci dessimo da fare. Invece...

Stamattina in biblioteca ho guardato gli ultimi giornali, e con Fabio abbiamo finito anche di mettere in ordine date e cifre. Il risultato non è stato quello che speravo, non ho centrato il bersaglio, però ho capito tante cose e la mia idea, la mia ipotesi, si è nonostante tutto rafforzata. Parlandone con lo zio, verificando con lui, sono certa che ce la faremo, che imboccheremo la strada giusta e che potremo arrivare alla verità, e ad Arianna.

Fuori c'è il sole, e i colori sono proprio quelli della primavera. Scommetto che sulla spiaggia c'è già gente a passeggio, e staranno lavorando a preparare gli stabilimenti balneari, perché a Pasqua arriverà qualche turista.

Ogni anno, a Pasqua, con Arianna, mamma e papà andavamo al mare pure noi, prima al ristorante, a mangiare pesce, poi sul molo, e mia sorella si scatenava a correre, a fare progetti per l'estate. Chissà che Pasqua sarà mai questa. Se sarà un giorno bello, di resurrezione, o un tremendo giorno di dolore e di morte.

– Quanto possiamo esserne sicuri? – chiede l'ispettore Cardona.

Il commissario Righetti, continuando a passeggiare per l'ufficio, nervoso e con la faccia cupa, risponde subito: – Al cento per cento, Marcello: loro della bambina non sanno niente. Quella ditta concorrente, collegata a una cosca, erano mesi che faceva pressioni su mio cognato Massimo perché la sua cooperativa rinunciasse all'appalto dell'Alta velocità. L'hanno impaurito, blandito, minacciato, gli hanno promesso soldi, le hanno tentate tutte. Poi, quando c'è stato il rapimento di Arianna, ne hanno approfittato come degli avvoltoi, e non solo hanno insistito ancora piú pesantemente nelle loro richieste, ma hanno pure alzato il tiro, chiedendo anche copia dei progetti che la cooperativa *La ravennate* aveva elaborato. Massimo aveva sbagliato fin dall'inizio, a non denunciare il fatto: non voleva che venissero a galla notizie su bilanci poco chiari, e credeva di potersela cavare da solo. Poi, quando gli hanno portato via la bambina, si è spaventato ancora di piú, ha temuto per la sua vita e ha continuato a sbagliare non dicendoci niente. Per fortuna mia sorella mi ha confidato tutto, e li abbiamo potuti prendere con le mani nel sacco e ficcare in galera.

– Abbiamo rischiato parecchio, Francesco, – sospira il questore. – Non ci ho dormito tutta la notte, quando ho acconsentito a quell'intervento, e ancora ho i brividi solo a pensarci. Se avessero avuto in mano la bimba e l'avessero uccisa...

– Anch'io non ci ho dormito, cosa crede? Però, proprio perché ci ho pensato cosí tanto, mi ero convinto che quelli fossero solo dei farabutti e degli sciacalli.

– Che cos'è che ti dava tanta sicurezza?

– Il fatto che contattassero mio cognato in modo che noi non ne sapessimo niente non andava d'accordo con la foto di Arianna inviata non a lui, ma in questura. Ci dovevano essere per forza mani, teste e disegni diversi, dietro le due cose.

– Be', – fa il questore alzandosi, – diciamo che ci è andata bene.

– Bene? – Righetti scuote lentamente la testa. – Mancano pochissimi giorni a quella... a quella scadenza, e ancora non abbiamo niente di concreto in mano.

– Le ricerche?

È Cardona a rispondere. – Continuiamo in ogni direzione, – dice, – battiamo tutte le piste, comprese quelle vecchie, non si sa mai, però finora non ci siamo, non ci siamo proprio.

Il questore si avvicina alla finestra, dà un'occhiata fuori, poi dice a Righetti: – Il magistrato dovrebbe procedere contro tuo cognato; lo sai, vero?

L'altro annuisce. – Sí, lo so. Pover'uomo, come se non bastasse tutto quello che sta passando.

– Vedrai, troveremo il modo di alleggerire la sua posizione. Diremo che non è stata tua sorella, ma lui a rivelarci tutto, a farci preparare quella trappola. Insomma, mischieremo un po' le carte e se la caverà senza troppi guai.

– Sí, sí, – dice il commissario, – quella è una cosa che in qualche modo si risolverà. Non è la piú importante –. Poi si infila l'impermeabile: – Faccio un salto a casa di mia sorella, devo parlare a lei e a Massimo pure di questo.

Anche gli altri escono dalla saletta riunioni, poi raggiungono i loro uffici e si rimettono al lavoro.

Fedra si infila il giubbotto, prende la cartellina con i fogli e gli appunti, e prima di uscire di casa cerca suo padre e sua madre. Massimo però è chiuso in camera da letto; sono giorni che non mangia, gli interrogatori della polizia, le deposizioni, la tensione per quanto è successo e per quanto potrà succedere l'hanno sfinito, svuotato.

Giuseppina invece è in salotto, sprofondata in poltrona, con una tazza di tè ormai freddo in mano. Sembra essersi fatta piú vecchia e piú piccola, e cosí rannicchiata, zitta, con lo sguardo perso nel nulla, dà pure lei l'impressione di una persona che non ha piú energia, che non ha piú niente.

Fedra rinuncia a parlarle. Dice solo: – Esco, – e se ne va.

In strada c'è gente, le vetrine dei negozi sono piene di uova pasquali, coniglietti, rami fioriti. È quasi festa, gli scolari e gli studenti pregustano i giorni di vacanza che stanno per arrivare.

Festa. Fedra cammina svelta a occhi bassi, vedere quei segni di gioia le dà fastidio. Vuole solo arrivare al piú presto in questura e parlare con lo zio, esporgli i suoi sospetti, convincerlo, fargli mettere in moto le indagini in una direzione che, ormai ne è certa, potrebbe essere quella giusta.

Arriva alla questura, entra, saluta gli agenti dietro il banco nell'ingresso, poi sale le scale e si dirige subito verso l'ufficio di Righetti. Si affaccia sulla porta, e vede che non c'è. Sta per andare verso quello di Cardona, quando le viene incontro l'agente Caruso. – Buongiorno, signorina, – le dice. – Cercava suo zio?

– Sí, gli devo parlare subito. Me lo rintraccia, per favore?

– Il commissario è uscito, tornerà piú tardi, ma non so a che ora.

– Dov'è andato?

L'uomo si stringe nelle spalle. – Non me l'ha detto. Le posso essere utile?

– No... non so. Ho fatto delle ricerche per conto mio, e credo di avere avuto qualche intuizione importante. È tutto qui, in questi fogli.

– Li lasci a me: appena il dottor Righetti torna, glieli dò.

Fedra ci pensa su, non le va di consegnare il frutto del suo lavoro a qualcuno che non sia lo zio Francesco. Poi l'agente le dice: – Guardi che anch'io sto lavorando a questo caso, fra un po' devo proprio contattare le volanti. Mi dica almeno se ha in mente una pista interessante.

– Be'... sono convinta che il rapitore volesse prendere Chiara, mia cugina, e non Arianna. Per una qualche forma di vendetta su mio zio. Ho qui tutti i resoconti e le date dei casi che lui ha seguito, degli arresti che ha fatto eccetera. Credo di essere sulla strada buona, e che le indagini dovrebbero prendere questa piega, da subito. Che ne pensa lei?

– Sí, è interessante. Molto interessante. Anzi, senta... io in verità lo so, dov'è il commissario, che mi aveva pregato di non dirlo, di non disturbarlo. È al porto, per una questione importante e riservatissima. Però, visto che le sue carte sono importanti ancora di piú, facciamo cosí: l'accompagno subito da lui.

– Potremmo chiamarlo al telefonino.

– Lo tiene staccato, quando è impegnato in certe cose. È meglio raggiungerlo di persona.

Fedra tentenna. – L'ispettore Cardona c'è? – chiede.
– No, – mente Caruso. – Non c'è nessuno.
È cosí urgente poter parlare allo zio, e quei fogli le scottano in mano. – Va bene, – dice Fedra dopo qualche secondo. – Andiamo.
L'agente si infila la giacca e mormora: – Signorina, io non voglio passare guai col questore, non potrei uscire, adesso. Quindi lei non dica niente, giú al bancone. S'incammini in direzione dell'ospedale, io esco da dietro e la raggiungo con la macchina.
Lei si stringe nelle spalle. Non capisce bene il perché di queste manovre, ma ha fretta, fretta di parlare a Righetti, perché anche i minuti sono importanti. Scende le scale, saluta di nuovo gli agenti al banco, esce e si avvia nella direzione che Caruso le ha indicato.
Poco dopo, una Renault familiare scura le si affianca. È lui. Fedra sale, e l'uomo parte veloce in direzione della tangenziale interna che conduce al porto.
– Mio zio è là per questo caso? Per Arianna?
– Sí, – risponde lui, e non parla piú. È concentrato sulla guida, con la faccia seria. Lascia la tangenziale e prende tutte le strade piú esterne e meno frequentate. Fedra si sistema piú comoda sul sedile, è stanca, quasi sfinita; chiude gli occhi, sempre stringendo la sua cartellina. Non vede l'ora di consegnarla.
La Renault raggiunge la parte piú marginale dei dock, dove ci sono vecchie fabbriche abbandonate, qualche magazzino in disuso, qualche rottame di gru, piazzali deserti e male asfaltati.
– Ma dove siamo? – chiede Fedra aprendo gli occhi e tirandosi su per vedere meglio. – Qui non c'è nessuno.
L'uomo gira dietro una grande costruzione grigia dalle vetrate rotte, ferma l'auto e dice: – Già, proprio nessuno –.

Poi fa scattare avanti le braccia e stringe le mani intorno al collo della ragazza.

Fedra si dibatte, cerca di aprire la morsa che le serra la gola, di gridare, scalcia, colpisce e graffia. Con una mano riesce ad aprire lo sportello, e sbilanciandosi verso l'esterno e spingendo con un ginocchio riesce a liberarsi. Cade giú, sull'asfalto. Si rialza con un affanno roco e fischiante, gli occhi appannati, e comincia a correre.

Anche Caruso apre lo sportello, sta per scendere per inseguirla a piedi, poi invece rimette in moto la macchina e la lancia facendo stridere le gomme.

Fedra corre, corre a piú non posso, sente la macchina ruggire dietro di sé. Pochi metri e potrà svoltare l'angolo del magazzino abbandonato. Gira un poco la testa, incespica.

Il primo colpo lo riceve dal muso dell'auto, il secondo dal muro della costruzione.

Caruso frena, scende, guarda quel corpo in terra. La ragazza ha gli occhi semiaperti, la bocca spalancata, intorno alla sua testa si sta allargando una chiazza di sangue.

Risale sull'auto, controlla che la cartellina di Fedra sia lí, riparte. Non c'è nessuno davvero, non possono averlo visto. Adesso, turbina la mente dell'uomo, devo far sparire questa macchina: la nascondo, o le dò fuoco, o l'inabisso in un canale. Poi torno a casa in qualche modo, avevo finito il turno. È un casino, sí, è un bel casino, però quella aveva capito e non potevo permetterle di parlare. E non mi scopriranno, anche se ho dovuto fare tutto cosí in fretta e male.

Andrò fino in fondo, e nessuno potrà fermarmi.

x.

– Ho buone notizie per voi, – dice il medico, appena uscito dalla sala operatoria. Si toglie il berretto verde, si asciuga la fronte. – Ci sono forti contusioni, ovviamente, un paio di costole rotte, ma il trauma cranico non è grave come avevamo pensato in un primo momento. La ragazza adesso è in semicoma.

Giuseppina si porta le mani al viso, contratto in una smorfia in cui si mescolano disperazione e sollievo.

– Che cosa vuol, dire di preciso? – chiede Massimo.

– Che la paziente è sonnolenta, non in grado di parlare, ma che non presenta alterazioni delle funzioni vegetative e risponde alle stimolazioni in modo finalistico e coordinato. Poi la Tac ci conforta: guarirà, insomma, e non rimarranno conseguenze dell'incidente.

– Incidente... – biascica il commissario Righetti muovendosi nervosamente nella saletta come una belva in gabbia. – Questo è un tentato omicidio, altroché. E adesso è davvero troppo.

– Era troppo anche prima, Francesco, – dice Giuseppina con un filo di voce. – Io non ce la faccio piú. Fedra in coma, Arianna chissà dove... Ma perché, che cosa abbiamo fatto, e a chi? Chi può avercela cosí tanto con noi?

– Non ce l'hanno con voi.

– Che vuoi dire? – chiede Massimo a bocca aperta, fissandolo.

– Voglio dire che ce l'hanno con me. Fedra l'aveva capito, e mi aveva pure informato dei suoi sospetti, ma io non le ho dato abbastanza ascolto, ero... eravamo tutti cosí concentrati su altre piste, che la verità finora ci era sfuggita. Però adesso l'hanno fatta grossa, hanno cercato di farla tacere per sempre, ma si sono traditi. Ora il cerchio si chiude, e non hanno piú scampo, ve lo giuro.

Giuseppina lo abbraccia e lo stringe forte. – Conto su di te, Francesco. Trova la mia bambina e fa' sputare sangue a quegli schifosi.

– Sí, lo farò. Però mi serve subito una cosa.

– Che cosa?

– Che qualcuno di voi mi accompagni a casa vostra, o che mi diate le chiavi. In questura mi hanno detto che Fedra mi era venuta a cercare, che aveva una cartellina sotto braccio, ma quella è sparita. Credo comunque che in camera sua possa esserci qualcosa che ci è indispensabile. Dov'è Fabio?

– Era qui poco fa, dev'essere sceso a prendere una boccata d'aria. Si sentiva male.

– Vabbe', rintracciatelo e ditegli di chiamarmi al cellulare. Ho bisogno di lui.

– D'accordo, – dice Giuseppina, poi gli consegna le chiavi di casa.

– Io vado. Se Fedra dovesse svegliarsi, datele un bacio da parte mia. E ditele che le chiedo scusa per non avere capito che lei, in questa indagine, era stata piú brava di me.

Sono tutti nel soggiorno di casa Ferrero. Sul tavolo rotondo, aperto, c'è il diario di Fedra. – Queste sono le copie delle elaborazioni che avevo fatto io, – dice Fabio indicando altre carte. È pallidissimo, e pare che non riesca a concentrarsi.

L'ispettore Marcello Cardona scorre i fogli. – Casi, date, – dice. – A che cosa volevate arrivare?
– Fedra era convinta che chi ha rapito Arianna volesse in realtà prendere Chiara, per colpire il commissario.
– Ecco qui, – dice Righetti puntando il dito su un foglietto di appunti trovato tra le pagine del diario. – Per Fedra, l'errore di persona fu dovuto al fatto che io, il giorno prima della festa della Segavecchia, andai a ritirare dal negozio di fronte alla questura il costume di Arianna. Chi l'ha visto, ha pensato che quell'abito fosse per mia figlia Chiara, quindi, quando si è trovato davanti le due bambine mascherate, ha preso quella sbagliata. Credo che sia andata proprio cosí.
– Ma chi ti aveva visto con quel costume? – chiede Cardona.
Righetti ci riflette, alza lo sguardo a fissare il soffitto, poi dopo un po' risponde: – I proprietari del negozio, che però neppure mi conoscono, e nessun altro. Anzi, molti altri: quelli che in quel pomeriggio si trovavano in questura. L'ho tenuto per piú di un'ora su una sedia del mio ufficio.
Cardona e Di Rosa si guardano in faccia, tesi. – Pensi che il colpevole di tutto questo possa essere qualcuno che si trovava lí per essere interrogato, o roba simile?
– No, ragazzi, se ben ricordo non c'era nessuno del genere, poi sarebbe una cosa troppo casuale e macchinosa.
– E allora?
– E allora, se questa ipotesi regge, vuol dire che sono stati gli occhi di un poliziotto, a prendere nota del costume.
– Un poliziotto? – chiedono in coro gli ispettori Cardona e Di Rosa.
– Sí, – risponde Righetti fissandoli con la faccia scura. – E qui la roba si complica, e si fa maledettamente brutta.

Sono le tre di notte e solo il palazzo della questura, in tutta la via, ha le luci accese. Ogni tanto una volante arriva, un'altra parte, in un pulsare di luce lampeggiante blu, e si sentono azionare le saracinesche dei garage, e passi per le scale. Nel suo ufficio, Righetti beve l'ennesimo caffè ed è chino insieme a Fabio a studiare i fogli sparsi sulla scrivania. Non ci sono altri poliziotti, non li ha voluti. Sembra che non si fidi piú di nessuno.

– Niente, – dice il ragazzo dopo un po'. – Se questi sono tutti i casi che lei ha avuto per le mani, non mi pare che emerga qualcosa che li colleghi con un Venerdí Santo, o con le altre date che ci interessano.

Righetti annuisce, poi si alza, va ad aprire con la chiave un armadietto nell'angolo della stanza e ne estrae un fascicolo. – Qui ci sono delle fotocopie e degli appunti relativi a un paio di casi secretati, – dice. – Adesso li esaminiamo, ma dopo tu ti dimenticherai anche di averne sentito parlare, va bene?

Fabio annuisce. La stanchezza, la tensione, la preoccupazione per Fedra lo hanno spossato, ed è solo l'energia che incredibilmente Righetti continua a mostrare, che gli consente di non crollare.

Si siedono fianco a fianco, e ricominciano a leggere, ad annotarsi numeri.

Dopo una ventina di minuti, Fabio appoggia la testa sulle mani e chiude gli occhi. – Neanche qui mi pare che ci siamo, – mormora.

Ma il commissario si alza in piedi di scatto e dà un pugno sul tavolo. – E invece sí! – dice.

L'agente Caruso dà un'occhiata ad Arianna, che sembra essersi appisolata, rannicchiata accanto al termosifone. Poi va nella sua camera da letto, apre un cassetto, cerca sotto un groviglio di calzini e mutande, e trova il sacchetto di cellophane. Lo apre, estrae il silenziatore, va in cucina, lo applica alla canna della pistola.

Adesso è arrivato il momento della resa dei conti.

Fabio guarda Righetti in modo interrogativo.

– Non è il Venerdí Santo, che dovevamo cercare, – dice il commissario. – Mi è venuto in mente leggendo i diari di Fedra, seguendo quel conto alla rovescia che lei ha scandito misurandolo col blister delle sue pillole: dovevamo cercare una scansione di ventuno giorni, il messaggio del rapitore parlava anche di quelli!

– E allora... – dice Fabio.

– E allora credo di esserci arrivato. Le carte che abbiamo appena esaminato, quelle dell'*Operazione Labirinto*, riguardano una vicenda di corruzione di alcuni agenti della questura di Rimini, dove io lavoravo prima di venire a Ravenna. Be', riuscimmo a incastrare un poliziotto solo, che alla fine pagò per tutti. Fu un capro espiatorio, insomma: e la sua crocifissione l'ebbe davvero, perché si suicidò in carcere. Fu una storia brutta, a cui non avrei piú voluto pensare.

– Che cosa le fa credere che c'entri col rapimento?

– Cosa me lo fa credere? Guarda qui, – dice Righetti mettendogli un foglio sotto gli occhi. – L'agente De Logu, quello che fu arrestato e imprigionato, si suicidò ventuno giorni dopo essere stato chiuso in carcere. Ecco che cosa mi vogliono far pagare!

– Ma... ma chi sarebbe dunque il colpevole? Qualcuno della famiglia di quell'agente?

Il commissario scuote la testa. – Mettiamo le cose in fila, Fabio: uno, è una vendetta che ci riporta all'*Operazione Labirinto*; due, quella vicenda probabilmente coinvolgeva diverse persone, anche se ne potemmo incastrare solo una che pagò per tutte; tre, il costume da fatina che ha causato lo sbaglio di persona nel rapimento l'hanno visto solo qui in questura; quattro, a Ravenna lavorano due colleghi che al tempo erano come me in forza a Rimini. Cinque: se non prendo un granchio clamoroso, sono sicuro che il nostro uomo è proprio uno di quei due.

– E chi sono? – chiede Fabio.

Righetti, per tutta risposta, gli mette una mano sulla spalla e gli dice: – Vai a casa, che sei stanco. Mi sei stato utilissimo, però di qui in avanti ci penso io –. Poi, mentre il ragazzo si alza e s'infila il giubbotto, si attacca al telefono, con gli occhi che tradiscono eccitazione, determinazione e freddo furore.

Sei volanti filano a tutta velocità verso Punta Marina, a lampeggianti spenti. È notte fonda, la strada è deserta, il cielo è scuro di nuvole che solo a tratti lasciano intravedere, sopra la linea nera della pineta, un leggero chiarore di luna nascosta.

Sulla macchina di testa, Cardona è concentrato nella guida, con Righetti sul sedile a fianco. Dietro c'è l'ispettore Di Rosa, che si schiarisce la voce e chiede: – Francesco, a Rimini in quegli anni c'ero anch'io. Non ci hai pensato?

Il commissario si gira. – Certo, Carmine. Per qualche minuto ci sei stato pure tu, nella mia lista.

– Poi, immagino, avrai concluso che ti fidi troppo di me per sospettarmi. Vero?

– Se devo essere sincero, a scagionarti è stato soprattutto il fatto che tu, il giorno in cui io portai in questura il costume di Arianna, non eri in servizio.

– Ah, ecco... – mormora Di Rosa.

Cardona scuote la testa. – L'agente Mario Caruso, – dice. – Chi l'avrebbe mai pensato?

– Non ne siamo ancora certi, Marcello, – dice Righetti. – Però lui era amico di De Logu, l'agente che si suicidò. Molto amico, me ne ricordo bene. E ieri, quando Fedra era venuta a cercarmi, lui deve averla incontrata di sicuro, e si sarà accorto che stava per mettermi sulla pista giusta. Il fatto poi che stamattina non sia venuto al lavoro, dichiarandosi in malattia, completa il quadro.

Le volanti lasciano la strada principale, imboccano una carraia sterrata, bordata su un lato da pini e arbusti, percorrono quasi un centinaio di metri e arrivano in vista di una cancellata arrugginita. I poliziotti scendono, fanno il resto del tragitto a piedi, nascosti dagli alberi. La casa è molto piccola, isolata, affogata in un giardino mal tenuto a sua volta recintato da un'alta rete metallica. Se non sapessero che ci abita Caruso, penserebbero che è una delle tante abitazioni che lí, sul litorale, viene occupata solo d'estate da qualche villeggiante.

– Eccoci, – dice Righetti fermandosi, – ci siamo. E adesso zitti, attenti e armi in pugno. Se lí dentro c'è la bambina, vediamo di fare svelti e di non combinare guai.

– La sua macchina non c'è, o almeno cosí pare, – osserva Di Rosa.

– Penso di saperlo, il perché, – mormora Righetti. – Muoviamoci.

Si aiutano l'un l'altro a scavalcare il cancello, stando attenti alle lance appuntite che lo contornano in alto, camminano fino alla casa con circospezione e senza far rumore. Due agenti si avvicinano alla porta con alcuni strumenti in mano, la forzano. Entrano tutti, nell'oscurità quasi completa, poi accendono d'improvviso le luci correndo ad affacciarsi alle stanze e gridando: – Polizia! Polizia!

E subito dopo si alza acuta una voce di bimba che grida: – Ehi, aiuto, sono qui!

XI.

Il corridoio dell'ospedale è inondato di sole. Pasqua è vicinissima, e la primavera ha deciso di annunciarla con giornate sempre piú luminose e tiepide.

Arianna e Chiara parlano fitto, ogni tanto vanno a guardare dalla finestra che dà sul parco, poi saltellano e ridono. La brutta avventura, adesso che è finita e che loro due sono di nuovo insieme, pare non aver lasciato ombre.

– Ma perché, – chiede Giuseppina a suo fratello, – quel poliziotto aveva deciso di vendicare il suo amico proprio adesso?

– Perché la madre dell'agente De Logu, quello che si suicidò in carcere, è morta un mese fa, e Caruso ha dichiarato che, secondo lui, l'infarto che l'ha colpita è stato causato dal dolore per il figlio, che lei non aveva mai superato. Cosí si è rafforzato in lui il proposito di vendicarsi, una cosa che d'altronde aveva sempre avuto in mente, perché si sentiva in colpa e in debito: anche lui era coinvolto in quel caso di corruzione, ma fu solo il suo collega a pagare.

– Ma davvero, quando lo avete preso, stava venendo qui in ospedale?

Righetti annuisce, con un'espressione seria e amara.
– Sí, l'abbiamo bloccato giú nel parcheggio. Si era messo in divisa, aveva rubato una macchina, portava con sé una pistola col silenziatore… voleva uccidere Fedra per paura che si riavesse e parlasse. E non avrebbe esitato a

far fuori anche il suo collega di guardia alla stanza. Non credo che ci sarebbe riuscito, ma ormai si sentiva alle strette, aveva completamente perso la testa. Si era imbarcato in una cosa piú grande di lui, dopotutto.

– L'importante, – sospira Massimo, – è che questo incubo sia finito

– Sí, – dice Righetti, seguendo con lo sguardo le due bambine che giocano. – È tutto finito, grazie a Dio. E appena in tempo: i ventuno giorni stavano per scadere.

Dalla stanzetta dov'è ricoverata Fedra escono alcune ragazze, che salutano e se ne vanno. Poi l'ascensore si apre sul corridoio, e compare Fabio.

– Eccolo qua, il nostro agente speciale, – dice il commissario.

Il giovane arrossisce e sorride, poi chiede: – Come sta Fedra?

– Oggi molto meglio, – lo rassicura Giuseppina. – Va' pure da lei, è sola. E credo che abbia tanta voglia di vederti.

Fabio annuisce, poi entra nella stanzetta.

Fedra, con la testa fasciata appoggiata sul cuscino, quando lo vede tende un braccio, e lui le prende la mano. – Ehi… – le sussurra.

– Ciao, – dice lei. – Senti, mi fai un favore? Le mie amiche mi hanno portato dei fiori, ma il loro odore mi dà un po' di nausea. Mettili sul balconcino, per piacere.

Fabio ubbidisce, poi torna accanto al letto. – Sai, – dice, – anch'io ti ho portato una cosa.

Fedra sorride. – Un regalo?

– Sí, un regalo che mi è venuto in mente di farti quando… quando ho letto il tuo diario.

– Hai letto il mio diario? – fa lei fingendosi scandalizzata.

- Be'... sono stato costretto a farlo. Sai, per l'indagine -. Poi estrae dalla tasca del giubbotto un pacchettino e glielo porge.

- Che cos'è? - chiede Fedra. Lo scarta, guarda quella scatolina, poi fissa Fabio in modo interrogativo.

- Ho capito tante cose, di te, di noi, in questi giorni, - dice il ragazzo. - Sai cosa c'è lí dentro?

- Sembra una scatola di medicine... - dice Fedra.

- Sí, sono pillole... pillole anticoncezionali. Di tipo nuovo: si prendono non per ventuno giorni, un periodo che non mi sta piú tanto simpatico e che mi fa venire i brividi, ma per ventotto. Cosí sono anche piú sicure.

- Pillole anticoncezionali... - mormora Fedra.

Poi le si velano gli occhi, si tira un po' su, e stringe il suo ragazzo in un abbraccio che non ha bisogno di parole.

Indice

Medical Thriller

p. 3 Rapidamente
di Carlo Lucarelli

91 No smoking
di Giampiero Rigosi

207 Una lunga quaresima di paura
di Eraldo Baldini

*Stampato per conto della Casa editrice Einaudi
presso Mondadori Printing S.p.A., Stabilimento N.S.M., Cles (Trento)*

C.L. 16349

Edizione						Anno			
4	5	6	7	8		2006	2007	2008	2009

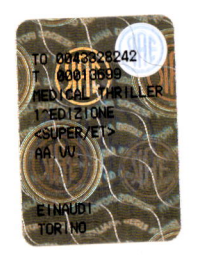

TO 0043828242
T 0001 0699
MEDICAL THRILLER
1° EDIZIONE
<SUPER/ET>
AA. VV.

EINAUDI
TORINO